Anna, Mitte Dreißig, unabhängig, beruflich erfolgreich, ist gerade von ihrem Liebhaber verlassen worden. Sie bucht eine Reise nach Borneo, um in der Hitze des Dschungels Roger zu vergessen, und tatsächlich bringt ein Ausflug in den Urwald sie auf andere Gedanken – ein rätselhaftes Zucken, ein unbekanntes Gefühl im linken Bein lenken all ihre Aufmerksamkeit auf sich.

Zurück in Schweden, läßt Anna ihr »Reisesouvenir« vom Tropenspezialisten und Insektenforscher Willof untersuchen. Und dieser ist begeistert: Eine seltene Schmetterlingsart hat sich Anna als Wirtstier ausgesucht und in ihrem Oberschenkel drei Schmetterlingspuppen plaziert. Willof überredet die Auserwählte, in sein Schmetterlingshaus zu ziehen und dort die Puppen in ihrem Bein bis zum Schlüpfen zu tragen. Für Anna eine leichte Entscheidung; sie quartiert sich im Glashaus ein, wo sich bald ihre Erinnerungen an Vergangenes wie von selbst mit der Gegenwart verweben. Und die vermeintliche Oase? Die entwickelt sich binnen kurzem zu einem Ort merkwürdigster Vorgänge ...

Die Originalausgabe erschien 1995 unter dem Titel
Värddjuret
bei Albert Bonniers Förlag, Schweden
© Marie Hermanson

4. Auflage 2016
Erste Auflage 2004
suhrkamp taschenbuch 3555
© der deutschen Ausgabe
Suhrkamp Verlag Frankfurt am Main 2002
Suhrkamp Taschenbuch Verlag
Printed in Germany
Umschlag: hißmann, heilmann, hamburg
ISBN 978-3-518-45555-5

Die Schmetterlingsfrau

Wann genau geschah es?

Ich möchte, daß es da am Fluß war, neben der Stelle mit dem goldbraunen Wasser, wo die Fische zwischen den Wurzeln schwammen. Als die Zeit aufhörte und ich von mir befreit wurde.

Ich liege auf meiner plastikbezogenen Matratze. Ich habe ein dünnes Leintuch auf mir. Es riecht leicht modrig. Eigentlich wäre es nicht nötig, mich zuzudecken, das Thermometer zeigt 27 Grad. Aber aus Gewohnheit möchte ich unter etwas kriechen, wenn ich mich schlafen lege. In einem Haus mit Glaswänden ist man schon ausgeliefert genug.

Der Modergeruch ist so schwach, daß ich ihn nur rieche, wenn ich das Leintuch zum Gesicht hochziehe. Ansonsten geht er in den wunderbaren Düften unter, die mich umgeben. Süße, schwere Blumen- und Obstdüfte.

Jetzt in der Dämmerung sind die Schmetterlinge ziemlich ruhig, nur ein paar Spinner flattern durch die Luft, groß und lautlos wie Fledermäuse. Manchmal fliegen sie so dicht an mir vorbei, daß ich ihre weichen Flügel an der Wange spüre.

Ich bin nach Borneo gefahren, weil Roger Schluß gemacht hat. Meine Sinne waren eingefroren und brauchten viel Wärme, um wieder aufzutauen.

Ich bin sechsunddreißig und habe die letzten zehn Jahre ziemlich unverändert gelebt.

Ich arbeite als Zeichnerin. Freischaffend. Es gibt Leute, die finden mich gut, aber ich selbst finde, daß ich bluffe. Nein, das stimmt nicht, ich mache meinen Job gut und bin mir dessen bewußt. Aber ich weiß, daß ich etwas

Besseres machen könnte. Etwas ganz anderes. Oder richtiger: Ich wußte es einmal. Jetzt bin ich nicht mehr so sicher.

Ich habe immer das Gefühl, daß die Zeichnungen, die ich mache, auch von jemand anderem gemacht werden könnten. Natürlich nicht von irgend jemandem, ein bißchen Talent braucht man schon, aber es geht um Technik und ein Gefühl für Trends, nicht um mich.

Und wenn schon, warum sollte es um mich gehen?

Das habe ich einmal geglaubt. Daß es beim Zeichnen um mich geht. Ich hatte wohl Künstlerträume, wie man so sagt.

Ich versuche immer noch, neben der Arbeit meine eigenen Sachen zu machen. Aber wenn ich meine, etwas ganz Eigenes zu zeichnen, stelle ich fest, daß es Typen, Trends sind, moderne Mythen. Als ob mein Stift an MTV angeschlossen wäre. Andere sehen es vielleicht nicht, ich jedoch sehr wohl. Es kommt von außen, nicht von innen.

Manchmal berührt mich ein eiskalter Gedanke: Das *ist* vielleicht mein Inneres. Dieses Rauschen und Flimmern ist so tief in mich eingedrungen, daß es mein geistiger Inhalt geworden ist. Und wenn ich zu lügen meine, erzähle ich die reine Wahrheit über mich.

Ich lebe allein. Ich hatte mehrere Verhältnisse, oft mit verheirateten Männern. Das wird zur Gewohnheit. Ein eingefahrenes Gleis. Ich weiß nicht, ob ich einen Mann ertragen würde, der nicht verheiratet ist. Einen Mann, der jede Nacht bei mir schlafen könnte. Mit dem ich zusammenwohnen würde, der nie nach Hause ginge. Was macht man die ganze Zeit? Ich bin es gewohnt, in begrenzten Zeitabschnitten zu planen: eine Stunde über Mittag, drei Stunden am Abend. Hin und wieder mal ein ganzes Wochenende.

Ich habe nie versucht, Kinder zu bekommen. Ich habe nicht immer verhütet; manchmal dachte ich, schwanger zu sein, und war dann immer sehr froh, wenn ich es nicht war. Ich hatte einige Male Eierstockentzündungen, als ich jung war, es kann gut sein, daß ich unfruchtbar bin. Einmal habe ich ein ganzes Jahr lang nicht verhütet, weil ich von der Spirale heftige Blutungen bekam und mir von der Pille übel wurde. Es passierte nichts, obwohl es auf sexuellem Gebiet eines meiner aktivsten Jahre war. Dann nahm ich eine andere Pille, die ich besser vertrug.

Ich habe mich nie nach Kindern gesehnt. Das stimmt wirklich. Habe nie so ein Ziehen beim Anblick eines Kinderwagens verspürt, wie es bei angeblich allen normalen Frauen der Fall ist.

Aber natürlich habe ich mich gefragt, wie mein Leben verlaufen wäre, wenn ich Kinder gehabt hätte. Wer wäre ich geworden? Sicher jemand ganz anderes, als ich jetzt bin. Und natürlich habe ich darüber nachgedacht, daß es bald zu spät ist für eine Entscheidung. Bald wird es gar nicht mehr möglich sein. Ich werde also nie erfahren, wie es ist.

Andererseits kann man doch kein Kind bekommen, nur weil man wissen will, wie es ist.

Oder?

Ich habe keine Eltern und keine Kinder. Keine Verbindung nach hinten. Keine nach vorne. Ich bin meine eigene Verbindung, frei schwebend in der Zeit. Das ist ein merkwürdiges Gefühl.

Als ich in das Leben meiner Eltern trat, war alles Wichtige schon geschehen. Was sie betraf, so war alles schon vorbei. Eine kleine Tochter konnte nichts mehr verändern.

Doch, sie liebten mich. Natürlich. Aber ihre Herzen waren nicht mehr offen. Sie waren schon voll mit so vielem anderen, ihre Liebe hatte ihre Form gefunden, die Türen hatten sich hinter den Kostbarkeiten geschlossen. Woher sollten sie wissen, daß da noch jemand zum Lieben kommen würde?

Meine Mutter und mein Vater lernten sich spät kennen. Meine Mutter war zweiundvierzig, als sie mich bekam, mein Vater vierundfünfzig. Mein Vater war Witwer, die Ehe war kinderlos gewesen. Er vergaß seine erste Frau nie. Ihr Foto hing bei uns an der Wand. Sie ruhte wie ein Schatten über meiner Kindheit. Ich meine das nicht negativ. Nur die stille, unsichtbare Gegenwart eines unbekannten Menschen.

Meine Mutter war nicht verheiratet gewesen. Sie lebte zusammen mit ihren Schwestern und ihrem Vater.

Ich habe oft darüber nachgedacht, wie sie sich kennengelernt haben. Die Fakten kenne ich: Sie trafen sich in der Bank, wo Vater Filialleiter war. Großvater war kurz zuvor gestorben, und Mutter ging zur Bank, um seine Wertpapiere und Konten durchzugehen.

Aber wieso haben sie beschlossen, zu heiraten?

Manchmal denke ich mir, daß es so war: Wie im Märchen, in einem richtigen Gruselmärchen, in dem unser Haus ein dunkles und verfallenes Schloß ist. In einem Raum steht ein Sarg mit einem toten alten Mann, und im Raum nebenan, in dem es bis auf den Feuerschein dunkel ist, sitzen drei schwarzgekleidete Hexen eng beieinander und schmieden Pläne.

»Unser Geschlecht muß fortbestehen. Sonst sterben wir aus. Unser mächtiges Geschlecht braucht einen Erben«, jammern sie und ringen die Hände.

»Wir müssen einen Mann herbeischaffen«, flüstert eine schließlich.

Es ist die Älteste.

»Nein, nein, kein Mann! Kein Fremder!« rufen die anderen beiden.

»Doch, es muß sein. Eine von uns muß sich opfern, und das bist du«, sagt die Älteste zur jüngsten Hexe gewandt, die einen entsetzten Schrei ausstößt.

Aber sie weiß, daß sie gehorchen muß. Die Älteste befiehlt.

»Du bist die Jüngste. Du bist noch fruchtbar. Nur du kommst in Frage«, sagt die Älteste. »Begib dich in die Welt hinaus, such einen Mann und bring ihn her. Schnell, bevor es zu spät ist. Schnell, schnell.«

Und die Jüngste weiß, was sie zu tun hat. Sie nimmt ihren Besen und fliegt ins Dunkel hinaus. Sie ist mehrere Tage unterwegs. Sie fliegt über Straßen und Plätze und späht nach unten. Es gibt jede Menge Männer. Aber sie sehen alle so anstrengend aus. Sie laufen herum und kommandieren und reißen den Mund auf und lachen und tun. Und die meisten haben auch so viele Sachen: Autos und Boote und Briefmarkensammlungen und Angeln und Sportausrüstungen. Solches Zeug möchte sie nicht im Schloß haben.

Aber dann sieht sie einen Mann, der allein auf einer Parkbank sitzt. Er sieht sehr müde und traurig aus, er sitzt ganz still da. Sein Mantel und sein Hut sind von guter Qualität, seine Schuhe sind geputzt. Der Schnurrbart ist grau.

»Der sieht ruhig und angenehm aus«, murmelt die Hexe zufrieden vor sich hin. »Mit dem werden meine Schwestern einverstanden sein.«

Dann fliegt sie im Sturzflug nach unten und packt ihn am pelzverbrämten Kragen. Er ist so müde, daß er kaum zu zappeln vermag. Sie fliegt mit ihm nach Hause ins Schloß und wird von den beiden anderen mit Lob überschüttet, wie sie gehofft hatte.

»Der ist genau richtig, der ist genau richtig!« krächzen sie.

Der Mann bekommt oben im Turm ein hübsches Zimmer und wird mit guten Sachen gefüttert, damit er stark und fruchtbar wird. Wenn die Hexen in den Stockwerken unter ihm ihre Séancen abhalten, sitzt er in seinem Turm und hört ihr heiseres Geschrei. Er schaudert. Aber was kann er machen? Er ist viel zu müde und viel zu traurig, um zu fliehen.

Manchmal schleppen sie ihn nach unten, er soll an ihrem Spektakel teilnehmen. Sie drücken ihm einen Zauberhut auf den Kopf und geben ihm einen Zauberstab in die Hand.

»Mach ein paar Kunststücke«, sagen sie. »Nur ein bißchen Hokuspokus. Los.«

Aber das kann er natürlich nicht. Alles geht schief. Sie reißen ihm den Hut vom Kopf und schreien, daß er nicht wert sei, ihn zu tragen, er flieht in sein Turmzimmer.

Dann wird eines Tages endlich ein kleines Kind geboren, und die Hexen jubeln, daß es im ganzen Schloß hallt. Aber das ist ja ein schreckliches Märchen. Ich weiß nicht, warum ich es erzählt habe.

Ich werde ein viel schöneres erzählen.

Es war eine große Holzvilla. Es gab wirklich einen Turm, aber es war kein Hexenschloß. Nein, eine große schöne Villa, hellgelb mit weißen Fensterrahmen, mit Erkern, Balkons und Mansardendach. Da wohnten meine Mutter und ihre beiden Schwestern. Ihre Mutter war gestorben, als meine Mutter ein Teenager war. Sie wohnten auch als erwachsene Frauen noch bei ihrem Vater, der Kapitän gewesen war. Als er starb, war Mutter vierzig und meine beiden Tanten über fünfzig. Mutter arbeitete als Bürokraft in einer Importfirma.

Vater war Bankfilialleiter. Seine Ehe war kinderlos und sehr liebevoll gewesen. Seine Frau hatte Kinderlähmung gehabt, nicht sehr schlimm, sie hinkte nur ein klein wenig, aber plötzlich, nach vielen Jahren, verschlimmerte sich die Krankheit, lähmte und erstickte sie schließlich.

Sie war zwei Jahre tot, als meine Mutter eines Tages in die Bank kam, um sich einen Überblick über die Finanzen der Familie zu verschaffen. Keine der Schwestern kannte sich in Geldangelegenheiten aus, um diese Dinge hatte der alte Kapitän sich immer selbst gekümmert.

Da saß sie im Besucherstuhl an seinem großen Schreibtisch und hielt ihre Handtasche fest, eine Frau mittleren Alters in Trauerkleidung, mit rosigem Gesicht und dunkelbraunem, welligem Haar ohne einen Faden Grau. Mädchenhaft und altjüngferlich zugleich. Ein bißchen eingeschüchtert durch den pompösen Bankpalast, aber auch stolz. Stolz auf ihren Namen, stolz auf ihre Kapitänsfamilie.

Dafür gab es keinen Grund, unsere Familie war wirklich nichts Besonderes. Wenn Mutter und ihre Schwestern über unsere Vorfahren sprachen, sah ich sie als eine lange Reihe von Familienporträts vor mir: Mächtige, furchtlose Männer in Uniformen mit Goldtressen auf den Schultern, die über eine stürmische, fremde See blickten. Aber in Wahrheit waren ihre Schiffe einfache Frachter, die mit Holz die Westküste entlang nach Norwegen fuhren. Es gab auch ein paar Lotsen in der Familie. Ganz sicher ehrbare Männer, die ihr Handwerk verstanden, aber bei meiner Mutter klang es, als wären wir adelig.

Und dann er: ergraut, würdig. Die schmalen schönen Hände, die in den Papieren ihres Vaters blättern – merkwürdige Papiere mit Schnörkeln am Rand, wie eingerahmt, man sah wirklich, daß sie wertvoll waren. Klare, sehr hellblaue Augen, aber oh, wie traurig sie schauen.

Was dachten sie vom anderen? Was erhofften sie sich?

Einen neuen Vater, der den Platz des verstorbenen einnahm? Einen furchtlosen Kapitän, der den Sonntagsbraten aufschneiden und mit Schnörkelpapieren umgehen konnte?

Eine fröhliche Frauenstimme in seiner stillen, leeren Wohnung? Einen warmen, gesunden Körper? Gut zubereitete Abendessen, frisch gebügelte Hemden?

Kinder? Dachte einer von beiden an Kinder?

Wie haben sie sich einander genähert? Ich kann es mir fast nicht vorstellen. Eine Riesenkluft muß zwischen ihnen gelegen haben. Ein kürzlich begrabener Vater. Eine tote Ehefrau. Papiere. Geld. Formalitäten. Und beide kontaktarm, isoliert in ihren Welten.

Vielleicht erkannten sie im anderen die Isolation und wurden davon angelockt. »Hier ist ein Mensch, der genauso eingeschlossen in seiner Welt lebt wie ich in meiner. Dieser Mensch wird mich in Ruhe lassen.« (Ich muß das geerbt haben. Ich bevorzuge Männer, die schon randvoll sind. Mit Familie, Interessen, beruflichem Engagement. Leere Männer, in denen es vor Sehnsucht und Bedürfnissen hallt, machen mir angst.)

Wer hat den ersten Schritt gemacht? Hat sie ihn zum Essen in die gelbe Holzvilla eingeladen? Oder er sie zu Kaffee und Kuchen in ein Café? Und dann?

Ich werde es nie erfahren. Wir werden auf einem Berg von Geheimnissen geboren.

Drei Monate nach Großvaters Beerdigung heirateten sie. Sie zog in seine Wohnung. Ein Jahr darauf war ich unterwegs.

Man war der Meinung, daß man mit kleinen Kindern nicht in der Stadt wohnen könne. »Man war der Meinung«, sage ich. Wer war dieser Meinung?

Ich kann mir vorstellen, wie es war. Ständige Besuche in Mutters Elternhaus. Die Tanten sagen immer wieder: »Aber ihr könnt doch mit der Kleinen nicht in der Stadt wohnen. Bei dem Verkehr und der schlechten Luft. Das ist nicht gut für sie.« Und Mutter protestierte manchmal und stimmte manchmal zu.

Diese Frauenstimmen, wie oft habe ich sie gehört. Rhythmische Stimmen, die sich trennten und wieder vereinten wie in einem Chor. Themen wurden variiert und verstärkt, Formulierungen wanderten von einem Mund zum nächsten, kleine selbstherrliche Triller und unisono gesungene Refrains. Als ich älter wurde, nannte ich es Streiterei. Aber als ich klein war, war es wie ein Naturgeräusch, ein Summen und Brausen, das meine Kindheit begleitete. Es floß in meine Spiele, meine Mahlzeiten, mein abendliches Bad und erfüllte mich mit Geborgenheit und Wissen. Wie man einen Fisch ausnimmt. Wie man ein Hemd bügelt. Das Elend in der Welt. Die Krankheiten entfernter Verwandter.

Als ich eineinhalb war, zogen wir in die gelbe Holzvilla. Tante Dagmar und Tante Wilma zogen in eine Zweizimmerwohnung über dem Kurzwarengeschäft ein paar Straßen weiter.

Aber eigentlich zogen sie nie wirklich aus. Sie nahmen nur das Allernotwendigste mit. Einen Großteil ihrer Sachen ließen sie im Haus zurück. Sie verbrachten die meiste Zeit bei uns. Sie kamen am Morgen und blieben bis zum Abend. Sie gingen nur zum Schlafen in ihre Wohnung.

Wilma war Klavierlehrerin und Dagmar Schneiderin, sie hatten schon immer zu Hause gearbeitet. Dagmar hatte weiterhin Schüler in unserem Wohnzimmer – das Klavier in die Zweizimmerwohnung umzuziehen, das kam überhaupt nicht in Frage. Wilmas Schneideratelier war während meiner ganzen Kindheit im Oberstock, auch wenn die Aufträge im Lauf der Jahre durch den Tod der Kunden immer weniger wurden.

Heute finde ich das Ganze absurd. Aber als Kind fand ich es völlig normal.

Vater hatte sein Arbeitszimmer direkt über dem Wohnzimmer. Abend für Abend mußte er sich das unsensible, falsche Geklimper der Klavierschüler anhören. Und dabei liebte er richtige Musik über alles. Er ging sehr oft ins Konzert und in die Oper. Meistens ging er allein. Mutter kam mit, wenn Operetten gegeben wurden.

Es kam hin und wieder vor, daß er, wenn wir, Mutter, die Tanten und ich, nach einem Ausflug nach Hause kamen, allein im Wohnzimmer saß und klassische Musik vom Plattenspieler hörte. Sein Kopf war erhoben, die Augen waren geschlossen, und er nahm die Musik intensiv in sich auf.

Nie habe ich ein Wort der Mißbilligung oder der Kritik von ihm gehört. Er war immer freundlich und großzügig. Leise. Ausgesprochen gut angezogen und ordentlich.

Wie hat er es in diesem Haus ausgehalten? Vielleicht war er ganz einfach nicht anwesend. Er lebte in der Vergangenheit mit seiner ersten Frau. Vielleicht brauchte er dieses aufdringliche Gegengewicht aus Geschwisterkabbelei, Kindergeschrei und Klaviergeklimper, um nicht ganz den Kontakt mit der Gegenwart zu verlieren.

Beinahe täglich sprachen Mutter und die Tanten über ihre Kindheit und die Eltern. »Weißt du noch, wie Mutter…«, sagten sie zueinander. »Vater hat immer gesagt…«

Obwohl ich meine beiden Großeltern nie gesehen habe, waren sie merkwürdig lebendig für mich. Ich wußte genau, mit welcher Bürste Großmutter sich die Haare gebürstet und auf welchem Stuhl Großvater immer gesessen hatte, wenn er die Börsennachrichten im Radio hörte.

»Das war wirklich eine *gute* Ehe«, hörte ich Mutter einmal sagen, die Schwestern stimmten in verschiedenen Tonlagen ein. Ich glaube, sie sahen die Ehe ihrer Eltern als Ideal, und deshalb sind sie selbst so lange unverheiratet geblieben. Sie hatten die perfekte Ehe erlebt, und das war der Maßstab.

Alles, was in diesem Haus geschah, vom Teppichklopfen bis zum Weihnachtenfeiern, folgte einer strengen Liturgie. Am schlimmsten war natürlich Weihnachten. Vom Morgen des Heiligabend bis zum Abend des zweiten Feiertags war jede Minute durch Traditionen festgelegt, das ganze Haus schien in ein Netz aus unsichtbaren Regeln und Vorschriften eingesponnen. Mutter und die Tanten hatten rote Wangen und waren völlig überdreht. Sie suhlten sich in Familiengeschichten, sie lachten und redeten ununterbrochen, wie berauscht von Erinnerungen. Vater schlich wie ein Schatten durchs Haus und verbrachte so viel Zeit wie möglich in seinem Arbeitszimmer, um ja nichts falsch zu machen.

Wir wurden nie eine richtige Familie.

Für Mutter gab es nur eine Familie: In der waren meine Großmutter und mein Großvater die Eltern, und sie und die Schwestern waren die Kinder. Vater und ich konnten für sie nie so wichtig werden.

Sie gewöhnte sich nicht an ihren neuen Nachnamen. Ihre Unterschrift sah bis an ihr Lebensende gleich aus: Vorname, dann etwas Durchgestrichenes – der Mädchenname, bis sie es merkte. Dann Vaters Nachname.

Und was meinen Vater anging, so glaube ich, daß nichts von dem, was nach dem Tod seiner ersten Frau geschah, für ihn richtig wirklich war.

Sie lebten in ihren eigenen Welten, und ich war aus beiden ausgeschlossen. Nur selten hörte mir jemand zu, Mutter plapperte mit den Tanten oder vor sich hin, sie war geradezu eingehüllt in Geplapper. Und zu meinem Vater konnte ich dreimal das gleiche sagen, ohne daß er reagierte.

Vielleicht bin ich jetzt ein wenig ungerecht. Ich bekam sehr viel Aufmerksamkeit. Ich war ja »die Kleine«. Das Kind. Das Wunder. Ein Kind in diesem Haus, wer hätte das gedacht?

Aber sie widmeten ihre verehrungsgleiche Zuneigung der *Rolle* dieses unerwarteten Überraschungskindes. Ich hatte immer den Eindruck, daß sie nicht mich anschauten, wenn sie mit mir sprachen, sondern immer ein ganz kleines bißchen daneben. Ich mußte also immer einen halben Schritt zur Seite machen, um ins Blickfeld zu geraten.

Ich war ein Star auf einer Bühne, die von einem unfähigen Beleuchter angestrahlt wurde. Das Scheinwerferlicht erhellte die Szene direkt neben mir, ich jedoch stand im Schatten. Ich mußte dem Lichtkegel folgen und nicht umgekehrt.

Manchmal machte ich diesen Schritt zur Seite. Manchmal zog ich es vor, im Schatten zu bleiben. Im Licht fühlte ich mich geliebt und beachtet. Im Dunkel war ich ich selbst.

Ich kann nicht behaupten, daß es unerwartet kam. Verheiratete Männer machen immer irgendwann Schluß. Aber ich hatte es vielleicht nicht gerade zu diesem Zeitpunkt erwartet.

Roger und ich waren vier Jahre zusammen gewesen. Ich kannte seine Gewohnheiten. Von Verliebtheit konnte schon lange nicht mehr die Rede sein, der erotische Teil des Verhältnisses war mehr Routine, aber wie immer bei solchen Routinen enthielt auch diese ein Moment von Geborgenheit.

Ich hatte gedacht, es würde bestimmt noch ein Jahr so weitergehen. Es gab gewissermaßen keinen Grund für etwas anderes. Alles, was von mir erwartet wurde, war Diskretion und Respekt. Und darin bin ich Expertin. Diskretion in bezug auf mein illegales Verhältnis und Respekt vor dem legalen der anderen.

Und dann sitzt er eines Tages auf einer Bank an einem See und sagt, daß er so nicht mehr leben könne. Daß er sich wie ein halber Mensch fühle. Seine Frau habe Brustkrebs gehabt. Voriges Jahr. (Das hat er mir nie erzählt.) Sie sei jetzt vermutlich außer Gefahr. Die Behandlung sei abgeschlossen. Sie sei gesund. Aber er möchte mich nicht mehr treffen.

Wäre es nicht natürlicher gewesen, unser Verhältnis voriges Jahr zu beenden, als er erfuhr, daß seine Frau krank ist und ihn braucht?

Nein, da sei er so verzweifelt gewesen, daß er keine weiteren »Turbulenzen« habe ertragen können. (An seinem Arbeitsplatz reden sie so. Das bleibt haften, er meint es nicht böse.) Durch das Zusammensein mit mir habe er das letzte Jahr überstanden. Seine Frau brauchte seine ganze Kraft, und ich habe ihm diese Kraft gegeben.

Ich war also ein ganzes Jahr lang eine Art Krafttankstelle für eine fremde, krebskranke Frau.

Und jetzt ist ihm aufgegangen, wie schön das Leben ist, wie vorsichtig man miteinander umgehen muß und so weiter. Ich habe gar nicht genau zugehört. Ich habe es auch nicht so schwer genommen. Ich war ja nicht wirklich in ihn verliebt. Aber er war ein großer Teil meines Lebens. Ich hatte mich an ihn gewöhnt.

Ich nehme an, es ist eine Alterserscheinung, feste Gewohnheiten zu haben. Es ist vielleicht ganz gut, wenn jemand anderes sie für einen durchbricht.

»Ist schon okay«, sagte ich. »Es waren nette Jahre, aber die *große* Liebe war es für uns beide nicht.«

Da schaute er ein wenig unsicher und auch traurig.

»Nein? Nicht einmal am Anfang?« fragte er.

Ich zuckte mit den Schultern.

Als ich nach Hause kam, setzte ich mich auf einen Stuhl und blieb die ganze Nacht da sitzen. Ich schlief nicht, und ich war auch nicht wach. Ich dachte nichts.

Als die Zeitung durch den Briefkastenschlitz plumpste, sah ich, daß es Morgen war und ich immer noch die Jacke und den Schal anhatte.

Ich stand auf und stellte fest, daß ich auf einem Stuhl gesessen hatte, auf dem ich sonst nie sitze. Es ist ein avantgardistisches Möbel aus Stahlrohr und weiß lackiertem Lochblech. Ich habe es gekauft, als ich bei einem Wettbewerb um die beste Anzeige eine größere Geldsumme gewonnen hatte. Der Stuhl ist auf eine strenge und etwas beängstigende Weise schön, und es ist völlig unmöglich, darauf zu sitzen. Wenn ich ein Fest feierte, blieb dieser Stuhl bis zum Schluß leer, die Leute setzten sich lieber auf den Boden als auf diesen Stuhl. Die Sitzfläche ist zu hoch, man kann die Füße nicht richtig aufstellen. Die Rückenlehne hat etwa die Form einer Korrekturschiene für Rückengeschädigte. Die Höhe der Armlehnen ist unterschiedlich, die eine hoch, die andere niedrig.

Das Merkwürdige ist, daß dieser Stuhl, obwohl er so wenig funktionell ist, dennoch die einfache, geheimnisvolle Schönheit besitzt, die nur wirklich funktionelle Gegenstände haben. Ich hatte immer so ein merkwürdiges Gefühl, daß es irgendwo im Universum ein Wesen gibt, für das dieser Stuhl genau richtig ist. Wie ein Thron steht er im Licht am Fenster, und wenn ich vorbeigehe, versuche ich mit einem Schaudern mir vorzustellen, auf wen er wartet: auf einen hochbeinigen, aufrechten Übermenschen mit einem kurzen und einem langen Arm.

Auf diesem Stuhl hatte ich also den Abend und die Nacht verbracht. Ich war sehr überrascht, als mir das klar wurde.

Ich ging zu Idéa, einer kleinen Werbeagentur, für die ich öfter arbeite. Sie gehört einem Ehepaar, Dick und Lena, die ich seit Jahren kenne. Da mein Job so einsam ist, tue ich so, als wären sie meine Arbeitskollegen. Ich besuche sie hin und wieder und rede ein wenig mit ihnen. Manchmal gehen wir auch zusammen ein Bier trinken.

Früher ging ich gerne hin, ich fand das ganz normal. Aber in letzter Zeit mußte ich mich fast zwingen. Vielleicht nicht wirklich zwingen. Aber so, wie zu joggen oder gesund zu essen. Es ist nicht unangenehm, aber es erfordert doch eine gewisse Disziplin und Überwindung.

Dick hatte von der Stadt den Auftrag bekommen, ein Würfelspiel zum Thema Mülltrennung zu entwerfen. Er schlug mir vor, das Spielfeld und die Spielkarten zu zeichnen. Wir diskutierten eine Weile über das Projekt.

Ich ging zu Fuß nach Hause und machte dann den ganzen Tag Entwürfe. So gegen fünf ging ich einkaufen und kochte mir etwas. Danach muß ich mich auf den merkwürdigen Stuhl gesetzt haben, denn als ich das nächste Mal auf die Uhr sah, war es zwei Uhr nachts.

Das wiederholte sich jeden Abend. Der Stuhl zog mich zu sich hin, ohne daß ich es merkte; ich saß wie in einer inneren, leeren Landschaft.

Ich könnte sie als Schneelandschaft im Februar oder März beschreiben.

Ein milchiger Nebel in der Luft. Still. Geräuschlos. Keine Bäume. Eine Art verschneites Feld. Weißer Himmel, weißer Boden, weiße Luft.

Alles sehr friedlich und ruhig. In dieser öden Landschaft lag eine solche Schönheit.

Manchmal stellte ich fest, daß ich weinte. Es kitzelte auf dem Kinn, und mir wurde klar, daß es eine Träne war. Das erstaunte mich, denn eigentlich war ich nicht traurig. Ich weinte, weil es so schön war.

Ich hatte auch das Gefühl, nicht allein zu sein. Roger war da, obwohl ich ihn nicht sehen konnte, seine Gegenwart wurde von Tag zu Tag greifbarer. Meine Fingerspitzen spürten das Grübchen in seinem Kinn und die Falte im Nacken. Ich spürte den Duft seiner Haut und seinen Atem im Ohr. Meine Wahrnehmungen waren völlig real, es waren keine Phantasien.

Und gleichzeitig wußte ich, daß er nicht da war, daß ich etwas aus der Vergangenheit erlebte, etwas, was ich nie mehr erleben würde. Das Gedächtnis der Nervenzellen. Phantomschmerzen.

Wenn ich arbeitete oder irgendwo unterwegs war,

sehnte ich mich die ganze Zeit nach dem Stuhl. Wenn ich in der Schneelandschaft war, wollte ich sie nicht mehr verlassen. Ich saß einfach im Weiß und atmete seine Nähe ein, die Tränen flossen lautlos.

Es war schön. Es war wie Musik.

Schließlich wurde mir klar, daß ich etwas unternehmen mußte. Bei Idéa sah ich in einer Zeitschrift eine Anzeige. Eine Reise nach Borneo. Sie war teuer, aber ich hatte Geld auf der Bank. Der Flug sollte am ersten Werktag nach Weihnachten sein. Das war mir sehr recht. Während der Weihnachtstage würde ich packen und über praktische Dinge nachdenken. Weihnachten ist sonst leicht problematisch für frei schwebende Individuen.

Borneo. Ich wußte nichts über Borneo.

Ich hatte eine vage Vorstellung von Hitze, Feuchtigkeit und Farbenpracht. Dschungel. Das genaue Gegenteil der Schneelandschaft.

Der Geruch von Feuchtigkeit und Moder war schon im Gang vom Flugzeug zum Terminal zu spüren. Ein feuchter Geruch nach Keller. Bisher waren diese Gerüche für mich immer mit Kälte verbunden. Das hier war eine heiße Variante, die mir neu war.

Gerüche, das Licht, die Farben des Himmels, diffuses Wetter. Wahrnehmungen am Rande der Sinne, kleine Nuancen, die in Reiseschilderungen nie richtig beschrieben werden und die man in den Prospekten der Reiseveranstalter nie erkennen kann. Eigentlich dringen diese Eindrücke am tiefsten in uns ein, sie sind es, die unserem Weltbild etwas Neues hinzufügen. Alles andere können wir uns anlesen oder an-fernsehen.

Als erstes erschlug ich eine Echse.

Es passierte im Hotel.

Ich war kaum im Zimmer, da schleuderte ich meine Schuhe von mir. Aber ich zog sie sehr schnell wieder an. Der laienhaft verlegte Teppichboden hatte die Feuchtigkeit aufgesogen und war ganz naß. Außerdem sehr kalt. Draußen war es heiß wie im Dampfbad, aber im Zimmer war es durch die Klimaanlage kalt wie in einem Kühlschrank.

Am Waschbecken und in der Dusche liefen ununterbrochen dünne Rinnsale lauwarmen Wassers. Ein ewiges, stilles Fließen, das sich von Menschenhand nicht beeinflussen ließ. Die hübschen, vergoldeten Wasserhähne ließen sich drehen wie Spielsachen, sie leisteten keinen Widerstand und konnten den Strahl weder vergrößern noch abstellen.

Geduldig stand ich unter dem Rinnsal und ließ es über meinen Körper laufen, dann wollte ich ins Bett gehen, um ein paar Stunden zu schlafen. Als ich die Decke wegzog, huschte eine kleine Echse hervor.

Ich habe solche Echsen in südlichen Ländern schon öfter gesehen. Sie sitzen meistens an den Wänden und warten auf Fliegen und Mücken. Sie können stundenlang völlig still sitzen, man glaubt fast nicht, daß sie lebendig sind. Plötzlich bemerken sie ein Insekt, und dann *sind* sie einfach einen Meter weiter. Es geht so schnell, daß man die Fortbewegung nicht sieht, ungefähr wie ein Film, in dem ein paar Bilder herausgeschnitten wurden. Und genau diese Plötzlichkeit, diese total unerwartete und unwirklich schnelle Fortbewegung macht diese Echsen so unangenehm.

Ich hatte immer geglaubt, daß sie nur auf Wänden und Mauern sind. Jetzt merkte ich, daß sie auch gegen ein Hotelbett mit feuchten Laken nichts einzuwenden hatten. Mir war klar, daß ich trotz meiner Müdigkeit mit dieser Echse im Zimmer nicht würde einschlafen können.

Mit der Haarbürste in der Hand näherte ich mich ihr, sie floh ins Badezimmer, wo ich sie in eine Ecke jagte. Ich hob die Bürste, um sie totzuschlagen.

Aber dann passierte das Merkwürdige: Diese kleine Echse, die keinen Ausweg mehr hatte, erhob sich auf die Hinterbeine und ging zum Angriff über! Sie sprang die Haarbürste an und schnappte mit ihren kleinen Kiefern nach ihr, dabei gab sie Laute von sich, etwas zwischen Schreien und Zischen.

Zitternd vor Überraschung und Angst schlug ich mit der Bürste zu.

Im nächsten Moment war die Echse verschwunden. Ich schloß die Badezimmertür und suchte. Ich wollte nicht aufgeben, ehe sie tot war.

Ich fand sie schnell. Sie war in den Ablauf unter der Dusche gekrochen.

Ich setzte mich in der Hocke daneben. Der Ablauf war offen, ohne Sieb, es war einfach eine Öffnung in ein dickes Rohr, randvoll mit schmutzigem Wasser und Haaren. Da lag die kleine Echse und hielt sich am Rand fest mit ihren kleinen Vorderpfoten, die – das sah ich jetzt – aussahen wie kleine Menschenhände. Sie hatten winzigkleine Finger, die sich an den Rand klammerten. Sie versuchte, so weit wie möglich unter Wasser zu bleiben, sie hatte nur den Kopf über Wasser, um zu atmen. Der Schlag mit der Haarbürste hatte sie verletzt, der Bauch war offen und etwas Lilafarbenes, Eingeweideartiges schwamm daneben.

Und dann traf mich ihr Blick! Ich erwarte nicht, daß man mir glaubt, aber diese Augen hatten einen Ausdruck, der nichts mit der Welt der Reptilien zu tun hatte. Sie schauten verängstigt. Bittend.

Ich war völlig verzweifelt. Ich hatte keine klare Vorstellung gehabt, was für Wesen Echsen sind. Ich hatte sie irgendwie auf die Ebene von Insekten oder Fischen gestellt. Ich hatte keine Ahnung, daß Echsen *einen anschauen können*. Das war ungeheuerlich.

Ich beugte mich über sie. Die Echse zog sich zusammen. Der ganze Körper bewegte sich in einem heftigen Atemzug. Die Haut war weißlich und dünn. Es war ein ganz anderes Tier als das unbewegliche, scheinbar schlafende Reptil, das blitzschnelle Raubtier, das eklige kleine Monster, für das ich es gehalten hatte. Ich schaute das zarte Gesicht an, das sehr schön war, und die kleinen Finger, die halb durchsichtig wie bei einem menschlichen Embryo waren und sich am Rand festhielten. Ich verspürte plötzlich eine große Zärtlichkeit für dieses Tier, das mir nichts zuleide getan hatte, und ich fühlte mich schrecklich schuldig, daß ich es verletzt hatte.

»Was habe ich getan?« dachte ich. »Ich bin das Untier, ich bin ein schreckliches, kaltes Reptil.«

Aber ich hatte es so sehr verletzt, daß ich es töten mußte, um ihm weiteres Leiden zu ersparen. Schnell schlug ich mit dem Griff der Haarbürste auf den hübschen Kopf gegen den Rand des Ablaufs. Ich nahm die Echse mit einem Stück Papier heraus und spülte sie in die Toilette.

Das mit der Echse war das erste Ereignis.

Das zweite geschah am folgenden Tag.

Wir waren etwa zwanzig Touristen, und wir fuhren den Fluß hinauf. Wir saßen uns auf längs angebrachten Bänken gegenüber, über uns ein Sonnendach aus verrostetem Blech.

Auf dem Fluß herrschte reger Verkehr, lange, schmale Boote, die mit Obst, Gemüse und Hühnerkäfigen beladen waren.

Kleine braune Jungen schwammen bis zur Mitte des Flußes, warteten unser Boot ab und streckten sich nach der Reling. Die meisten blieben im Wasser, schaukelten auf den Bugwellen, aber einigen gelang es, den Rand des Boots zu fassen zu bekommen. Wie nasse Robben zogen sie sich aus dem Wasser und bettelten uns um Geld an. Die Münzen steckten sie in den Mund. Dann wurden sie vom Reiseleiter ins Wasser zurückgescheucht und schwammen, lebensgefährlich zwischen den Schiffsschrauben kreuzend, wieder ans Ufer.

Eine aufgeblähte Hundeleiche schaukelte in einem dichten Teppich aus Wasserpflanzen. Von den Auspuffgasen des Bootsmotors und dem Gestank nach verdorbenem Obst wurde mir leicht übel. Ich fragte mich, wie es wohl war, hier zu leben. Wie in einem ständigen Fiebertraum?

Wir ließen die Dörfer hinter uns, der Wald wurde dichter. Ich war wie berauscht von der Hitze. Ab und zu mündeten Nebenflüsse ein, manche breit und offen wie Straßen, andere eng und dunkel wie Gräben.

Ich schaute in das schlammige Wasser, das an den Seiten des Bootes aufwirbelte. Der Schweiß lief mir in kleinen Rinnsalen über Rücken und Brust. Ich hatte das Gefühl, allmählich zu zerschmelzen. Aufgelöst in einem kleinen Bach aus Schweiß würde ich eins werden mit dem grauen Fluß.

Nach einer Flußbiegung konnten wir in der Ferne urwaldbewachsene Berge mit Nebelschleiern sehen. Es sah genau so aus wie in den Naturfilmen im Fernsehen, aber eigentlich gehörte eine geheimnisvolle Musik dazu und nicht das ohrenbetäubende Knattern eines Motors.

Kurz darauf gingen wir an Land. Jetzt würden wir geradewegs in den Urwald gehen.

Aber auch hier gab es Menschen. Am Ufer lagen ein paar Hütten. Zwei kleine Jungen mit Lendentüchern kamen uns an der Anlegestelle entgegen. Zwischen den Hütten tauchte eine Frau auf und wollte uns etwas zeigen.

Hinter den Hütten hatten sie einen primitiven kleinen Zoo gebaut. In engen, rostigen Käfigen saßen ein paar verwahrloste Tiere: Ein Tapir, ein paar kleine Bären und ein Katzentier, nur wenig größer als eine normale Hauskatze, das jedoch schrecklich und raubgierig aussah. Die Frau nannte es die »golden cat«, die Goldkatze.

Die Tiere liefen auf und ab und schienen durch die Gefangenschaft wahnsinnig geworden zu sein. Die Käfige waren mit normalen Haken verschlossen. Am Käfig der Goldkatze war der Haken verrostet und durch ein Stück gebogenen Draht ersetzt worden.

Ich gab der Frau ein paar Münzen als Dank für die Vorführung und schloß mich wieder der Gruppe an, die sich für die Urwaldwanderung versammelt hatte. Man sagte uns, daß wir einzeln hintereinander einen Pfad entlanggehen würden und immer dem Führer folgen sollten. Niemand durfte die Gruppe verlassen. Wir sollten aufpassen, wohin wir die Füße setzen, um nicht auf eine Schlange zu treten.

Über der einen Schulter hatte ich die Kamera. Ich merkte bald, daß ich sie nicht mehr benutzen konnte. Als ich durch den Sucher schaute, stand die Anzeige auf rot. Es war zu dunkel ohne Blitz.

Über der anderen Schulter hatte ich meine Tasche.

Ich muß etwas zu meiner Tasche sagen. Für eine Schultertasche ist sie ziemlich groß. Sie ist aus rotbraunem, abgenutztem Leder und hat innen und außen mehrere Fächer. Ich habe in dieser Tasche alles, was ich in allen denkbaren Lebenslagen brauchen könnte. Dosenöffner. Schere. Flaschenöffner. Nadel und Faden. Sicherheitsnadeln. Eine kleine Überlebensschachtel, die ich nach Anweisung des Überlebensbuchs zusammengestellt habe: ein paar Angelhaken, ein Stück Nylonschnur, eine Trillerpfeife, eine gefaltete Plastiktüte und ein Streichholzbriefchen aus einem Restaurant. Ich habe auch meine Hausapotheke dabei, mit Schmerzmittel, Salztabletten, Kohletabletten, Wasserdesinfizierungstabletten, Pflaster und Tampons. Ich habe Papiertaschentücher und Feuchtigkeitstüchlein dabei. Eine kleine Taschenlampe. Eine Reservebatterie für die Taschenlampe. Notizbuch und Stift. Meinen Kalender. Mein Adreßbuch. Meinen Paß. Meine Reiseschecks.

Die meisten Sachen habe ich immer in der Tasche. Auch zu Hause in Schweden. Und ich habe die Tasche immer bei mir.

Die beiden kleinen Jungen folgten uns immer noch. Einer zeigte auf meine Kamera und wollte von mir fotografiert werden. Ich tat ihm den Gefallen, obwohl die Kamera immer noch rot anzeigte.

Er war sehr niedlich. Die dicken schwarzen Haare schienen nach einem Topf geschnitten zu sein. Er wollte kein Geld, aber als wir ein paar Schritte gegangen waren, wollte er noch einmal fotografiert werden. Ich fühlte mich ein wenig gestreßt, denn wir waren jetzt ganz am Schluß der Gruppe, und ich wollte nicht zurückbleiben. Er stellte sich vor mich auf den Pfad und machte Grimassen und lachte und zeigte auf die Kamera. Ich machte noch ein Bild.

Als ich abdrückte, merkte ich, wie mir die Tasche von der Schulter glitt, und ich sah den anderen Jungen neben mir.

Es war alles eine einzige Bewegung: Der Riemen rutschte meinen Arm herunter, die braunen Rücken der Jungen, die mit meiner Tasche im Wald verschwanden, mein unbezwingbarer Impuls, ihnen zu folgen. Als ob ich mit einer Schnur an meiner Tasche befestigt wäre, die plötzlich gespannt würde und mich in die Büsche hineinzog. Ich zwängte mich durchs Unterholz, ich war überzeugt davon, daß es sich bald lichten würde und ich die Jungen vor mir sehen könnte. Sie hatten ja fast keinen Vorsprung. Nur zehn, zwölf Schritte, ich würde meine Tasche schnappen und zum Pfad zurückeilen können.

Aber ich war noch keine sieben, acht Schritte gelaufen, da glitt die Erde unter meinen Füßen weg. Ich bekam harte Schläge ins Gesicht, roch einen fürchterlichen Verwesungsgestank und sah Grün um mich wirbeln. Ich rutschte mit rasender Geschwindigkeit abwärts. Ich versuchte zu bremsen, streckte Arme und Beine aus, aber überall war nur glatter, glitschiger Lehm, eine Wahnsinnsfahrt direkt in die Hölle.

Sekundenschnell zog eine Erinnerung durch mein Gehirn: Ich rolle einen Grasabhang hinunter. Ich bin klein. Das Gras riecht gut, es geht schnell, es macht Spaß, alles ist grün und dreht sich. Aber dann geht es etwas zu schnell, ich komme nicht mehr richtig mit. Immer schneller. Es ist nicht mehr grün um mich herum, sondern schwarz. Nicht mehr ich rolle, etwas rollt mich. Etwas Böses.

Die Angst brach aus der Erinnerung hervor und drang in die Gegenwart. Das Böse hatte mich zu fassen bekommen. Es schlug mich und zerrte an mir und beschmierte mich mit Schmutz und Gestank.

In mir rollte es immer noch weiter, auch als mein Körper schon zum Halten gekommen war. Dann setzte ich mich auf. Es dauerte eine Weile, bis die Realität wieder normale Proportionen annahm.

Die Welt war nicht mit einem Knall untergegangen. Ich war nicht in einen hundert Meter tiefen Schacht gestürzt. Ich war nur über den lehmigen Rand einer engen Schlucht gerutscht.

Da unten war es ziemlich dunkel. Die Zweige der Bäume bildeten ein dichtes Laubdach. Die Jungen mit der Tasche waren nirgends zu sehen. Da oben in der dichten Vegetation war der Pfad mit der Ausflugsgruppe, und in Kürze würde ich wieder bei ihnen sein.

Aber als ich nach oben klettern wollte, rutschte ich ab. Ich versuchte, eine bessere Stelle zu finden, aber die Wände der Schlucht bestanden ausschließlich aus losem, braunem Lehm. Ich hielt mich an den dicken Baumwurzeln fest, die aus der Wand herausstanden, aber es half nichts, die Füße fanden keinen Halt.

Unten in der Schlucht floß ein flacher Fluß. Das Wasser war nur etwa dreißig Zentimeter tief. Ich folgte dem Wasserlauf in der Richtung, die wir auf dem Pfad gegangen waren. (Ich war mir allerdings keineswegs sicher, war ziemlich verwirrt.) Die rotbraunen Lehmwände begrenzten den Fluß auf beiden Seiten, das Grün lag wie ein Deckel darauf. Überall der gleiche weiche, glatte

Lehm, der es unmöglich machte, hinaufzuklettern. Ich war in der Schlucht eingeschlossen wie eine Ratte in einem Rohr.

Ich rief, so laut ich konnte, um Hilfe, bekam aber keine Antwort.

Erst jetzt wurde mir klar, daß die anderen vermutlich gar nicht merkten, daß ich verschwunden war. Ich war als letzte gegangen und noch weiter zurückgeblieben, als ich den Jungen fotografierte. Wenn sich nicht jemand genau im richtigen Moment umgedreht hatte, hatten sie nichts gesehen. Und nichts gehört. Alles war lautlos vor sich gegangen. Noch nicht einmal mein Sturz, der in meinen Ohren wie ein Erdbeben geklungen hatte, war durch das dichte Buschwerk zu hören gewesen.

Ich bereute, mit dem Rufen so lange gewartet zu haben. Wenn es denn lange war. Mein Zeitbegriff funktionierte nicht mehr. Ich lief schneller, so gut das im Morast möglich war. Die Anstrengung ließ meine Waden schmerzen. Ich stellte fest, daß es im Wasser leichter ging. Der Boden war fester und steiniger als am Ufer. Aber ich mußte vorsichtig gehen, die Steine waren algenbewachsen und sehr glatt.

Die Luft war voller Mücken, die mich ständig stachen. (Später habe ich versucht, mich zu erinnern, ob ich einen besonders schmerzhaften Stich verspürt hatte, aber das weiß ich nicht mehr.)

Nach einer Weile wurde mein Weg von einem großen Baum versperrt, der über den Fluß gestürzt war. Am Ufer hatten die Wurzeln eine richtige Grotte aufgerissen, die sich mit Flußwasser gefüllt hatte. Der Stamm war gebrochen, der Baum hatte im Fallen kleinere Bäume, Büsche und Lianen mitgerissen, so daß mein Weg durch einen Riesenberg von Pflanzen versperrt war.

Ich spürte, wie die Panik allmählich meinen Körper ausfüllte. Sollte ich lieber zurückgehen? Der Wasserlauf mußte logischerweise in den Fluß münden, auf dem wir gefahren waren. Von da würde ich am Strand entlang zu dem Platz gehen können, an dem das Boot vertäut war, wo der Anlegesteg, die Hütten und die merkwürdige kleine Menagerie war.

Ich hatte eine Karte der Gegend gesehen und wußte, daß ich mich in einem Wirrwarr aus Flüssen und Nebenflüssen befand. Es gab Tausende. Und selbst wenn ich zum richtigen Fluß gelangen würde, konnte ich nicht am Ufer entlanggehen, denn das bestand aus den gleichen Lehmwänden, die mich jetzt gefangenhielten, das hatte ich vom Boot aus gesehen. Plötzlich schmerzten meine Waden so sehr, daß ich nicht weitergehen konnte und mich auf einen großen flachen Stein im Fluß setzte. »Vielleicht ist es am klügsten, still zu sitzen«, dachte ich. »Man soll nicht wie wild hin- und herlaufen, wenn man sich verirrt hat. Man wird leichter gefunden, wenn man an einem Ort bleibt.«

Und da saß ich dann. Allein auf einem Stein im Dschungel von Borneo.

Es war schon lustig. Die Tasche mit der ganzen Ausrüstung, die ich überall mit mir herumgeschleppt hatte, auf Straßen und Plätzen, in Bussen und Bahnen, zu Arbeitsplätzen und Festen, überall in der schwedischen Geborgenheit hatte ich sie dabeigehabt. Für den Fall des Falles. Und jetzt, in der einzigen Situation, wo ich meine Trillerpfeife wirklich gebraucht hätte, meine Angelhaken und Wassertabletten, jetzt hatte ich sie nicht.

Ich hatte nur meine lehmigen Kleider: dünnes Hemd und Rock aus Baumwolltrikot, Slip und Riemchensandalen. Die Sonnenbrille und den breitkrempigen Hut hatte ich verloren. Meine Armbanduhr war in der Tasche. Ich hatte sie ausgezogen, weil ich vom Lederarmband einen roten Ausschlag bekam, wenn ich schwitzte.

Erst jetzt schaute ich mich da, wo ich war, genauer um. Bisher war mein Blick immer die Wände hoch gerichtet gewesen, vor meinem inneren Auge hatte ich den ersehnten Pfad und die Ausflüglergruppe so deutlich gesehen, daß meine wirkliche Umgebung beinahe ausgelöscht wurde.

Das Wasser des Flußes war braun, aber nicht trüb. Es schimmerte klar und golden wie Bernstein, der Boden war mit grün glänzenden Steinen bedeckt. Einzelne Sonnenstrahlen verbanden die Wasseroberfläche und das Laubdach wie straff gespannte Nylonschnüre, so vereinzelt und leuchtend in der grünen Dunkelheit, daß ich fast meinte, sie berühren zu können.

Es tropfte nach einem Regenschauer von den Blättern. Oder vielleicht war es auch nur die kondensierte Luftfeuchtigkeit.

Als ich auf dem Stein saß und ins goldbraune Wasser schaute, geschah etwas mit mir.

Ich gab auf. Ich ließ alles los. Ich legte die ganze Last ab.

Ich schaute dem Schwarm kleiner Fische zu, der dicht an meinen Beinen vorbeischwamm, sah, wie ihm der Schatten auf dem Grund folgte. Die Fische drehten sich gleichzeitig wie ein einziges Wesen und verschwanden in der dunklen Wasserhöhle, die der gestürzte Baum aufgerissen hatte.

Ich schaute die Baumwurzeln an, die unter Wasser komplizierte Muster bildeten, und immer wieder die dünnen Sonnenstrahlen.

Und ich erkannte alles wieder.

Auf einmal wußte ich, daß ich immer hier gesessen hatte. Mein anderes Leben war nur eine kurze Unterbrechung, eine Episode, ein merkwürdiges Versehen.

Ich hatte mich überhaupt nicht verirrt.

Ich war nach Hause gekommen.

Später habe ich erfahren, daß ich höchstens vierzig Minuten verschwunden gewesen war. Ich hatte also nicht sehr lange am umgestürzten Baum im Fluß gesessen, aber mir kam es länger als ein ganzes Leben vor.

Jemand rief, und der Zauber war gebrochen. Zwischen dem Laubwerk am Rand der Schlucht tauchte ein Gesicht auf. Es war der junge Australier aus unserer Gruppe. Er sagte, ich solle bleiben, wo ich war. Dann ließ er sich mit Hilfe eines Seils, das um einen Baumstamm geschlungen war, zu mir herab und zeigte mir, wie ich mich am Seil nach oben ziehen konnte. Es war sehr anstrengend, sich mit den Armen am Seil in die Höhe zu ziehen, der Australier folgte mir mit einer erheblich besseren Technik. Ich erinnerte mich, daß er erzählt hatte, er und seine Freundin seien Bergsteiger.

Als ich wieder auf dem Pfad bei der Gruppe war, dachten alle, ich stünde unter Schock und wollten mich trösten und beruhigen. Alle hatten etwas zu essen und zu trinken dabei und boten mir davon an, alle versicherten, daß ich meine Tasche bestimmt zurückbekäme. »Diebstahl ist hier sehr ungewöhnlich«, wiederholte der Führer immer wieder.

Aber ich empfand nur Gleichgültigkeit. Meine Tasche war mir egal, und ich verspürte keine Freude darüber, gefunden worden zu sein.

Ich sagte, daß ich nichts dagegen hätte, die Wanderung fortzusetzen, meinetwegen brauchten wir nicht umkehren. Aber die Stimmung war nicht mehr danach, eine spannende Wanderung durch den Urwald zu machen, alle wollten zum Schiff zurück.

Als wir zum Fluß kamen, waren die Jungen schon gefaßt worden, und ich bekam meine Tasche zurück. Soweit ich sehen konnte, fehlte nichts.

Aus den kleinen Hütten kamen Menschen, die sich offenbar alle für den Streich der Jungen entschuldigen wollten. Die Frau, die mir die kleine Menagerie gezeigt hatte, kam mit einer Emailschüssel und einem Lappen und bot an, meine Schürfwunden zu reinigen. Ich lehnte ab und nahm lieber meine sterilen Feuchttücher.

Auf dem Heimweg fing es an zu regnen. Es prasselte auf dem Blechdach des Schiffs, wurde kühler und ganz grau.

Das Hotel spendierte mir einen Drink, nachdem man gehört hatte, was mir zugestoßen war. Auch die Hotelangestellten schienen sich für das Verhalten ihrer jugendlichen Landsleute zu schämen, wieder wurde betont, wie ungewöhnlich so etwas in dieser Gegend sei. Ich hatte großes Pech gehabt.

Der Rest des Aufenthalts verlief ruhig.

Die meiste Zeit verbrachte ich am Pool.

Ich lag in einem Liegestuhl aus weißem Plastik und schaute einem Mann zu, der im Schatten eines Baumes stand. Er war ziemlich klein, sein Gesicht erinnerte mich an die Menschen, die ich am Fluß gesehen hatte. Er trug ein kurzärmliges, weißes Hemd und dunkle, tadellose Hosen, er stand wie ein Soldat auf Posten. Aber statt eines Gewehrs hatte er einen langstieligen Kescher.

Die Zweige des Baums hingen über dem Pool, hin und wieder segelte ein Blatt ins Wasser. Der Mann streckte seinen Kescher aus, fing das Blatt und warf es weg. Dann nahm er wieder seine stramme Haltung ein. Das Einfangen der Blätter war seine einzige Aufgabe, und er erledigte sie mustergültig.

Ich beobachtete fasziniert den Eifer, mit dem er den Kescher nach vorne stieß, und den Triumph, mit dem er ihn ausleerte und das Blatt ins Gebüsch schleuderte. Zwischen den Fängen versuchte er, sich bereitzuhalten, indem er diejenigen Blätter fixierte, die aussahen, als würden sie als nächste fallen. Ich sah, wie das Weiße in seinen Augen sich im Schatten bewegte.

Von morgens bis abends stand er da mit seinem Kescher. Ich war zutiefst beeindruckt von der Fähigkeit, eine monotone Arbeit zu etwas Spannendem und Bedeutsamem zu machen.

Ich fragte mich, was wohl sein Geheimnis war.

Tat er so, als wären die Blätter etwas anderes?

Eines Nachmittags – vielleicht am zweiten oder dritten Tag nach dem Dschungelausflug – lag ich im Liegestuhl.

Der Stuhlrücken war in die Horizontale heruntergeklappt. Ich lag auf dem Bauch, das Gesicht zum Boden gewandt, und betrachtete mit halbgeschlossenen Augen das, was einen Rasen vorstellen sollte, bei näherer Betrachtung jedoch nicht aus Grashalmen, sondern aus kleinen, glänzenden, dicht wachsenden Blättern bestand. Vom Pool kam ein modriger Algengeruch, mit stechendem Chlor vermischt.

In diesem Moment hatte ich das schwache, aber deutlich wahrnehmbare Gefühl, *daß etwas sich in meinem linken Oberschenkel bewegte.*

Es könnte ein Muskelzucken gewesen sein, aber die Muskeln im Oberschenkel liegen weiter innen. Es war eine Bewegung direkt unter der Haut, auf einen Punkt begrenzt.

Es dauerte nur eine Sekunde, war aber sehr merkwürdig. So etwas hatte ich bisher noch nicht erlebt. Eine zukkende Bewegung. Etwas völlig Neues und sehr Fremdes.

Viel später fiel mir ein, daß Mütter oft genau sagen können, wo sie sich befanden und wie es um sie herum aussah, als ihr Kind sich zum ersten Mal bewegte.

Ich setzte mich auf und betrachtete die Innenseite meines Oberschenkels.

Ich entdeckte nur ein klein wenig Schorf. Verglichen mit den Schürfwunden und den blauen Flecken, die ich nach meinen Purzelbäumen im Flußtal davongetragen hatte, eine Bagatelle.

Die Arbeit hatte sich während meiner Abwesenheit angesammelt, ich war bis spät nachts beschäftigt. Ich saß auf einem hochgedrehten Arbeitsstuhl an einem alten Backtisch, das ist mein Arbeitstisch. Es ist das einzige ältere Möbelstück, das ich besitze. Ich habe in meiner Kindheit genug bekommen von alten Möbeln. Ich erinnere mich, daß wir nur einmal etwas Neues kauften, und zwar, als die Stehlampe kaputtging und der Mann im Elektrogeschäft sagte, sie sei lebensgefährlich und müsse weggeworfen werden. Ich traute meinen Augen nicht, als ich von der Schule nach Hause kam und neben dem Sofa im Wohnzimmer eine neue Lampe vorfand. Es war eine sehr diskrete Lampe, etwas altmodisch, aber mir erschien sie so ungewöhnlich wie ein Iglu in der Wüste.

Meine Einrichtung ist modern und sparsam. Ich bewohne eine Dreizimmerwohnung, die viel zu groß für mich ist, eine Zweizimmerwohnung würde mir genügen. Aber ich kann mich nicht entschließen, umzuziehen. Ich liebe die hellen Räume mit den großen Bodenflächen.

Auf den avantgardistischen Stuhl habe ich mich seit meiner Rückkehr nicht mehr gesetzt. Ich hatte wieder die gleiche Abscheu vor diesem Stuhl wie vor der »Schneezeit«, und ich fand, das war ein gutes Zeichen.

Einen großen Teil meiner Zeit verbrachte ich mit dem Würfelspiel über die Mülltrennung. Es sollte ein pädagogisches Spiel werden mit realistischen Details. Ich machte mir viel Mühe zu recherchieren, wie die verschiedenen Müllautos, Verpackungen, Sammelbehälter aussehen. Ich war sehr beschäftigt.

Wenn ich keine Bildideen hatte, griff ich zu meinem

alten Trick. Ich fixierte eine Weile einen uninteressanten Punkt im Zimmer, schloß die Augen und beobachtete, was für ein Bild hinter dem Augenlid auftauchte. Auf diese Weise habe ich einige meiner besten Ideen bekommen, vor allem, wenn ich richtig müde und bildleer war.

Wenn ich jetzt die Augen schloß, sah ich fast immer das Gleiche: die wassergefüllte Wurzelgrotte und die hinein- und herausschwimmenden Fische. Es war nicht das Bild, das ich suchte, aber es beruhigte mich und gab mir neue Kraft. Ich erinnerte mich an die Schneelandschaft, die alle Kraft aus mir herausgesogen hatte. Das Merkwürdige war, daß die Bilder sich irgendwie ähnelten.

Ich war fast jeden Tag im Sportstudio. Und eigentlich spürte ich das im Oberschenkel nur beim Training. Unter dem Schorf hatte sich eine kleine Erhebung gebildet, etwas größer als ein Mückenstich und härter.

Ich war etwa eine Woche wieder zu Hause, als ich es an der Zeit fand, unter Leute zu kommen. Ich ging zu Idéa und fragte Dick und Lena, ob sie mit ausgehen wollten. Ein Fotograf namens Håkan war zu Besuch. Wir gingen zu viert ein Bier trinken, ich erzählte von Borneo, und es war eigentlich recht nett.

Dick und Lena gingen früh nach Hause. Håkan und ich saßen uns gegenüber. Ich schaute über seine Schulter im Lokal umher, der große, nette Håkan trank ein Bier nach dem anderen und glitt in seinen stillen, wortlosen Rausch. Er war nicht verheiratet und hatte keine Kinder, wie ich. Alle finden das schade. Håkan wäre ein so toller Vater. Er fotografiert in seinem Atelier oft Kinder und kann wunderbar mit ihnen umgehen. Geduldig, einfallsreich, verschmitzt. Er hat einen ganz anderen Kontakt zu ihnen als zu Erwachsenen, die fühlen sich oft ein bißchen unwohl, wenn er sie fotografiert.

Ein älterer Mann setzte sich an unseren Tisch, und nachdem er herausgefunden hatte, daß Håkan und ich nur Kollegen waren, fing er an, mich zu bedrängen. Es war die übliche Tour. Seine Frau hatte ihn verlassen, vor gerade einem Monat, aber er glaubte schon auf dem besten Weg zum Alkoholismus zu sein. Gab es denn keine warme und liebe Frau, die ihm das Leben zurückgeben könnte. Ich zum Beispiel sähe doch warm und lieb aus, das hatte er gleich gemerkt.

Håkan saß da wie ein schweigender Riese und lächelte verschwommen.

Irgend etwas ärgerte mich unglaublich, aber ich bekam nicht heraus, ob es der aufdringliche Kerl war, der nette Håkan oder ich selbst mit dem Hang, immer ein bißchen zu viel zu trinken und ein bißchen zu lange zu bleiben und die falsche Sorte Männer anzuziehen.

Ich entschuldigte mich und ging zur Toilette. Da bemerkte ich, daß die kleine Erhebung auf meinem Oberschenkel zu einer unangenehmen, geröteten Beule angeschwollen war und es das war, was mich vermutlich die letzten Stunden irritiert hatte.

Als ich mit dem Taxi nach Hause kam, war es halb drei. Auf dem Anrufbeantworter war eine Nachricht von einer ehemaligen Schulkameradin, die ich ziemlich selten treffe. Sie hat drei Kinder und nimmt außerdem Kinder bei sich auf, die aus unterschiedlichen Gründen für kürzere oder längere Zeit ein Zuhause brauchen. Es sind immer anstrengende Kinder, behindert oder irgendwie gestört. Sie bat mich zurückzurufen, aber das hatte Zeit bis morgen.

Ich beschäftigte mich in Gedanken noch eine Weile mit dieser Freundin und fragte mich, warum manche so weit geöffnete Arme haben, während andere kaum mit sich alleine zurechtkommen.

Ich legte mich schlafen und bedauerte, das letzte Bier getrunken zu haben. Die Beule tat weh, aber der Alkohol hatte mich betäubt, und ich spürte den Schmerz nur schwach. Irgendwie war ich traurig. Ich versuchte, mir die Fische in der Höhle vorzustellen, aber wenn ich getrunken hatte, klappte es nicht.

In einem langsamen, trichterförmigen Wirbel zog der Rausch mich in den Schlaf. Dann träumte ich.

Der erste Teil war kein richtiger Traum, eher so eine Einschlafphantasie. Mein bewußtes Denken war noch mit kleinen, kritischen Strichen vorhanden.

Es begann wie eine Wiederholung dessen, was vor dem Schlafengehen passiert war:

Ich komme aus der Kneipe und bin betrunken. Die grüne Lampe des Anrufbeantworters blinkt, und ich höre die Nachricht ab. Es ist die Freundin mit den Schützlingen. Aber ihre Nachricht ist anders als in Wirklichkeit, obwohl die Stimme gleich ist – etwas gespannt, ich habe den Verdacht, daß sie von einem Zettel abliest: »Hallo Anna, hier ist Agneta. Drei kleine Mädchen benötigen deine Hilfe. Sie werden dir morgen früh überbracht. Wenn es Probleme geben sollte, ruf mich heute abend noch an.«

Ja, es gibt Probleme, ich will keine Kinder hier haben. Ich werde morgen früh einen Kater haben und ausschlafen müssen. Aber jetzt ist es zu spät, um Agneta noch anzurufen. Es ist mitten in der Nacht, fast Morgen. Wie früh kommen sie wohl? Ich kann vielleicht nur ein paar Stunden schlafen. Ich denke über die Formulierung »überbracht« nach. Wird Agneta sie nicht selbst bringen?

Dann wird der Traum tiefer, jede kritische Distanz fehlt. Alles ist real.

Es klingelt an der Tür. Es ist nicht das diskrete Ding-dong meiner Türglocke, sondern ein Klingeln, das durch Mark und Bein geht, wie zu Hause bei meinen Eltern, das aus jedem Besuch einen Schock und aus jedem Gast einen gefürchteten Feind machte.

Ich gehe zur Tür, um zu öffnen, ich bin nicht in meiner Wohnung, sondern in der Villa, in der ich als Kind wohnte. Ich habe mein jetziges Alter, und ich weiß, daß die anderen, die im Haus gelebt haben, tot sind, genau wie in Wirklichkeit. Alle Möbel und Gegenstände sind noch da, nichts ist auch nur im geringsten verändert. Ich bin offenbar nie dort ausgezogen, sondern habe das Haus nach dem Tod meines Vaters behalten.

In der Diele zieht es kalt, und ich sehe, daß die Haustür nicht richtig verschlossen ist. Sie schlägt im Wind, auf der Fußmatte liegt verwehter Schnee.

Festzustellen, daß ich bei offener Tür geschlafen habe, bereitet mir Unbehagen.

Der Wind öffnet die Tür einen Spalt, und ich sehe, daß draußen jemand steht. Nach einem kurzen Zögern öffne ich.

Es ist schwarze Winternacht, oder vielleicht früher Morgen. Vor der Tür steht eine Frau, ganz in Tücher eingehüllt, als ob sie Muslimin wäre. Vor ihr stehen drei kleine Mädchen von ungefähr vier Jahren. Entzückende Kinder. Sie sind gleich angezogen, tragen Mützen aus grauem Kaninchenfell, die unter dem Kinn geknöpft sind, und Mäntel mit Rückengurt. Sie haben die Augen niedergeschlagen und sehen fast aus, als schliefen sie. Vielleicht sind sie müde, weil es so früh am Morgen ist, oder sie sind sehr, sehr schüchtern. In ihren Pelzmützchen ähneln sie kleinen, schlafenden Weidenkätzchen.

Die Frau hat auch die Augen niedergeschlagen. Der

Wind zerrt an ihren Tüchern. Sie schiebt die Kleinen in die Diele. Dann nickt sie oder verneigt sich und geht ohne ein Wort.

Ich bin verwirrt. Wie lange werden diese Mädchen bei mir bleiben? Was soll ich mit ihnen machen?

Aber ich bin wirklich von ihnen entzückt. Sie sind so süß.

Sie stehen ganz still. Der schmelzende Schnee tropft von ihren Fäustlingen. Ich ziehe sie aus. Unter den Mützen haben sie braunes Haar, zu perfekten Pagenfrisuren geschnitten. Dicke Ponys, wie mit dem Lineal gezogen, folgen genau der Linie der Augenbrauen. Unter den Mänteln tragen sie karierte Faltenröcke mit Trägern und weiße Blusen mit Puffärmeln.

»Was für süße Püppchen!« rufe ich aus.

Ich nehme sie mit hinauf in mein Zimmer, das noch so aussieht wie zu meiner Teenagerzeit. Es gibt nicht sehr viel zum Spielen. Nur ein paar alte Teddys sitzen auf meinem Bett. Ich gebe sie den Mädchen. Sie nehmen sie zögernd, schauen sich an und spielen irgendwie steif und sehr seltsam mit den Bären. Sie wiegen sie mit mechanischen Bewegungen im Schoß, tauschen sie untereinander aus, gehen mit ihnen im Kreis, setzen sie auf den Boden, heben sie wieder hoch. Sie benehmen sich nicht wie Kinder, eher wie kleine Erwachsene.

Ich lasse sie in Ruhe und gehe hinunter, um ihnen Frühstück zu machen. Von oben höre ich Hopsen und Lachen. Ich gehe hinauf und schaue nach ihnen.

Sie spielen jetzt ein anderes Spiel, das ihnen viel mehr Spaß zu machen scheint als die Teddys. Sie liegen in einem Haufen auf dem Boden und schnappen nacheinander. Wie Pudelwelpen purzeln sie herum, ich sehe ihre braunen Schöpfe, die flatternden Röcke und rundliche, strampelnde Beine, alles in einem einzigen Durcheinander.

»Wie schön, daß ihr Spaß habt«, sage ich.

Wie der Blitz stehen alle drei aufgereiht vor mir. Ihre eben noch so zerzausten Haare liegen wieder in glatten Spitzen auf den Wangenknochen. Nicht ein Haar ist in Unordnung, die Blusen sehen aus wie frisch gebügelt. Sie sind ernst, die Lider sind fast geschlossen.

»Aber ihr Lieben, natürlich dürft ihr spielen. Ich wollte euch nicht unterbrechen«, sage ich.

Ich gehe wieder in die Küche. Die Fenster sind immer noch schwarz. Wird es denn überhaupt nicht hell? Ich mache heiße Schokolade, aus dem Kinderzimmer höre ich leises Aufprallen, wie von Bällen.

Ich trage ein Tablett mit Schokolade und belegten Broten hinauf und schaue unter dem Tablett durch, wohin ich auf der Treppe die Füße setze. (Ich wußte nicht, daß ich mich so genau an das Muster des Treppenteppichs erinnere. Große Blumenranken, die sich wie Schlangen die Treppe hinunter winden.)

Die Mädchen hüpfen und springen. Sie schießen in die Luft, sehr hoch und sehr schnell, als ob sie von Stahlfedern hochgeschnellt würden. Aber sie kommen nicht schwer wieder herunter, sie fallen ziemlich langsam, fast ein wenig schwebend, mit leichtem Aufprallen, ungefähr wie Ballons.

»Ihr seid wie Ballons«, sage ich.

Sie schauen sich unter gesenkten Lidern an und kichern. Aber sie wollen nicht frühstücken. Sie hüpfen nur.

»Hüpfbälle«, sage ich. »Federleicht!«

Ich fange sie ein, eine nach der anderen, und nehme sie alle auf den Schoß. Sie sind so leicht und handlich. Ich bin ganz entzückt von ihnen.

»Ihr kleinen Purzelchen«, sage ich und schaukle sie auf dem Schoß.

»Ihr kleinen Schnurzelchen.«

Es gefällt mir, verschiedene Namen für sie zu finden.

»Wie heißt ihr eigentlich?« frage ich.

Sie antworten nicht.

»Kleine Mädelchen«, flüstere ich und wiege sie.

Da höre ich ein Geräusch von dem Mädchen, das am nächsten sitzt. Ein schwaches und sehr rasches Ticken. Vielleicht eher ein Kribbeln. Ein wenig wie das Schnurren einer Katze. Ich versuche, unter ihre Bluse zu schauen, ob sie dort etwas versteckt hat, aber sie windet sich lachend aus meinem Griff. Sie ist kitzlig.

»Kleine Mädelchen«, sage ich, da kichern sie alle drei.

Sie sind viel fröhlicher als vorhin.

»Hat eure Mutter euch hier abgegeben?« frage ich, ohne eine Antwort zu bekommen.

Ich erinnere mich, daß zwischen dem Gesicht der Frau und den Mädchen eine gewisse Ähnlichkeit bestand. Und was bedeutet es, wenn eine Mutter ihre Kinder in der Obhut einer anderen Frau lässt und ohne ein Wort geht, nur mit einem dankbaren Kopfnicken? Ja, daß sie die Kinder für immer da lässt.

Wie furchtbar ängstlich und scheu sie waren, als sie kamen! Wer weiß, was sie erlebt haben? Es muß etwas Schlimmes sein, das eine Frau zwingt, ihre Kinder wegzugeben.

»Aber wie heißt ihr eigentlich?« wiederhole ich.

Immer noch keine Antwort.

»Heißt ihr Kicki, Pippi und Fiffi?«

Lautes Kichern.

»Nee. Was könnte es dann sein? Heißt ihr …«

Ich zögere und tue so, als würde ich nachdenken.

Da verschwindet ihr Lächeln, sie sehen wieder ängstlich aus.

»Anette, Babette und Ninette?« schlage ich vor.

Erleichtertes Lachen und Kopfschütteln.

»Wie soll ich es denn erraten? Laßt mich nachdenken. Hm.«

Jetzt winden sie sich. Sie schlucken. Sie haben Angst.

»Heißt ihr Estrella, Arabella und Fiorella?«

Sie lachen wieder leise. Aber ich habe sie erschreckt, das sieht man. Ihre kleinen Körper sind wachsam und angespannt. Das Verspielte ist verschwunden. Haben sie Angst, daß ich ihre Namen erraten könnte?

Auf einmal will ich es nicht mehr wissen. Ich habe auch Angst.

Sie haben, seit sie gekommen sind, die Augen immer weiter geöffnet. Sie sind merkwürdig indigoblau und leuchten wie kleine Lämpchen unter den Schirmen der Augenlider. Lieber Gott, ich will nicht, daß sie die Lider wieder aufschlagen!

Die Mädchen haben jetzt solche Angst, daß es sie schüttelt. Ich fange auch zu zittern an, gleich schreien wir alle miteinander ...

Ich wachte angsterfüllt auf. Ich lag still und traute mich nicht, einen Muskel zu bewegen. Die Luft im Zimmer kam mir gefährlich vor.

Nachdem ich mich beruhigt hatte, spürte ich den Schmerz im Oberschenkel. Einen pochenden, heißen Schmerz.

Ich machte das Licht an, hob das Nachthemd hoch und schaute. Die Schwellung war so groß wie eine Faust und dunkel blaurot. Das Nachthemd roch scharf nach Schweiß. Mir war übel, ich hatte Fieber.

Ich blieb liegen, traute mich wegen des Traums nicht, wieder einzuschlafen.

Als es sieben war, stand ich auf, nahm ein Aspirin und duschte. Ich zog mich vorsichtig an (ich konnte die Schwellung kaum berühren) und nahm ein Taxi zum Krankenhaus.

Während der Nacht war eine ganz dünne Schicht Schnee gefallen, auf dem Parkplatz des Krankenhauses hatte der Wind ihn in merkwürdige Wirbelmuster verblasen, so ähnlich wie Eisenspäne an einem Magnet.

Ich versuchte, beim Gehen die Beine nicht aneinander-zureiben. Breitbeinig wie ein Windelkind wankte ich in die Ambulanz.

Es warteten schon ziemlich viele Leute, hauptsächlich verwirrte alte Menschen. Ein Mann auf einer Trage mit Rädern versuchte die ganze Zeit aufzustehen, eine junge Frau – vermutlich seine Betreuerin – drückte ihn immer wieder zurück.

»Ich wollte doch nur Makrelen kaufen. Ich war unter-wegs und wollte Makrelen kaufen«, jammerte er.

Eine ältere Dame in Unterwäsche schaute ab und zu aus einem der Untersuchungszimmer heraus und rief ängstlich »Hallo, hallo!«, ein Alki, der ein blutiges Schnupftuch um die Hand gewickelt hatte, ging rastlos auf und ab, dabei brummte er etwas auf Finnisch und spuckte auf den Boden.

Nach langem Warten brachte eine Krankenschwester mich in einen Untersuchungsraum. Sie forderte mich auf, mich bis auf die Unterwäsche auszuziehen, und verließ den Raum. Dann wartete ich wieder, fast nackt auf einem eiskalten Hocker aus Edelstahl.

Ich habe nie verstanden, warum man nicht angezo-gen im Wartezimmer sitzen kann, bis der Arzt kommt. Warum dieses erniedrigende zweite Warten, nackt, frie-rend, allein in einem Raum mit fremden Instrumenten und Apparaten? Wenn ich eine Stunde auf den Arzt ge-wartet habe, dann kann er wohl die wenigen Sekunden warten, die ich brauche, um mich auszuziehen? Man sollte nie in ein Untersuchungszimmer gehen, wenn man sich nicht vergewissert hat, daß der Arzt da ist.

Ich dachte gerade darüber nach, dem Beispiel der älteren Dame zu folgen – in BH und Höschen auf den Flur zu treten und »Hallo« zu rufen –, als der Doktor kam.

»Beule«, sagte er verächtlich und schaute in die Notizen von der Krankenschwester.

Es klang nicht so, als ob das etwas Besonderes wäre.

»Ich habe auch Fieber«, versuchte ich.

»Darf ich mal sehen«, fragte er müde. Ich spreizte bereitwillig die Beine und er betrachtete meinen Oberschenkel.

»Seit wann haben Sie das?«

»So geschwollen und gerötet ist es erst seit heute Nacht. Aber ich habe es seit… ich weiß nicht mehr genau. Ich glaube, ich habe es vor ungefähr zwei, drei Wochen bekommen. Auf Borneo.«

Das saß. Er wachte gewissermaßen auf und hatte plötzlich einen völlig anderen Gesichtsausdruck, als ob er geduscht und sich rasiert hätte. Er war wie ein neuer Mensch. Er sah richtig nett aus.

»Borneo?« wiederholte er und schaute meinen Schenkel noch einmal genau an, dabei atmete er langsam durch die Nase ein und aus.

»Es ist wohl am besten, wenn ein Experte für Tropenkrankheiten sich das anschaut. Es ist nicht richtig mein Fach«, sagte er schließlich.

Er klang ein wenig betrübt, als ob es ihm leid täte, diesen Leckerbissen hergeben zu müssen.

Ich zog mich an, bekam eine blaue Plastikmappe mit meinen Unterlagen, und nachdem ich durch lange Krankenhausflure gelaufen, mit Aufzügen gefahren und nochmals durch Flure gelaufen war, saß ich wieder in einem Untersuchungszimmer.

Dieses Mal brauchte ich nicht zu warten. Das Gerücht war mir vorausgeeilt – über das Haustelefon, nahm ich an –, und als ich ins Zimmer trat, standen da zwei Ärzte und warteten auf mich. Sie waren jung und gut gelaunt, der eine lachte laut über etwas, was der andere erzählte.

Ich mußte nicht sehr viel ausziehen, es reichte, mit dem linken Bein aus der Strumpfhose zu schlüpfen und den Rock hochzuschieben.

Einer der Ärzte setzte sich neben mich und legte meinen Schenkel über sein Knie. Mit kleinen, kreisenden Bewegungen befühlte er die Schwellung. Sein dicker blonder Schopf fiel ihm in die Stirn. An der Wand hinter ihm hing ein Plakat mit allen möglichen Würmern: langen fleischroten, kleinen dicklichen, gelbweißen Würmer und einer lustigen Art, die sich zu kleinen Knäueln zusammengerollt hatten.

»Tut das weh?« fragte er.

Ich nickte.

Das Verhältnis Arzt-Patient gefällt mir. Mir gefallen Situationen, in denen die Rollen klar und deutlich sind.

»Es ist entzündet«, sagte er. »Ich schreibe Penicillin und eine Kortisonsalbe auf. Aber ich wüßte schon gerne, was zum Teufel das ist.«

Er tastete wieder, dabei hob er das Gesicht und schloß die Augen, als ob er sich auf seinen Tastsinn konzentrieren wollte, ohne von anderen Sinneseindrücken abgelenkt zu werden. Es sah aus, als würde er lauschen. Ich mußte an Filme denken, in denen Geldschrankexperten versuchen, die richtige Kombination zu finden, indem sie auf das Knacken des Schlosses hören.

Der andere Arzt schaute ihm über die Schulter. Das

Lachen war noch nicht aus seinem rosigen Gesicht verschwunden. Worüber haben sie sich amüsiert, als ich kam? Vermutlich irgendein grober Medizinerscherz über Bandwürmer oder so.

»Ich frage mich, ob das nicht was für Ingmar ist«, sagte derjenige, der mich untersuchte und stellte mein Bein vorsichtig wieder auf den Boden.

Der andere pfiff leise, fast unhörbar.

»Ist er noch da?«

»Er ist hin und wieder unten im Pavillon. Ich werde nachfragen, ob er heute da ist.«

Der Pavillon von Ingmar Willof lag im älteren Teil des Krankenhauskomplexes. Es war nicht ganz leicht, hinzufinden. Ich ging zum Parkplatz des Blutspendebusses, wie die Krankenschwester es mir beschrieben hatte, und bog in einen Fußweg ein.

Ich folgte einem langgestreckten Betongebäude, aus dem ein Geruch von Zoohandlung drang. Ich nahm an, daß hier die Versuchstiere untergebracht waren. Der Weg endete in einer Art Garten mit kahlen Obstbäumen und Büschen – vermutlich der Rest des ehemaligen Krankenhausparks. Hier war der Pavillon E – ein kleines Holzgebäude, das früher vielleicht Hausmeisterwohnung gewesen war.

Ich trat ein und stand in einem Flur. Die Wände waren mit Paneelen verkleidet, aber der Boden war aus dem gleichen pastellfarbenen PVC-Belag, wie ihn die Flure im modernen Teil der Klinik haben. Eine grau gestrichene Treppe führte in das obere Stockwerk. Es roch ein wenig muffig, wie in einem Haus auf dem Land.

An einer Tür hing ein Schild mit Dr. Willofs Namen.

Als ich das Zimmer betrat, dachte ich als erstes, daß der Heizkörper kaputt sein mußte. Es war heiß wie in einer Sauna, die Luft war verbraucht und schwer von abgestandenem Pfeifenrauch. Ich bekam auf der Stelle Kopfschmerzen.

Überall auf dem Schreibtisch, den Regalen und der tiefen Fensterbank lagen Bücher und Papierstapel. Nichts deutete darauf hin, daß hier klinisch gearbeitet wurde. Abgesehen von einem alten Glasschrank mit museumsreifen Instrumenten, deren ursprüngliche Verwendung sich nur in Horrorphantasien erahnen ließ, hätte es das

Arbeitszimmer irgendeiner intellektuell tätigen Person sein können.

Sobald Dr. Willof mich an der Tür erblickte, stand er vom Schreibtisch auf und kam mir entgegen, lächelnd und mit ausgestreckter rechter Hand, als ob ich ein Freund wäre, der ihn nach langer Zeit zu Hause besuchte, und nicht eine Patientin in einem Klinikum.

Er nahm meine zögernd hingestreckte Hand und betrachtete sie, als ob es keine Hand wäre, sondern etwas anderes, ich weiß nicht was, vielleicht ein seltener Fund. Eine Sekunde lang kam mir der blöde Gedanke, daß er mir die Hand küssen wollte – er hielt sie genau so und schaute auch so –, aber er legte statt dessen seine linke Hand obendrauf und preßte meine Hand zwischen seinen beiden wie in einem Waffeleisen.

»Ich bin hergeschickt worden«, fing ich an und hielt ihm mit der freien Hand die blaue Plastikmappe hin.

»Ich weiß, ich weiß«, murmelte er schnell.

Er hob vorsichtig die obere Hand ab, schaute darunter, gleichsam um sich zu vergewissern, daß meine Hand noch da war, und schloß sie wieder.

Er war groß. Kräftig, aber nicht dick. Er hatte sehr volles Haar, dunkel eisengrau. Auch die Gesichtszüge waren kräftig: eine breite Nase, dicke Lippen. Aus der Brusttasche seines aufgeknöpften, nicht ganz sauberen Arztkittels schaute ein abgekautes Pfeifenmundstück und einige Tintenschreiber heraus. Ich schätzte sein Alter zwischen fünfundvierzig und fünfzig.

»Ich habe eine entzündete Schwellung am linken Oberschenkel«, erklärte ich.

Er nickte eifrig, führte mich zum Besucherstuhl, wo sich ein Berg gehefteter Kompendien auftürmte, und ließ endlich meine Hand los, die vor Wärme und Nervosität ganz schwitzig geworden war. Es war eine Wohltat, sie zurückzubekommen, und ich steckte sie schnell in die Jackentasche, während Dr. Willof den Stuhl leer räumte.

»Bitte, setzen Sie sich«, sagte er, nahm die Plastikmappe und nahm seinen Platz auf der anderen Seite des Schreibtischs ein.

Er holte meine Papiere heraus und blätterte zerstreut darin.

Ich zog meine Jacke aus und hängte sie über den Stuhlrücken. Es war wirklich sehr warm.

»Borneo«, sagte Dr. Willof und schaute mir zum ersten Mal in die Augen.

»Wann waren Sie dort?«

»Ich bin vor zwei Wochen zurückgekommen.«

»Und Sie haben die Schwellung schon während des Aufenthalts bekommen?«

»Ich bin nicht sicher. Ich vermute es.«

»Sind Sie gebissen worden? Von einer Schlange oder einem anderen Tier?«

»Nein. Ich habe auf jeden Fall nichts gemerkt.«

Er senkte den Blick und schien nachzudenken. Dann schaute er auf und sagte: »Ich bin sehr oft auf Borneo gewesen. Ich habe dort Schmetterlinge studiert. Das ist mein großes Interesse. Es hängt mit meinem Beruf zusammen. Ich bin viel gereist, um tropische Krankheiten zu studieren. Und wo es die schlimmsten Krankheiten gibt, da gibt es auch die schönsten Schmetterlinge.«

»Aha«, sagte ich. »Und was sagen Sie zu meiner Schwellung? Ich hoffe, Sie wissen, was es ist, ich habe nämlich keine Lust, noch weiter in diesem Krankenhaus herumzuwandern.«

Er grunzte leise, beugte sich über den Schreibtisch und fragte mit einer Miene, als ob er mich um eine große Gunst bäte: »Dürfte ich sie vielleicht einmal anschauen?«

Zum dritten Mal entblößte ich meinen Oberschenkel.

Nachdem er mich untersucht hatte, bat er mich, ganz genau zu beschreiben, wo auf Borneo ich gewesen war, was ich dort gemacht hatte, welche Symptome sich jetzt zeigten.

Selten hat mir jemand so aufmerksam zugehört. Dr. Willof lauschte meiner Geschichte mit hochgezogenen Augenbrauen, halb geöffnetem Mund und geweiteten Nasenflügeln, als ob er sie mit allen Sinnen aufnehmen wolle.

Als ich fertig war, stand er auf, wühlte fieberhaft in seinen Papierstapeln und reichte mir schließlich einige geheftete Blätter. Ich glaubte zu bemerken, daß er ein wenig zitterte.

»Das ist die Kopie eines Zeitschriftenartikels, den ich geschrieben habe. Ich würde vorschlagen, daß Sie ihn in aller Ruhe zu Hause lesen und morgen um neun Uhr wiederkommen«, sagte er.

»Wissen Sie denn, was für eine Krankheit ich habe? Ist es gefährlich?« fragte ich.

»Sie brauchen sich keine Sorgen zu machen. Ich glaube, daß Sie überhaupt nicht krank sind.«

Ich starrte ihn verblüfft an.

»Meinen Sie, ich simuliere?«

»Nein, keineswegs. Ich glaube, daß Ihre Geschichte haargenau stimmt und Sie sich genau so fühlen, wie Sie es beschreiben. Aber Sie brauchen sich nicht zu beunruhigen. Alles ist ganz natürlich. Wie sind Sie hergekommen? Mit dem Auto?«

Ich nickte.

»Gut. Dann fahren Sie jetzt nach Hause und bleiben

den Rest des Tages in der Wohnung. Legen Sie sich hin, wenn Sie können. Ziehen Sie sich warm an, wenn Sie morgen das Haus verlassen. Wollhosen wären gut. Halten Sie sich warm. Das ist wichtig.«

An der Tür nahm er meine Hand wieder zwischen seine Hände, so wie bei meinem Kommen. Er hielt sie lange, er sah mich an, und in seinem Blick war so etwas wie Verehrung. Das Ganze verwirrte mich sehr.

»Sie kommen also morgen um neun?« fragte er.

Ich nickte, er öffnete mir die Tür, begleitete mich in den Flur und hielt mir auch die Haustüre auf.

Auf halbem Weg zum neuen Krankenhausgebäude drehte ich mich um. Er stand immer noch am Eingang des Pavillons und schaute mir nach. Sein aufgeknöpfter weißer Kittel flatterte im Wind.

Ich ging in die Apotheke des Krankenhauses und holte meine Medikamente. Ich mußte warten und schaute mich währenddessen um. Apothekerin zu sein könnte mir gefallen. Weißer Kittel und Scholl-Sandalen. Einfacher Haarschnitt. Gedämpfte Stimme. Halbbrille. Helle und saubere Umgebung, elegantes Design. Es wirkte irgendwie angenehm kühl.

Zu Hause richtete ich mir eine einfache Mahlzeit aus einem Käseomelett und ein paar Tomatenvierteln. Dann folgte ich Dr. Willofs Rat und legte mich ins Bett. Den Artikel des Doktors in Form von gehefteten Blättern nahm ich mit.

Ich machte die kleine Bettlampe an und begann zu lesen.

»Die Regenwälder der Erde verschwinden in erschreckendem Tempo und damit eine ganze Reihe von Tier- und Pflanzenarten, über die wir nur sehr wenig wissen. Eine dieser bedrohten Arten ist der merkwürdige Schmetterling Recentia alba auf Nord-Borneo.

Der Recentia-Schmetterling ist ein Spinner, dessen eigentümliches Verhalten lange unbekannt war.

Die Bewohner der Gegend haben schon immer vom Zusammenspiel zwischen der Recentia und einer anderen Tierart, dem Urisaffen, gewußt. Frühen wissenschaftlichen Berichten zufolge bestand das Zusammenspiel darin, daß der Spinner sich von Milben im Pelz der Affen ernährte. Es ist auch behauptet worden, die Recentia sei in ihrem Raupenstadium etwas für einen Schmetterling sehr Ungewöhnliches, nämlich ein blutsaugender Parasit, für den der Urisaffe als Wirtstier fungiere.

Spätere Beobachtungen haben jedoch gezeigt, daß es sich nicht so verhält.

Die Raupen der Recentia ernähren sich ausschließlich vegetarisch, ihr Futter besteht aus den Blättern des Kuababaums. Wenn der Zeitpunkt der Verpuppung gekommen ist, suchen die Raupen die Urisaffen auf, die ihr Nachtlager in den Kronen des Kuababaums haben. Angelockt vom Geruch und /oder der Wärme kriechen die Raupen auf das schlafende Wirtstier.

Die Haare auf dem Hinterleib der Raupe verhärten sich gegen Ende des Raupenstadiums zu einer Art Dornen. Wenn die Raupe eine passende Stelle auf dem Körper des Wirtstiers gefunden hat, kriecht sie in den Pelz und ritzt die Haut mit den Dornen, wobei kleine Wunden entstehen. Aus einer Drüse sondert die Raupe eine

Flüssigkeit ab, die das Gewebe auflöst, in die Wunden eindringt und die Haut des Wirtstiers wegätzt. Die Haare fallen aus, es entsteht ein Fleck wie bei einer Brandwunde, etwa zwei Zentimeter im Durchmesser.

Wenn die Haut auf diese Weise vorbereitet ist, frißt die Raupe sich durch die Hautschichten und legt sich in einer Tasche unter der Haut zurecht, wo sie sich sofort in einen dünnen Kokon einspinnt. Die Spinndrüse sondert nicht nur Fadenmaterial ab, sondern außerdem eine Flüssigkeit, die eine heilende und möglicherweise auch antibakterielle Wirkung hat. Im Kokon kann die Raupe sich dann in aller Ruhe verpuppen.

Das Ganze dauert nur wenige Stunden und ist für das Wirtstier offenbar schmerzlos. Vermutlich hat die gewebeauflösende Flüssigkeit auch betäubende Eigenschaften.

Die Wunde heilt in der Regel schnell, und wenn nach einigen Tagen der Wundschorf abfällt, ist nichts mehr von einer Verletzung zu sehen.

Den Affen scheint seine Wirtsrolle nicht zu stören, und die Recentia alba ist während des Puppenstadiums perfekt geschützt. Man kann sich kaum einen idealeren Ort für die Entwicklung einer Puppe denken. Sie ist geschützt vor Raubtieren, Wind und Wetter, der Tierkörper garantiert eine gleichmäßige Temperatur. Das Insekt genießt also alle Vorteile, die sonst nur Säugetierembryos vorbehalten sind.

Die Bezeichnung Parasit trifft im Falle der Recentia alba nicht zu. Das Tier saugt keine Nahrung aus dem Wirtstier, es benutzt es nur zum Schutz und als Transportmittel.

Wie zweckmäßig dieses Verhalten ist, bemerkt man erst beim Studium von Recentia-Raupen, die kein Wirtstier gefunden haben. Auch diese suchen einen Schutz für die Verpuppung, vorzugsweise, indem sie von den Bäumen herunterkriechen und sich in die Erde eingraben.

Beim Studium dieser unterirdischen Recentia-Kokons stellt man fest, daß sie nur selten die heftigen Regengüsse überleben, die in diesen Breiten zeitweise sehr häufig vorkommen und die unterirdischen Hohlräume mit Wasser füllen. Im Unterschied zu einem anderen Schmetterling in dieser Gegend, dem Drachenspinner, dessen Puppe eine harte, leichte und völlig wasserdichte Hülle besitzt und wie ein kleines U-Boot über Flüsse und Ströme schwimmen kann, hat die Recentia alba einen porösen Kokon, der größeren Wassermengen nicht standhält. Wasser dringt in den Kokon ein und ertränkt das Insekt.

Das Verhalten der Recentia alba begünstigt auch die Verbreitung der Art. Der ausgewachsene Recentia-Schmetterling fliegt nicht sehr gut, die Lebenserwartung beträgt nur wenige Wochen. Ohne die Transporthilfe der Affen würde die Art in einem begrenzten Gebiet bleiben müssen, was bald zu Nahrungsmangel führen würde.

Die Dauer des Puppenstadiums variiert. Drei bis vier Wochen sind normal, aber es kann vorkommen, daß die Recentia erheblich länger in ihrem Wirtstier bleibt. In diesem Fall scheint die Entwicklung in einer bestimmten Phase stillzustehen und nach einer längeren Pause normal weiter zu verlaufen. Man weiß nicht genau, warum das so ist, aber vieles deutet darauf hin, daß der Aufenthaltsort des Wirtstiers eine große Rolle spielt.

Wenn das Wirtstier sich in einem Milieu befindet, das ungünstig für den ausgewachsenen Schmetterling ist, verzögert sich die Entwicklung der Puppe, bis das Wirtstier sich in ein vorteilhafteres Milieu begeben hat oder die Verhältnisse sich geändert haben.

Diese Hypothese wird gestützt durch die Tatsache,

daß in den oberen Regionen der Rakaraberge keine Recentia-Schmetterlinge beobachtet wurden, obwohl die Urisaffen sich dort immer wieder über längere Zeiträume aufhalten, um eine bestimmte Sorte von Beeren zu fressen. In diesen Gegenden wird es nachts zu kalt für die Recentia-Schmetterlinge, und es gibt keinerlei passende Nahrungspflanzen, so daß ein Schlüpfen in diesem Milieu katastrophale Folgen für die Schmetterlinge hätte.

Kehren die Affen ins Tiefland zurück, schlüpfen die Puppen jedoch, oft mehrere gleichzeitig in einer Nacht, man kann frühmorgens das merkwürdige Schauspiel erleben, bei dem eine Affenherde von einer Wolke silbrig glänzender Schmetterlinge umgeben ist. Vermutlich liegt in solchen Beobachtungen der Grund für die Vorstellungen der dortigen Bevölkerung. (Sie glauben, die Recentia-Schmetterlinge sind die Geister der Ahnen der Affen.)

Die Umstände des eigentlichen Schlüpfens sind noch unzureichend erforscht. Der fertige Schmetterling braucht viel Kraft, um die geheilte und wieder nachgewachsene Haut des Tiers zu durchdringen.

Das spulenförmige Vorderteil der Puppen verschmälert sich zu einer ziemlich scharfen, pfeilähnliche Spitze, und wahrscheinlich benutzt der Schmetterling diese als Werkzeug. Man hat frisch geschlüpfte, tote Recentia-Schmetterlinge mit einem Stück dieser spitzen Puppenschale um den vorderen Teil des Körpers gefunden. Man kann sich vorstellen, daß der Schmetterling diesen Teil der Puppenschale behält, wenn die Puppe geplatzt ist, und ihn dann vor sich her durch die Haut drückt. (Die toten Exemplare, die gefunden wurden, haben es nicht geschafft, die Schale abzustreifen; dadurch wurde die Blutzufuhr und damit das Entfalten der Flügel unterbrochen.)

Der Schmetterling bedient sich bestimmt auch der gewebelösenden und betäubenden Flüssigkeiten wie die Raupe beim Eindringen. Bei frisch geschlüpften Schmetterlingen sind Drüsen mit dieser Flüssigkeit gefunden worden, und das Wirtstier weist eine ähnliche, brandwundenartige Verletzung auf wie direkt nach dem Eindringen der Raupe.

Die Reste des Kokons und der Puppenschale trocknen und fallen ab, die Wunde heilt schnell wieder zu. Die einzige Spur ist ein kleines Gebiet mit totem Gewebe, die Haut ist haarlos, unelastisch und taub. Ansonsten scheint die Wirtsrolle den Affen nicht zu beeinträchtigen.

Seit Mitte der siebziger Jahre hat sich der Stamm von Urisaffen wegen der Rodung des Regenwalds stark dezimiert. Als Folge ist auch der Recentia-Schmetterling immer seltener geworden. In den letzten fünf Jahren sind im in Frage kommenden Gebiet keine Exemplare mehr beobachtet worden, weshalb man befürchten muß, daß er beinahe ausgestorben ist.«

Ich legte den Artikel auf den Nachttisch, ging ins Badezimmer und verteilte ein wenig Kortisonsalbe aus der Krankenhausapotheke auf die Schwellung.

Mit den Fingern strich ich um das Gebiet und kreiste die darunterliegende Erhöhung gewissermaßen ein. Sie war weich und doch fest, als ob ein kleines Kissen darin wäre. Wenn ich fester drückte, konnte ich die Konturen von etwas anderem weiter drinnen spüren. Einem spulenförmigen, härteren Kern.

Von weitem schon sah ich Dr. Willofs weißen Arztkittel durch den grauen Dunst. Aus dieser Entfernung wirkte er unwirklich weiß, fast wie von selbst leuchtend.

Er stand am Eingang des Pavillons, wo ich ihn am Tag zuvor verlassen hatte. Für einen Moment durchzuckte mich der wahnsinnige Gedanke, daß er die ganze Nacht hier gestanden und auf mich gewartet hatte.

»Wie geht es?« begrüßte er mich.

»Ungefähr wie gestern«, antwortete ich.

Ich hatte die Hände sicherheitshalber in die Jackentasche gesteckt.

Mit einem leichten Griff um meine Schultern führte er mich in sein Zimmer und bot mir einen Stuhl an.

Aus der angrenzenden Küche holte er eine Glaskanne mit Tee, aus welcher er mit einem Stift drei versunkene Teebeutel fischte. In einem kleinen Regen goldener Tropfen beförderte er diese dann mit geübtem Schwung quer über den Schreibtisch in den Papierkorb und lieferte mir so die Erklärung für die Pfade aus gelbbraunen Flecken, die sich kreuz und quer über die Papierberge zogen.

»Haben Sie den Artikel gelesen?« fragte er und suchte nach einem Becher für mich.

Hinter den Schiebetüren eines Aktenschranks fand er einen Stapel Wegwerfbecher und ein paar Plastikhalter. Sein eigener ungespülter Becher stand schon auf dem Schreibtisch, er war gesprungen, angeschlagen und mit Gerbsäure imprägniert.

»Ja, ich habe ihn gelesen«, antwortete ich.

Willof schenkte uns ein und reichte mir den Becher im blauen Plastikhalter. Er setzte sich, trank einen Schluck

Tee und stopfte dann seine Pfeife. Seine Bewegungen wurden langsamer, weicher.

Eine ganze Weile sagten wir beide nichts. Man hörte nur den Wind draußen, ein leises Knacken in den Wänden und das Geräusch eines schweren Fahrzeugs, das irgendwo auf dem Krankenhausgelände startete.

Dr. Willof zündete seine Pfeife an, ohne sich darum zu scheren, ob ich, seine Patientin, möglicherweise etwas dagegen einzuwenden hätte. Doch es störte mich nicht. Der Duft von Pfeifenrauch hat in mir schon immer ein Gefühl von Geborgenheit ausgelöst.

Ich schaute aus dem Fenster, wo die kahlen Obstbäume sich wiegten. Vielleicht war hier einmal ein Nutzgarten gewesen, der das Krankenhaus mit Obst und Gemüse versorgte. Der Pavillon war möglicherweise die Wohnung des Gärtners gewesen und der Raum, in dem wir saßen, sein Wohnzimmer. Wie wundervoll muß es für die armen Patienten gewesen sein, frisch gezogene Möhren zum Mittagessen und einen säuerlichen, duftenden Cox pomona zum Nachtisch zu bekommen. Obwohl ihnen die Schätze des Gartens vermutlich nur in Form von geschmacklosen Pürees und Kompotten begegneten.

Dann begann Willof zu sprechen. Ich mußte hinschauen, um mich davon zu überzeugen, daß wirklich er es war und nicht eine neu ins Zimmer getretene Person, so verändert klang seine Stimme. Die aufdringliche Herzlichkeit war verschwunden. Er war ganz ernst, beinahe feierlich.

»Ich nehme an, Sie wissen, was Instinkt ist.«

»Natürlich.«

»Der Instinkt ist in die Gene des Tiers einprogrammiert und steuert sein Handeln mit einer unfaßbaren Kraft. Im Verlauf der Geschichte einer Art flüstert er die immer gleiche Botschaft, läßt sich nicht zum Schweigen bringen, und das Tier folgt ihr. Die Ameisen bauen ihre Haufen, die Aale navigieren durch die Ozeane, die Vögel flechten ihre Nester. Überaus komplizierte Aufgaben, aber die Tiere brauchen nicht nachzudenken. Die Stimme flüstert ihnen ständig ein. Immer die gleiche Stimme, immer die gleiche Botschaft, Generation um Generation: »Mach dies, mach dies.« Aber ...«

Er hob die Stimme und zeigte mit der Pfeife wie mit einer Pistolenmündung auf mich.

»Manchmal kommt es vor, daß das Tier dem Befehl der Stimme nicht folgen *kann*. Die äußere Welt stimmt nicht mehr mit der inneren überein. Und genau das ist vielleicht passiert: Die Recentia alba findet keine Affen. Kein Affe weit und breit, und das Puppenstadium rückt näher. Statt dessen findet sie einen Menschen! In der kleinen Raupe erwacht eine neue Stimme. Eine Stimme, die Tausende von Jahren geschlummert und geschwiegen hat. Eine Stimme, die sich nur im äußersten Notfall vernehmen läßt. Die alte Stimme flüstert. ›Mach es wie immer.‹ Aber die neue Stimme flüstert: ›Mach etwas anderes!‹«

Dr. Willof machte eine Pause, zog ein paar Mal intensiv an seiner Pfeife und betrachtete mich kritisch, als wolle er kontrollieren, ob ich ihm folgte, ehe er fortfuhr.

»Was ging in der kleinen Raupe vor, als sie plötzlich die neue Stimme hörte? Was muß sie verblüfft gewesen sein. Ich stelle mir vor, wie sie ihr monotones Blätterfressen unterbrach und lauschte wie ein Heiliger, der zum ersten Mal die Stimme Gottes hört, voller Angst und Zweifel, aber mit diesem schaudernden Gefühl des Erwähltseins. Und sie fand dieses weiße, haarlose Fleisch, das Ihr Oberschenkel war, und sie fand, daß es gut war. Sie strich ihre

Dornen daran, spürte den Geruch des Bluts, das herausfloß, und wußte, es war falsch. Und dennoch richtig. Sie bohrte ihre Kiefer in die betäubte Haut und fraß sich hinein. Die erste ihrer Art. Berauscht vom Neuen, benommen und verwirrt, aber der neuen Stimme vertrauend spann sie ihre Fäden, richtete sich ein Lager und legte sich zur Ruhe. Ein kleiner Schritt für eine Raupe. Aber ein Riesensprung für die Recentia alba.«

Willofs Stimme bebte. Er schwieg und sank in den Stuhl zurück, den Blick fest auf mich geheftet. So saß er eine ganze Weile, ohne ein Wort zu sagen.

»Ich habe also eine Schmetterlingspuppe im Schenkel«, sagte ich schließlich.

»Mit großer Wahrscheinlichkeit«, murmelte er mit der Pfeife im Mundwinkel. »Aber ich will zur Sicherheit noch einen Ultraschall machen.«

»Kann man es nicht einfach aufschneiden und sie herausholen?«

Er zuckte zusammen, als ob mein leichtsinniger Ton ihn verletzte.

»Ich möchte zuerst feststellen, was es ist. Ich habe einen Termin beim Ultraschall gemacht, in zehn Minuten. Nein, in zwei Minuten«, korrigierte er sich mit einem Blick auf seine Uhr.

Dr. Willof kannte den Weg über das Krankenhausgelände. Er ging mit raschen Schritten und flatterndem Kittel von Gebäude zu Gebäude. Als wir am Hauptgebäude vorbeikamen, blieb er plötzlich stehen. Seine Augen wurden schmal vor Verachtung und Abscheu, als er zu einem Fenster in einem der höchsten Stockwerke hinaufsah und ausspuckte. Dann ging er mit den gleichen raschen Schritten weiter.

Er lachte über mein Erstaunen.

»Eine alte Gewohnheit. Ich mache das immer, wenn ich an diesem Fenster vorbeigehe.«

Im Flur der Röntgenabteilung blieb Willof stehen und schaute unschlüssig nach rechts und links. Auf beiden Seiten des Flurs waren Wartezimmer, über beiden stand »Ultraschall«. Man konnte durch große Fenster hineinsehen.

Die Tür zum rechten Wartzimmer stand offen. Das Zimmer war in warmen Farben tapeziert, auf dem Boden lagen Spielsachen, an der einen Wand hing eine große Textilapplikation mit einer stillenden Frau, umgeben von Bäumen und Tieren und Blumen. Auf den Bänken saßen Frauen in unterschiedlichen Stadien der Schwangerschaft, ihre Männer dicht neben ihnen. Eine Frau blätterte unentschlossen in einer Elternzeitschrift, eine andere hatte ein Kind auf dem Schoß und las leise aus einer Kinderzeitschrift vor. Die Stimmung war friedlich und lockend.

Hinter der Glasscheibe links saßen hauptsächliche ältere Menschen. Sie hatten vermutlich Tumore, Blutgerinnsel und so etwas. Keiner von ihnen las, keiner sprach mit einem anderen, alle warteten nur.

Willof schien sich nicht für eines der Wartezimmer entscheiden zu können. Widerwillig beschloß er, daß wir doch in das linke Wartezimmer gehörten.

Falls die Ultraschall-Schwester sich über meinen Fall wunderte, so zeigte sie es nicht. Mit ruhigen Bewegungen schmierte sie meinen Oberschenkel mit Kontaktgel ein, während Willof ungeduldig die blaue Plastikmappe gegen die Handflächen schlug. Langsam und methodisch strich sie dann mit einem verkabelten Gerät aus Metall und Plastik über meine Haut.

Willof beugte sich zum Bildschirm und betrachtete ihn konzentriert.

Das Bild war sehr undeutlich. Ich konnte nur einen dunklen Schatten mit unscharfen Rändern erkennen.

Aber Willof strahlte.

»Ist es eine Puppe?« fragte ich, als wir wieder in seinem Pavillon waren.

»Nein«, sagte er mit zurückgehaltenem Lächeln.

Er blies in seine Pfeife und sah aus wie ein alter Weihnachtsmann, streng und gutmütig zugleich.

»Nicht eine. Es sind drei Stück! Eine ganz außen und zwei weiter innen.«

»Und wann werden sie herausgenommen?« fragte ich.

»Anna.«

Er sprach mich zum ersten Mal mit dem Vornamen an. Er mußte zuerst auf die blaue Mappe schielen.

»Eine vom Aussterben bedrohte Tierart hat bei Ihnen Zuflucht gesucht. Es war ein enormes Risiko, aber sie hatte keine Wahl. Vermutlich wurde der Prozeß gestoppt, weil Sie sich in einem Klima aufhalten, das für die Recentia nicht günstig ist. Aber in einem anderem Milieu mit der richtigen Temperatur und Luftfeuchtigkeit haben wir die Chance, die Recentias schlüpfen zu sehen. Das bedeutet überhaupt keine Unannehmlichkeiten für Sie. Sie werden es vermutlich nicht einmal merken, wenn die Schmetterlinge Ihren Körper verlassen. Falls zwei dieser Schmetterlinge von unterschiedlichem Geschlecht sind, besteht die Möglichkeit, daß die Art weiter besteht. Wäre das nicht phantastisch? Sie können eine Tierart retten, indem Sie Wirtstier sind!«

»Was meinen Sie mit einem anderen Milieu? Meinen Sie, daß ich wieder nach Borneo fahren soll?« fragte ich.

»Nein, Sie brauchen überhaupt nicht so weit fahren.«
»Wie weit muß ich denn weg?«
»Vierunddreißig Kilometer.«

Ich packte meine Sommerkleider ein. Shorts, T-Shirts, Hemdchen, zwei Röcke und ein seidiges, cremeweißes Etwas, das viel zu elegant war und für das ich dort, wohin ich unterwegs war, natürlich keine Verwendung haben würde, aber die hätte ich anderswo auch kaum. Es war vielleicht die einzige Gelegenheit, zu der ich es zu tragen wagte.

Ich packte auch Aquarellfarben, Tusche, Stifte, Pinsel, Blöcke und ein paar Bücher ein.

Ich nahm das Penicillin erst seit drei Tagen, aber es ging mir ausgezeichnet. Das Fieber und die Schmerzen waren weg, die blaurote Schwellung war zurückgegangen und sah jetzt wieder aus wie vorher: eine blasse, unbedeutende Erhebung, die mich nicht nennenswert störte.

Ich hatte das Gefühl, wieder in die Ferien zu fahren. Das Material für das Mülltrennungsspiel hatte ich abgegeben und Dick und Lena mitgeteilt, daß ich eine Zeitlang weg sein würde.

Als Willof mir von seinem Vorschlag erzählte, hatte ich zunächst gezögert. Mir wäre lieber gewesen, man hätte mir diese Puppen so schnell wie möglich entfernt und ich hätte wieder zu meinem normalen Leben zurückkehren können. Aber nachdem er eine Weile auf mich eingeredet hatte, war ich einverstanden.

Ein Wirtstier. Warum nicht? Mein Körper hat nie einen Fötus getragen. Eine Tatsache, die mir keinen Kummer bereitete, weil ich die Menschheit statt dessen mit meinen einzigartigen Kunstwerken beglücken wollte. Und was war aus diesen Plänen geworden? »Die Recycling-Jagd. Ein spannendes Müll-Spiel für die ganze Familie.«

Der Job war schon in Ordnung. Im Gegenteil, es war ein überaus ehrbarer Auftrag zum Wohle der Menschheit, was man beileibe nicht von allen Aufträgen in dieser Branche sagen kann. Wenn ich abgelehnt hätte, dann hätte Dick umgehend Ingela Widestam angerufen und ihr den Auftrag gegeben. Und eigentlich hätte er auch besser zu ihr als zu mir gepaßt. Sie hat einen sauberen, deutlichen und positiven Stil, ist nicht so stachelig und ironisch wie ich. Ingela Widestam hätte nie eine struppige Silbermöwe auf den Spielkarten auftauchen lassen, die die Spieler hungrig und blöde anstarrt.

»Was hat die Sturmmöwe da zu suchen?« hatte Dick gefragt.

»Es ist keine Sturmmöwe. Es ist eine Silbermöwe«, hatte ich ihn belehrt. »Sie liebt Abfälle.«

»Richtig nett ist die. Man riecht geradezu, wie sie stinkt. Aber ist sie nicht ein bißchen unmotiviert? Ein bißchen *negativ*?« sagte Dick, und ich wußte, daß er an Ingela Widestam dachte, aber das Projekt war zu weit fortgeschritten, er konnte sie nicht mehr anrufen.

Ich illustrierte das Mülltrennspiel. Es hätte genausogut jemand anders machen können.

Was die Puppen betraf, so war es Willof gelungen, mich davon zu überzeugen, daß ich auserwählt war. Es war idiotisch, das wußte ich. Wenn Ingela Widestam in die Schlucht gefallen wäre, dann hätten die Raupen mit ihrem Schenkel vorliebgenommen. (Ja, Tatsache ist, daß das noch verlockender gewesen wäre, Ingela Widestams Schenkel könnte leicht eine ganze Kolonie Recentia alba beherbergen.)

Aber aus irgendeinem irrationalen Grund wußte ich, daß die Recentia alba sie nie gewählt hätte. Mich hat sie auserwählt.

Als Dr. Willofs Auto vor meiner Haustür bremste, war ich merkwürdig aufgekratzt. Er stieg aus, nahm meine Tasche und verstaute sie im Kofferraum, ich setzte mich auf den Beifahrersitz. Ich streckte mich, schaute mich rasch im Rückspiegel an. Frisch und fröhlich sah ich aus. Ein wenig Sonnenbräune war noch zu sehen, meine Wangen waren rosig vor … ja was? Gesundheit? Erwartung?

Dr. Willof sah es auch.

»Sie sehen blühend aus«, sagte er, als er losfuhr, ich war überrascht, daß er ein so passendes Wort gefunden hatte. Genau so fühlte ich mich.

Er hatte einen merkwürdigen Fahrstil. Er gab abwechselnd Gas und bremste und vergaß zu schalten. Der Motor bekam keine Luft mehr und begann zu husten, und wenn Willof endlich schaltete, hatte man das Gefühl, daß eine Kraft das Auto packte und es zurückhielt.

Es wurde besser, als wir auf der Autobahn waren. Der Motor schnurrte ohne Nebengeräusche, die Geschwindigkeit wurde gleichmäßig, aber dafür entspannte er sich jetzt so sehr, daß er das Steuer zu vergessen schien. Immer wenn er etwas sagen wollte, wandte er sich mir mit dem ganzen Körper zu und schaute so lange nicht auf die Straße, bis das Auto auf den Seitenstreifen fuhr und er es mit einer schnellen Bewegung des Steuers wieder einfangen mußte. Danach schnalzte er vorwurfsvoll, als ob er ein unvorsichtiges Kind beim Kragen gepackt hätte.

Es war ein schickes Auto mit imponierendem Armaturenbrett, ein Japaner, höchstens ein paar Jahre alt, aber ziemlich unaufgeräumt. Auf dem Rücksitz lagen zusammengerutschte Berge von kopierten Papieren, auf dem Boden bei meinen Füßen lag eine schmutzige Zeitung und eine leere Limoflasche, die in den Kurven hin- und herrollte.

Wir fuhren durch eine schneelose Winterlandschaft, Dunst hing in der Luft. Dann bogen wir in einen kleinen Waldweg ab, vorbei an verrammelten Sommerhäuschen und nicht mehr bewirtschafteten Kleinbauernhöfen mit Scheunen, deren Dächer am Einfallen waren. Der Tannenwald wurde dichter. Kleine, lehmige Holzwege führten in den Wald, und ich dachte, hier gibt es im Herbst vermutlich reichlich Pilze.

Dann öffnete sich der Wald, die Straße führte geradewegs einen langen, nicht sehr steilen Hügel hinauf. Rechts war eine Weide, auf der ein schlankes, hellbraunes Pferd still stand und uns mit gespitzten Ohren betrachtete. Oben auf der Hügelkuppe lag ein Haus, das wie ein kleiner Gutshof aussah. Es war ein sehr schönes Bild: das Pferd, das stattliche Haus, die lange, gerade Straße.

»So. Hier wohne ich«, sagte Willof.

Als wir auf den gekiesten Hof fuhren, kamen uns drei bellende Rottweiler entgegen. Ich fand es schon immer unangenehm, von bellenden Hunden empfangen zu werden. Man fühlt sich so fürchterlich unwillkommen. Diese Hunde machten zudem einen außergewöhnlich blutrünstigen Eindruck. Sie sprangen an den Autofenstern hoch und knurrten und kläfften. Ich beschloß, das Auto nicht zu verlassen, ehe die Hunde nicht weg waren.

Willof schien das Gleiche zu denken. Er blieb bei ausgeschaltetem Motor sitzen, als ob er auf etwas warten würde.

»Wir können gleich aussteigen«, sagte er.

Im nächsten Moment kam eine Frau aus dem Haus. Sie war groß und schlank und trug einen schenkelkurzen Kunstpelzmantel in einem unglaublichen Blau, Jogginghosen und hohe Gummistiefel und hatte blonde, lange Haare. Sie ging über den Kiesplatz zum Auto und nahm beim Gehen die Schultern mit wie ein Mann.

Sie packte einen der Hunde am Halsband, stellte sich rittlings über ihn, fasste ihn fest an der Schnauze und schimpfte mit ihm. Das war direkt neben meinem Autofenster. Ich schätzte sie auf fünfundzwanzig.

Der Hund schaute unterwürfig zu ihr hoch. Sie ließ ihn los und ging zum Haus zurück. Die Hunde trotteten hinterher, gaben keinen Laut mehr von sich. Einen Moment blieb sie stehen und machte eine Art schraubende Bewegung. Dann ging sie mit den Hunden ins Haus.

Willof machte die Tür auf seiner Seite auf und stieg aus. Er streckte sich und atmete tief durch die Nase ein.

»Nadelwaldluft«, sagte er genußvoll. »Aussteigen, aussteigen. Jetzt zeig ich Ihnen was.«

Wir liefen einen Bogen ums Haus, dahinter ging es wieder den Hügel hinunter, das Haus lag genau auf der Kuppe. Eine gelbliche Wiese fiel sanft zum Wald hin ab.

Ein Stück weiter unten auf der Wiese stand ein Gewächshaus. Elektrisches Licht strömte heraus, es wurde durch den Nebel gedämpft. Das Gewächshaus wirkte fehl am Platz, beinahe unwirklich, wie ein erleuchtetes Raumschiff, das zufällig auf der verwelkten Wiese gelandet war, jeden Moment abheben und über die Tannenspitzen entschweben könnte.

Wir gingen einen Trampelpfad zum Gewächshaus hinunter. Willof ging voran, er trug meine Tasche. Ich bemerkte, daß die Wiese nicht mehr gemäht oder von Tieren beweidet wurde. Der Boden war uneben und voller einzelner Grasbüschel. Von links drangen Schwarzdornhecken herein, von rechts Birkengebüsch.

Er öffnete die Tür, die aus Aluminium bestand und im

oberen Teil eine Scheibe hatte. Wir kamen an einer Abstellkammer vorbei, in der Gartengeräte, Plastiksäcke mit Erde und Töpfe unterschiedlicher Größe sich den wenigen Platz streitig machten. Nach einer weiteren Tür und einem Vorhang aus Plastikstreifen gelangten wir in das eigentliche Gewächshaus.

Ich war auf den heftigen Temperaturunterschied vorbereitet, nicht jedoch auf den Duftschock. Ich war immer noch erfüllt von der starken, sauberen Nadelwaldluft, gemischt mit dem trockenen, würzigen Geruch von verwelktem Gras und Laub, als mir diese neuen Gerüche aus einer anderen Jahreszeit und einer anderen Welt entgegenschlugen. Es roch nach warmer, feuchter Erde und säuerlichem Grün, hin und wieder kamen kleine, intensive Duftwellen von etwas undefinierbar Süßem und Köstlichem.

Wir waren umgeben von einem Dschungel aus üppig wachsenden Pflanzen. Ich kannte einige als Topfpflanzen, aber hier waren sie viel größer.

Willof zeigte mir, wo ich meine Jacke aufhängen konnte.

»Sie sind ein bißchen träge, wenn es draußen so bewölkt ist«, sagte er und beugte sich zwischen ein paar Bananenstauden.

Im nächsten Moment flatterten drei große Schmetterlinge auf.

»Ich wußte, daß sie sich hier versteckt haben«, sagte er zufrieden und trat aus dem Bananenhain.

Ich schaute mich im Gewächshaus um. Es war vielleicht fünf Meter breit und acht Meter lang. Einige Pflanzen waren in riesige Tontöpfe gepflanzt, andere direkt in die Torfblöcke, die wie Treppenstufen an den Wänden entlang aufgestapelt waren.

An der hinteren Schmalseite befanden sich zwei Gartenstühle aus weißem Plastik und ein runder Tisch. Auf dem Tisch stand ein Krug, bis zum Rand gefüllt mit Orangensaft, und ein Glas. Darunter, auf dem von Feuchtigkeit dunklen Betonboden lag eine dicke, mit Plastik bezogene Matte, die mich an die Turnstunden in der Schule erinnerte.

In einer Ecke gab es einen Wasserhahn mit einem Aluminiumbecken darunter, ein zusammengerollter, grüner Plastikschlauch war an den Wasserhahn angeschlossen. Neben dem Waschbecken sah ich eine kleine Kabine. Ich zog die Schiebetür auf und fand eine Toilette wie auf einem Freizeitboot. An der Wand war eine Hängevorrichtung angebracht, und Willof zeigte mir, wie man den Schlauch in die Kabine ziehen, an der Wand befestigen, einen Sprühkopf aufsetzen und das Ganze so in eine Dusche verwandeln konnte.

»Was sagen Sie dazu?«

»Eine Woche kann man es hier aushalten«, antwortete ich.

Da setzte sich ein Schmetterling auf meine Brust. Die Flügel waren nachtschwarz und samtig mit einem wunderlichen Muster aus rostroten Spritzern und türkisblauen Circonflexen.

»Er mag Ihren roten Pulli«, sagte Willof.

Als ich mich umsah, bemerkte ich noch mehr Schmetterlinge. Sie saßen auf Blättern und Zweigen und Palmstämmen. Der schwarze Schmetterling erhob sich, ich spürte einen kühlen Hauch, als sein Flügel ganz leicht meine Wange streifte.

»Hier ist es wunderbar«, sagte ich.

»Ja, nicht wahr? Das hier hält mich am Leben. Wenn ich nicht wüsste, daß mein Schmetterlingshaus auf mich wartet, würde ich es keinen Tag länger in diesem Krankenhaus aushalten. Sobald ich nach Hause komme, gehe ich hierher. Ich kann stundenlang hier bleiben, bis Linda mich holt.«

Ich nahm an, daß Linda die Frau mit den Hunden war. Er hatte mir sie nicht als seine Frau vorgestellt, aber das war sie wohl, trotz des Altersunterschieds. Er erwähnte sie zum ersten Mal.

»Ja, Sie können auspacken und sich häuslich einrichten. Trinken Sie viel, das braucht man hier drinnen. Vergessen Sie bitte nicht, den Deckel wieder auf den Krug zu legen, die Schmetterlinge könnten ertrinken. Wenn Sie sonst noch etwas brauchen, dann sagen Sie es. Ich werde ab und zu nach Ihnen schauen.«

Er öffnete die innere Tür und wollte gerade gehen, als er sich plötzlich umdrehte.

»Was nehmen Sie da für Tabletten?«

Ich hatte meine Penicillintabletten herausgeholt und schluckte gerade eine mit etwas Saft.

»Das ist nur das Penicillin, das sie mir im Krankenhaus verschrieben haben.«

Mit einigen schnellen Schritten war er bei mir, und ehe ich reagieren konnte, hatte er die Packung mit den Tablettenstreifen vom Tisch genommen und in seine Jackentasche gesteckt.

»Sie dürfen während dieser Zeit keinerlei Medikamente nehmen«, sagte er streng.

»Aber die Kur ist noch nicht beendet«, sagte ich erstaunt. »Ich bin erst am dritten Tag. Ich soll es zehn Tage lang nehmen.«

»Sie hätten sie keinen einzigen Tag schlucken sollen. Nehmen Sie sonst noch Medikamente?«

»Nein.«

»Gut. Keine Medikamente. Keinen Alkohol. Und Sie gehen nicht in die Kälte hinaus.«

Er merkte, daß ich etwas erschrocken schaute.

»Ich möchte nur, daß Sie gut auf sich aufpassen«, sagte er etwas freundlicher.

Als er gegangen war, spazierte ich langsam durch das Schmetterlingshaus.

Die Scheiben waren aus dickem, wärmeisolierendem Glas und nicht ganz klar. Ich konnte die Wiese, das Haus und den Wald draußen sehen, aber alles war leicht verschwommen, als ob es mit Aquarellfarbe und sehr viel Wasser im Pinsel gemalt wäre.

Nur einige Scheiben neben der Tür hatten richtiges Glas, die wurden teilweise durch den Vorhang aus Plastikstreifen verdeckt. Ich spähte hinaus.

Über die Wiese kam die Frau im blauen Kunstpelz. Als sie ganz nahe am Schmetterlingshaus war, blieb sie stehen und machte eine Drehung mit dem Körper.

Es war eine sehr merkwürdige Bewegung. Man konnte nicht sagen, ob sie sich zu etwas hin oder von etwas wegdrehte, und der Ausdruck, der sekundenschnell über ihr Gesicht huschte, bewegte sich zwischen Wollust und Abscheu.

Ich erkannte diese Drehung. Ich hatte sie erkannt, als ich sie zum ersten Mal sah, als sie mit den Hunden zum Haus ging. Jetzt wußte ich, an wen sie mich erinnerte. An meine Klassenkameradin Liselott.

Ich lernte Liselott kennen, als ich in die erste Klasse kam. Davor hatte ich kaum Freundinnen gehabt.

In den Wochen vor der Einschulung herrschte bei uns zu Hause große Aufregung. Meiner Mutter gefiel der Gedanke, daß ich hinaus in die Welt sollte, überhaupt nicht. Sie wußte nicht genau, welche Regeln dort galten.

Ich wurde mit neuen Kleidern ausgestattet, die ausnahmsweise einmal nicht Tante Wilma genäht hatte, sondern in der Stadt gekauft wurden. Mutter und die Tanten sprachen viel über die Schule und stritten sich darüber, wie es dort zuging. »Nein, das stimmt nicht. Was redest du für dummes Zeug? Das war zu deiner Zeit so, heute ist es anders.«

Wir hatten ein Blatt mit kurzgefaßten Informationen bekommen. Der Zettel hing in der Küche, wir konnten ihn alle auswendig. Um neun Uhr ging es los. Wir mußten Papier für das Pult, eine runde Schere und ein kleines Handtuch mitbringen. Sollte man Stifte und Radiergummi dabei haben oder bekam man das in der Schule? Wofür wurde das Handtuch gebraucht? Für die Handwäsche vor dem Essen oder fürs Turnen? Turnsachen – wann mußte man die mitbringen? Und was hatten Kinder heutzutage beim Turnen an?

Es wurde diskutiert und spekuliert. Mutter konnte niemanden anrufen. Sie kannte keine anderen Mütter. Es war ihr sehr wichtig, alles richtig zu machen, ich sollte mich nicht schämen müssen.

Am Tag nach der Einschulung fand die ärztliche Untersuchung statt. Was würde da passieren? Impfungen? Ich sollte eine Urinprobe mitbringen, Mutter und die Tanten verbrachten Stunden damit, im Keller und in

Schränken nach einem passenden Glas oder Fläschchen dafür zu suchen.

Als der Tag gekommen war, war ich ziemlich verängstigt. Ich war sehr früh geweckt worden. Meine Haare, die über Nacht auf Haushaltspapier aufgerollt gewesen waren, damit sie sich lockten, wurden schnell naß gemacht, nachdem eine der Tanten meine Mutter in letzter Minute hatte überzeugen können, daß Locken nicht das Richtige für die Einschulung waren. Am Examenstag, das ging, aber nicht bei der Einschulung. Das karierte Papier für das Pult war schon seit zwei Wochen auf das richtige Maß geschnitten. Wir hatten es in der größten und am besten sortierten Schreibwarenhandlung der Stadt besorgt, am gleichen Tag, als wir die Kleider kauften.

Kurz bevor wir gehen wollten, kam Vater die Treppe herunter. Er war auf dem Weg zur Arbeit und trug seinen Bankanzug. Wenn er den anhatte, war ich befangen und stolz zugleich. Da sah man deutlich, daß er einer anderen und wichtigeren Welt angehörte, weit weg vom Zank und Streit hier zu Hause. Was er da machte und wen er da traf, das konnte ich nur ahnen. Es war eine geheime Welt, von der er nie etwas erzählte.

Mutter, Wilma und Dagmar hatten sich in eine Art Letzte-Minute-Panik hineingesteigert, alles mußte plötzlich verändert werden. Dagmars Hut war doch nicht richtig, sie mußte einen anderen suchen. Mutter hatte einen bisher unsichtbaren Flecken auf Wilmas Rock entdeckt und rieb ihn mit einem feuchten Handtuch.

Vater beugte sich über seine Aktentasche. Ich roch den Duft seines Rasierwassers und sah die noch feuchten Spuren des Stahlkamms in seinem schräggescheitelten, grauen Haaren.

Dann holte er ein Federmäppchen heraus und reichte es mir.

»Das kannst du in der Schule vielleicht brauchen«, sagte er.

Das Federmäppchen war groß und flach, mit einem Reißverschluß außen herum, beinahe eine Kopie seiner Aktenmappe. Es war aus schwarzem, glatten Leder und enthielt alles, was man während seiner Schulzeit brauchen würde. Auf der einen Seite des Mäppchens waren eine Reihe von Bleistiften unterschiedlicher Härte und ein kleiner Spitzer untergebracht. Auf der anderen Seite gab es einen Rotstift und drei sehr elegante Füller. (Der Rotstift bestürzte mich später sehr. Genau den gleichen benutzte die Lehrerin in der Schule zum Korrigieren. Durften die wirklich einfach so verkauft werden? Brauchte man dafür keine Lizenz?)

Wenn man die Innenseite des Mäppchens aufklappte, entdeckte man unter den Bleistiften eine Reihe Buntstifte. Auf der anderen Seite verbargen sich ein Zirkel, ein Winkelmesser und ein kleines Lineal aus Stahl.

Das beste war jedoch der Radiergummi. Heute haben die Kinder Radiergummis in allen Farben, Formen und Gerüchen. Damals waren Radiergummis grau, grün oder ziegelrot, sonst nichts. Aber dieser Radiergummi hatte ein wundervolles Rosa. Damals war Rosa noch eine exklusive und intime Farbe, Törtchen, Unterhosen und Babykleidern vorbehalten. Der Radiergummi hatte auch eine ungewöhnliche Form, lang und schmal wie ein kleiner Stab.

Vaters Geschenk war so überwältigend, daß das ganze Geplapper über Hüte und Flecken verstummte. Wir spürten alle, daß das Federmäppchen ein Gegenstand aus der großen, wichtigen Welt war. Aus Vaters Welt.

In der Schule saßen Mutter und die Tanten zwischen den anderen Eltern ganz hinten im Klassenzimmer. Sie sahen anders aus mit ihren dauergewellten Frisuren, übertrieben herausgeputzt, sehr nervös. Sie hatten auch die unangenehme Angewohnheit, über die Menschen um sie herum in einer Lautstärke zu reden, als ob diese taub wären.

Vor dem Aufgerufenwerden war ich fast gelähmt vor Angst. Ich wußte, daß ich mit ja antworten sollte, wenn mein Name aufgerufen wurde, daß ich nicht flüstern durfte, sondern laut und deutlich antworten mußte. Wir hatten das zu Hause oft geübt. Die Schüler würden alphabetisch aufgerufen werden, Mutter und die Tanten hatten eine Namensliste bekommen und ausgerechnet, daß ich die Nummer sieben war. Ich konnte mitzählen und wußte, wie viel Zeit mir noch blieb, bis ich an der Reihe war.

Ich hatte das Gefühl, mein Mund sei voll trockener Watte. Und wenn ich nichts sagen konnte? Außerdem stimmte die Rechnung nicht, ein neuer Junge, der nicht auf der Liste stand, war die Nummer sieben. Als ich endlich drankam, sammelte ich meine Kräfte, die Lehrerin konnte nur die erste Silbe meines Namens sagen, da brüllte ich schon das »ja«, das ich so lange zurückgehalten hatte. Es war die Entladung der schmerzhaften Spannung von zwei Wochen, aber es klang schneidig und bestimmt, und alle Erwachsenen lachten. Sie lachten nicht hämisch, sondern ermunternd, freudig überrascht. Mutter und die Tanten nickten zufrieden.

Ich entspannte mich ein wenig. Erst jetzt wagte ich es, mich unter meinen Klassenkameraden umzusehen.

Ein Mädchen fiel mir sofort auf. Sie hatte zerzauste, rotbraune Haare und so rote Lippen, daß ich erst glaubte, sie hätte sie mit Lippenstift angemalt. Über die Nase und die Wangen lief ein Band von blassen Sommersprossen, die Augen hatten eine merkwürdige, bernsteinartige Farbe. Sie schien die meisten anderen Kinder zu kennen. Bevor wir hineingegangen waren, war sie auf dem Schulhof herumgelaufen und hatte mit ihnen gespielt, jetzt winkte sie und flüsterte und drehte sich in alle Richtungen. Die Lehrerin sagte, sie solle versuchen, stillzusitzen, aber sie fing gleich wieder an, sich zu schrauben und zu drehen.

Dieses Schrauben faszinierte mich. Erst dachte ich, daß sie sich jemandem zuwandte oder von jemandem abwandte. Aber ihr Schrauben bezog sich auf niemanden. Es war, als drehte sie sich aus sich selbst, als wolle sie sich häuten.

Die Lehrerin fragte, ob es Kinder gebe, die eine beste Freundin oder einen besten Freund hatten, neben dem sie sitzen wollten. Zu meiner ungeheuren Verblüffung streckte Liselott, das Mädchen mit den Bernsteinaugen, die Hand hoch, zeigte auf mich und sagte mit ihrer heiseren Stimme: »Sie ist meine beste Freundin.«

»Prima. Dann dürft ihr nebeneinander sitzen«, sagte die Lehrerin lächelnd.

Ich war fassungslos. Ich schien die einzige in der ganzen Klasse zu sein, die Liselott *nicht* kannte. Warum nur hatte sie gesagt, ich sei ihre beste Freundin?

Aber Mutter und die Tanten waren zufrieden. Auf dem Heimweg sprachen sie davon, daß ich schon am ersten Tag eine beste Freundin gefunden hatte, und ich hätte laut und deutlich geantwortet, als ich aufgerufen wurde. Ich würde ganz bestimmt keine Probleme in der Schule haben. Sie konnten in ihre schwesterliche Gemeinschaft im gelben Haus zurückkehren, sicher, daß ich da draußen zurechtkäme.

Später wurde mir klar, warum Liselott mich als Banknachbarin ausgesucht hatte.

In den Pausen, wenn wir zu vielen miteinander spielten, stand sie immer im Mittelpunkt. Sie zog die anderen an wie ein Magnet, bestimmte, was gespielt wurde und wie die Rollen verteilt wurden. Sie schrie uns mit ihrer heiseren Stimme an, lachte laut und war immer überall. Sie hatte oft eine Schar von Kindern hinter sich und schien maßlos beliebt zu sein.

Aber wenn die Mädchen aus der Klasse sich zu zweit aufteilten und Arm in Arm auf dem Schulhof im Kreis gingen oder in einer Ecke saßen und Buchzeichen tauschten oder sich die Zukunft vorhersagten, da blieb Liselott übrig.

Sie war ein Herdentier. Ihre Energie mußte über viele hinwegstrahlen. Wenn man mit ihr allein war, wurde sie zu stark. Die Mädchen spürten das unbewußt und mieden sie.

Für Liselott war das sicher ein bekanntes Phänomen, und mit ihrer besonderen, intuitiven Intelligenz hatte sie die Probleme, die in der Schule auftreten konnten, vorhergesehen. Deshalb hatte sie mich, eine unwissende Fremde, zu ihrer Partnerin ausersehen.

Wenn wir die »großen« Spiele spielten, an denen alle teilnahmen, Jungen und Mädchen, machte ich auch mit, vorsichtig zwar, ein wenig am Rande. Ich mußte es noch lernen. Es gab eine Unmenge von Regeln und Ausdrücke, deren Bedeutung ich nicht kannte. Ich traute mich nie zu fragen, schnappte so viel auf, wie ich nur konnte. Bei diesen Gelegenheiten sah Liselott mich nicht, ich war nur eine in der Herde um sie herum.

Aber wenn die Gruppe sich auflöste und die Spiele ruhigere Formen annahmen, spürte ich plötzlich ihren

Griff um meine Schulter. Sie zog mich in Ecken und hinter Büsche und zeigte mir ihre Plastikfiguren – Buchstaben, Zahlen, Fahrräder und Tiere, die man zu langen Ketten aneinanderhaken konnte. Wenn sie neben mir stand, spürte ich ihren Körpergeruch, der ganz besonders war. Würzig, stechend und ein bißchen süßlich. Wenn sie sich schraubte, wurde er stärker.

Nach der Schule stand sie am Schultor und wartete auf mich. »Kommst du mit zu mir?« sagte sie. Das war ein Befehl, keine Frage. Ich glaubte, wenn ich nein sagte, würde etwas Schreckliches passieren.

Am Anfang erfand ich alle möglichen Ausreden. Wir seien eingeladen, ich müsse mein Zimmer aufräumen und so weiter. Aber das gab mir immer nur eine kurze Frist. »Und wann ist das Fest zu Ende? Wann kommt ihr wieder heim? Du kannst doch kommen, wenn du aufgeräumt hast!«

Das Einfachste war, ja zu sagen und gleich mitzugehen. Meine Mutter machte sich nie Sorgen. Sie wußte, daß ich nach der Schule zu Liselott ging, und sie war froh, daß ich eine Freundin hatte.

Liselott wohnte in der feinsten Villengegend. Sie lag etwas erhöht über dem Ort. Die Häuser waren zu Beginn des Jahrhunderts erbaut – stattliche Villen mit großen, terrassierten Gärten. Liselott wohnte in einer Zwei-Familien-Villa, aber sie wohnte nicht im ersten Stock, auch nicht im zweiten, sondern ganz oben in einer kleinen Dachwohnung. Es gab eine winzige Küche, in der sich nur eine Person aufhalten konnte, eine kleine Kammer, das war Liselotts Zimmer, und einen etwas größeren Raum, eine Art Wohnzimmer.

Im Wohnzimmer lag Liselotts Vater auf dem Sofa,

immer mehr oder weniger tief schlafend. Er trug ein Netzunterhemd und Trainingshosen. Er hatte einen gro-ßen Bauch und viele buschige Haare auf der Brust, die sich durch die Maschen des Netzunterhemds kräuselten. Liselott erklärte mir, daß er Rückenschmerzen habe und nicht mehr arbeiten könne, deshalb lag er immer auf dem Sofa.

Am Anfang fand ich es ein bißchen unangenehm, in einem Zimmer mit einem schlafenden Mann zu spielen. Aber ich gewöhnte mich schnell an ihn. Er war wie ein festes Möbelstück. Manchmal spielten wir, er wäre ein Berg und die Puppen machten einen Ausflug. Ab und zu grunzte er etwas Unverständliches und bewegte sich ein wenig, dann spielten wir Erdbeben.

Bevor ich Liselott kennenlernte, hatte ich nicht gern mit Puppen gespielt. Ihre Puppen waren etwas Besonde-res. Sie waren alle klein und handlich, höchstens zwan-zig Zentimeter groß. Einige waren Babys, andere hatten Haare und sahen aus wie kleine Damen. Wir spielten im-mer Kinderheim. Liselott war eine strenge Leiterin, die sich jede Menge grausame Regeln und Bestrafungen für die Puppen ausdachte. Unter anderem mußten sie in eis-kaltem Wasser baden, ehe wir sie Kopf bei Fuß ins Bett legten, ein dreistöckiges Badezimmerregal aus Draht.

Liselotts Mutter hatte schwarz gefärbte Haare, die mit Unmengen von Haarnadeln hochgesteckt waren. Sie hatte eine Arbeit. Ich nehme an, es war irgendeine Büro-arbeit, damals machte ich mir über so etwas keine Ge-danken. Ich weiß noch, daß sie sich oft über die Enge beschwerte, daß alles so unaufgeräumt war, daß sie nie etwas fand. Aber alle Klagelieder wurde immer abge-schlossen mit einem: »Ja, ja. Wir wohnen eh nicht mehr sehr lange hier.«

Einmal unterbrach sie ganz plötzlich das, was sie gerade machte, blieb stehen und schaute auf ihren Mann, als ob sie ihn eben erst entdeckt hätte. Sie sah ihn aus meiner Perspektive an und schien offenbar eine Erklärung abgeben zu wollen.

»Liselotts Vater ist nicht immer so gewesen. Er ist krank. Früher war er anders. Warte, ich zeige es dir.«

Dann holte sie ein Fotoalbum aus einem Koffer. (Sie bewahrten viele Habseligkeiten in Koffern auf, als ob sie nur zu Besuch wären.)

Sie zeigte mir Bilder vom Vater, als er jung war. Es gab Bilder von ihm in Badehosen auf Felsen und an Stränden, er stand gefährlich nahe an einem Abgrund bei einem Aussichtsplatz, er saß neben Liselotts Mutter in einem kleinen Boot, das gerade aus dem Liebestunnel eines Vergnügungsparks kam.

»Siehst du, wie breite Schultern er hatte?« sagte sie. »Damals hatte er noch Muskeln. Schau hier. Man sieht seinen Bizeps, obwohl er die Arme hängen läßt und sich nicht anstrengt.«

Es stimmte, er war breitschultrig und muskulös. Aber er sah auf diesen Bildern irgendwie *aufgebockt* aus. Als ob der ganze männlich wirkende Körper von einem pfiffigen, unsichtbaren Stützgestell gehalten würde.

Was immer seine Stütze gewesen war, es gab sie jetzt nicht mehr, das stellten wir beide fest.

In Liselotts Familie herrschten völlig andere Eßgewohnheiten als in meiner. Es kam vor, daß die Mutter einem plötzlich einen Teller hinstreckte. »Eßt was, Mädchen«, sagte sie. Ich war immer eingeladen.

Man nahm den Teller, wo man gerade war, und aß, am Couchtisch, auf Liselotts Bett oder mitten im Zimmer stehend. Man aß mit einer Gabel, ein Messer habe ich nie gesehen, und man trank nichts zum Essen. Nur Liselott und ich aßen zusammen. Der Vater bekam seinen Teller zu einem anderen Zeitpunkt vorgesetzt. Wann die Mutter aß, weiß ich nicht. Ich kann mich nicht erinnern, sie je essen gesehen zu haben. Das war ein ebenso großes Rätsel wie das, wo sie schlief.

Von zu Hause war ich strenge Rituale rund ums Essen gewöhnt. Jedes Gericht wurde begleitet von Hinweisen, wie es zubereitet wurde, vor allem wie Großmutter es zubereitet hatte. Ich konnte keinen Bissen Fisch zu mir nehmen, ohne mir anhören zu müssen, wie sehr Großvater Dorschköpfe geliebt hatte. Mit bestimmten Gerichten waren ganz besondere Geschichten verknüpft, Erinnerungen an die Gelegenheiten, als es sie gegeben hatte, traurige Geschichten, lustige Gespräche. Ich habe mein Leben lang diese Essensgeschichten hören müssen und war sie so leid, daß manche Gerichte mir allein deshalb Übelkeit verursachten.

Bei Liselott war das Essen nur etwas, womit man den Magen füllte. Man schaufelte es mit der Gabel hinein, und wenn man es hinter sich hatte, machte man mit dem weiter, womit man gerade beschäftigt gewesen war. Diese Einstellung fand ich sehr sympathisch.

Ich mochte Liselotts Mutter recht gern. Sie sprach mit mir wie mit einer erwachsenen Freundin. Sie hielt mich für viel reifer und verständiger als Liselott, und sie beklagte sich oft über die Sorgen, die sie mit ihrer Tochter hatte, was mir irgendwie unangenehm war.

Ich fand sie schön mit ihren hochgesteckten, schwarzen Haaren und ihren rosa geschminkten Lippen.

Sie hingegen bewunderte, wie ich zeichnete. »Manche können es einfach«, sagte sie. »Du hast richtig Talent.«

Besonders begeistert war sie, wenn ich Motive aus

ihrer Welt zeichnete, Phantasiebilder imponierten ihr nicht so sehr. Ihre kleine Wohnung war voll mit meinen Werken: Der Birnbaum im Garten. Der Langhaardackel des Nachbarn. Die Aussicht aus Liselotts Zimmer. Der schlafende Vater. Alles penibel datiert und signiert. Manchmal, wenn Liselott und ich spielten, kam ihre Mutter wie eine Sekretärin und schob mir eine von meinen Zeichnungen auf einem Tablett als Unterlage hin. »Du signierst sie doch, oder?« sagte sie dann und zeigte mit einem Stift auf ihre ordentliche Datierung. Sie war fest davon überzeugt, daß ich eines Tages eine berühmte Künstlerin würde und meine signierten Zeichnungen ein Vermögen wert wären.

Wir spielten meistens drinnen. Der Garten war kein Spielplatz. Alles war verboten: Die Johannisbeersträucher, die Äpfel, die Blumen, die Wiesen, die Teppichstange. Man durfte nicht auf den Stühlen in der Laube sitzen und nicht in der Hängematte schaukeln. Von einem bestimmten Stachelbeerbusch konnten wir Stachelbeeren essen, aber nicht zu viele. Wir durften keine Hüpffelder in den Kies zeichnen. Wenn ein anderer Hausbewohner Besuch hatte oder im Garten Kaffee trank, durften wir überhaupt nicht da spielen.

Wir machten trotzdem eine ganze Menge in diesem Garten. Wir gruben zum Beispiel Zwiebeln aus und spielten, daß wir einen Wintervorrat an Essen anlegten. Es war immer spannend, nach Zwiebeln zu graben, wie bei einer Schatzsuche.

Aber meistens blieben wir in Liselotts kleiner Kammer. Da stand nur ein Bett und ein kleiner Schreibtisch, mehr hatte nicht Platz. Die Decke war schräg, die Kammer wirkte deshalb wie eine geheime Hütte. Wenn es regnete, war das Prasseln laut und ganz nah zu hören. An der schrägen Decke klebten Plakate und Photos von Pop-stars. Wenn man auf dem Bett lag, sah es aus, als würden sie sich über einen beugen.

Über dem Schreibtisch gab es ein ovales Fenster mit Sprossen in Form eines Kreuzes, es sah aus wie die Oster-eier, die wir auf unsere Osterkarten malten. Von diesem Fenster hatte man eine phantastische Aussicht über den ganzen Ort. Man sah die Kirche, die Schule, die Tank-stelle, die Geschäfte und auch mein Haus.

Ich fand es merkwürdig, alles so versammelt und ver-kleinert zu sehen, wie auf einer Karte oder einem Modell. Kein Wunder, daß Liselott so sicher war, wenn sie die Welt immer aus dieser Perspektive gesehen hatte. Es war bestimmt etwas ganz anderes, als da unten im Gedränge zu wohnen. Wenn ich auf mein Haus hinuntersah und die Schule und alles andere, hatte ich das Gefühl, mein Leben würde deutlicher, bekäme einen Zusammenhang. Und gleichzeitig wurde es unwirklicher. So, als sei ich aus meinem Leben herausgestiegen, als gehörte es mir nicht mehr.

Manchmal, wenn die Mutter nicht da war und Liselott sicher war, daß ihr Vater tief schlief, holte sie seine Her-renmagazine heraus, die er unter dem Sofa aufbewahrte. Wir saßen auf ihrem Bett und schauten uns halbnackte Frauen an.

Liselott besaß ein lebhaftes Interesse für Sex und Schweinkram. Sie machte auch gerne Doktorspiele. Am Anfang fand ich es spannend, später langweilte es mich. Ein Lieblingsspiel von ihr war, irgendwelche Leute anzu-rufen und unanständige Dinge zu sagen oder den Jungen in der Klasse schmutzige, anonyme Briefe zu schreiben. So etwas brachte sie ungeheuer in Fahrt. Eines Tages las sie, daß irgendein berühmter Mensch mit der Post gebrauchtes Klopapier geschickt bekommen hatte. Sie fand diese Idee ausgesprochen interessant, aber meines Wissens hat sie sie nie selbst ausgeführt.

Ich interessierte mich überhaupt nicht für Jungen. Für mich waren sie störende, unnötige Wesen, ein Irrtum der Schöpfung, man konnte sie ertragen, mehr nicht.

Liselotts Verhältnis zum anderen Geschlecht war komplizierter. Zwischen ihr und den Jungen herrschte eine Art Haßliebe. Sobald sie auf den Schulhof kam, waren irgendwelche Jungen hinter ihr her, und sie lief weg. Sie verfolgten sie mit einem Jagdinstinkt, den sie selbst nicht verstanden. Wenn sie sie endlich eingefangen hatten, wußten sie nicht so recht, was mit ihr machen. Meistens kitzelten oder kniffen sie Liselott, sie schrie und leistete so viel Widerstand, wie es der Anstand erforderte. Sie lachte und weinte abwechselnd. Ich habe nie herausgefunden, ob sie es genoß oder verabscheute. Ich glaube, sie wußte es selbst nicht genau.

Hinterher kam sie immer zu mir gelaufen. Ihr scharfer Geruch war stärker als sonst, sie schaute mich mit ihren verschwommenen Bernsteinaugen an. »Sind sie nicht widerlich?« fragte sie grinsend und schraubte sich.

In der Weihnachtszeit hing ein großer, roter Adventsstern in Liselotts Fenster. Nicht gelblich rot und warm wie andere Adventssterne, sondern dunkelrot wie Blut. Die kleine Kammer erinnerte dann an eine Hexengrotte. Den Stern sah man von weitem.

Wenn ich den Stern sah, dachte ich manchmal, daß Liselott wirklich eine Hexe war. Sie saß an ihrem ovalen Fenster, schaute über den Ort und sprach Verwünschungen über uns alle, die wir da wohnten. Sie entschied, wenn jemand in der Klasse krank wurde oder die Katze von jemandem überfahren wurde, jemand sein Taschengeld in ein Gully fallen ließ. Der rote Stern verströmte etwas Böses.

In meiner Erinnerung hing der Stern immer da. Aber eigentlich kann er nur im Dezember dagewesen sein.

Manchmal wollte Liselott zur Eisenbahnbrücke gehen. Das war das Allerschlimmste für mich. Ich versuchte immer, sie abzulenken, damit sie nicht auf diese Idee kam. Die Gefahr war am größten, wenn wir uns ein bißchen langweilten. Wenn es draußen grau und bewölkt war und uns nichts zum Spielen einfiel. Dann bekam sie plötzlich ein bestimmtes Glitzern in die hellbraunen Augen, und ich wußte genau, was jetzt kam. Sie legte ihre Arme um meinen Hals, ihr Duft kam ganz nah, und sie flüsterte mir ins Ohr: »Ich weiß was, wir gehen zur Eisenbahnbrücke!«

Auch wenn wir ganz alleine waren, flüsterte sie. Diesen Satz sprach sie nie laut aus.

Ich fand die Eisenbahnbrücke zwar teuflisch beängstigend, aber ich nickte und ging mit. Es kam mir nie in den Sinn, nein zu sagen. Ich konnte große Mühen und Erfindungsreichtum darauf verwenden, Liselotts Vorschlag zu verhindern. Aber wenn sie es erst einmal ausgesprochen hatte, war alles zu spät. Die flüsternde Stimme, der würzige Körpergeruch, die harten, festen Arme, alles zusammen sagte nur eines: »Ich bestimme hier.« Etwas in mir verstand diese Sprache und gab nach.

»Es geht vorbei. Bald bin ich wieder zu Hause. Das nächste Mal lenke ich sie ab. Das ist das letzte Mal«, redete ich mir ein.

Liselott konnte den Fahrplan auswendig, und wenn es Zeit war, gingen wir zum Fluß hinunter, was strengstens verboten war.

Neben den Gleisen der Eisenbahnbrücke liefen zwei Bohlen, die einen schmalen Fußweg bildeten. Da stellten wir uns hin und warteten. Liselott redete immer alles mögliche, als ob wir überhaupt nicht auf etwas warteten. Ich hörte ihr nicht zu, ich lauschte nur auf den Zug. Ich wollte nicht überrascht werden. Wenn wir ihn näherkommen hörten, drückte ich mich nach hinten ans Geländer und schloß die Augen. Liselott tat bis zum Schluß so, als wäre nichts.

In der Sekunde, bevor er auf die Brücke fuhr, war ich überzeugt davon, zermalmt zu werden. Die Brücke war viel zu schmal für den riesigen Zug. Er würde allen Platz brauchen. Er würde mich am Geländer plattdrücken und meinen massakrierten Körper in das braune Flußwasser werfen.

Das ohrenbetäubende Rasseln und Dröhnen machte mich fast wahnsinnig vor Angst. Der Fahrtwind zog mir die Seele aus dem Leib. Ich hatte nur einen Gedanken: »Wenn ich ohnmächtig werde, darf ich nicht nach vorne fallen.«

Wenn alle Wagen vorbei waren, öffnete ich die Augen und sah Liselott neben mir stehen, rotwangig und strahlend, offenbar völlig unberührt von der Todesgefahr, in der wir uns befunden hatten.

Auf dem Heimweg waren wir immer bester Laune. Sie war zufrieden und ich erleichtert.

Einmal öffnete ich die Augen, als der Zug vorbeifuhr. Es waren besonders viele Waggons, und als es überhaupt keine Ende nehmen wollte, machte ich die Augen auf, um zu sehen, ob es ein endloser Höllenzug war, der mich töten würde.

Da sah ich Liselott. Sie drückte sich nicht ans Geländer. Sie beugte sich zu den vorbeirasenden Waggons vor.

Mit einer Hand hielt sie sich am Geländer fest, damit sie nicht vom Fahrtwind mitgerissen wurde. Ihr Kopf war ganz nah am Zug. Sie drehte und schraubte den Oberkörper wie eine Katze, die sich am Hosenbein ihres Herrchens reibt. Ihre rotbraunen, zerzausten Haare wurden nach hinten geweht, das Gesicht hatte einen merkwürdigen Ausdruck, der mir noch mehr Angst machte als der Zug.

Nach diesem Mal hielt ich die Augen immer fest geschlossen, wenn wir auf der Eisenbahnbrücke waren.

In der sechsten Klasse lockerte sich Liselotts Griff. In der siebten ließ sie mich ganz los.

Sie trug Röcke, die gerade mal über die Pobacken gingen, hohe, weiße Stiefel und taillenkurze Jacken, die sie nie zuknöpfte. Die Sommersprossen verdeckte sie mit Make-up.

Abends war sie immer unten am Fluß. Ich hatte nur verschwommene Vorstellungen, was da stattfand. Ein bißchen hatte ich es mitbekommen, wenn wir zur Eisenbahnbrücke gingen. Halbstarke, die in baufälligen Hütten an ihren Autos herumreparierten. Ein bärtiger Finne, der in einem Autowrack wohnte. Eine Zigeunerfamilie in einem Abbruchhaus. Kleine Werkstätten. Autoschrott. Zu Tode gequälte Katzen. Ratten. Schlamm und Morast und Weidengebüsch.

Manchmal sah ich sie abends, wenn sie zum Fluß hinunterging – die rotbraunen Haare hingen wie zwei wilde Vorhänge herunter, die Augen waren durch Schminke vergrößert, und die zielbewußt klappernden Synthetikstiefel leuchteten weiß in der Dämmerung.

Ich verbrachte meine Zeit hauptsächlich mit Malen und Zeichnen. Ich nahm Aquarellfarben oder Filzstifte.

Ich hatte mir selbst verschiedene Techniken beigebracht und war glücklich, als ich entdeckte, wie meine Bilder durch Schatten und Perspektive realistischer aussahen. Am meisten lernte ich beim Abmalen von Bildern aus Zeitschriften und Broschüren. Zeichnen übte ich vor dem Fernseher. Die Bilder verschwanden so schnell wieder, daß man die wesentlichen Linien sofort einfangen mußte. Ich wurde immer besser. Und die Schularbeiten kosteten auch viel Zeit.

Als wir in die Neunte kamen, war Liselott schwanger.

Als die Frau die Tür öffnete, zog ein kühler Lufthauch durchs Schmetterlingshaus. Sie hatte ein Fertiggericht aus der Mikrowelle dabei: ein paar Kartoffeln, irgendwelche Fleischstücke und jede Menge braune Soße.

»Essen«, sagte sie kurz und trug den Teller zum weißen Plastiktisch.

Aus der Jackentasche holte sie Messer und Gabel.

»Ich wollte auch ein Bier mitbringen, aber er erlaubte es nicht. Nur Saft oder Wasser.«

»Ich trinke immer Wasser zum Essen«, sagte ich und füllte mein Glas aus dem grünen Plastikschlauch.

Ich setzte mich an den Tisch, blies ein wenig blaue Pelzwolle vom Besteck und begann zu essen. Es schmeckte nicht besonders gut, aber ich hatte Hunger. Die Frau blieb stehen und schaute mir zu.

»Ich heiße Linda, das hat er vielleicht schon gesagt«, sagte sie.

Ich nickte. Aber das ist auch das einzige, was er gesagt hat, dachte ich. Sie könnte sich gerne etwas genauer vorstellen.

Aber das tat sie nicht.

»Ich heiße Anna«, sagte ich.

Sie lächelte schief. Was wußte sie von mir? Sollte ich mich ihr näher vorstellen und wenn ja, dann wie? Als Zeichnerin? Patientin? Leihmutter von drei kleinen Schmetterlingskindern? Aber sie schien nicht neugierig zu sein, sie wußte offenbar, was sie wissen wollte.

Sie öffnete einen Metallschrank neben mir, den ich noch gar nicht bemerkt hatte. Er war grün und fast ganz verdeckt von einem großen Monsterablatt. Sie holte ein Glas Honig und eine rosa Plastikkanne heraus, die sie mit

Wasser füllte. Sie gab etwas Honig in die Kanne – durch die Wärme war er flüssig – und rührte mit einem Blumenstab um.

»Schmetterlingsfutter«, sagte sie erklärend.

Dann ging sie im Gewächshaus umher und füllte das Honigwasser in kleine rote und gelbe Plastikschälchen, die überall aufgestellt waren.

Ich schaute ihr zu, während ich aß. Vielleicht war sie doch älter als fünfundzwanzig. Sie sah verbraucht aus und hatte harte Mundwinkel. Auf dem Nasenrücken war ein kleiner Höcker, als ob sie einmal das Nasenbein gebrochen hätte. Wäre sie näher bei mir gestanden, dann hätte ich bemerkt, daß sie braune Augen hatte. Das sah merkwürdig aus zu blonden Haaren. Irgendwie unecht. Vielleicht war sie gar nicht blond. Ich versuchte, ihren Haaransatz zu sehen, als sie sich bückte.

»Das ist meine Arbeit, aber ich dachte, vielleicht könntest du sie übernehmen, solange du hier bist«, sagte sie.

»Dann brauche ich nicht dauernd herzukommen und störe dich nicht mehr als nötig. Und du hast sonst nicht viel zu tun, nehme ich an. Füll bitte alle zwei Stunden nach. Das Wasser verdunstet so schnell in dieser Wärme.«

Sie spülte die Kanne mit dem Schlauch aus und stellte sie in den Schrank zurück.

»Ich fahre ins Dorf. Brauchst du etwas?« fragte sie.

»Nein danke.«

»Das wär's dann. Ich schaue heute abend wieder herein. Sag, wenn du etwas brauchst.«

Ein großer, schwarzroter Schmetterling landete auf dem Tisch. Sie ließ ihn auf ihren Finger krabbeln und schaute ihn an, bevor er wieder aufflog.

»Ich hoffe wirklich, daß es gut läuft. Es würde ihn so glücklich machen«, sagte sie, und ihre Mundwinkel wurden etwas weicher.

Als sie gegangen war, zog ich die langen Hosen und den Pulli aus, zog Shorts und ein Hemdchen an und band die Haare zu einem Knoten. Die leere Essensschale warf ich in einen Abfallbehälter mit Deckel, der mit dem Fuß bedient wurde. Ich holte meinen Zeichenblock und einen weichen Bleistift heraus und begann, die Füße bequem auf den Tisch vor mir gelegt, das Palmenwäldchen vor mir zu zeichnen.

Am Abend kam Linda wieder, sie hatte einen großen Becher Fruchtjoghurt, eine Birne und einen Löffel dabei. Sie fragte, ob alles in Ordnung sei, zeigte mir, wo das Licht ausging, und sagte gute Nacht.

Am Abend war es gemütlich im Schmetterlingshaus. Draußen war es Winter und dunkel, und ich konnte das Rauschen der Tannen im Wald hören – ein trostloses, trauriges Geräusch. Aber hier drinnen waren Sommer und Sonne und grüne Pflanzen.

Ich duschte, füllte dann, in mein Badetuch gewickelt, das Honigwasser für die Schmetterlinge nach. Es war gar nicht leicht, alle Schälchen zu finden. Einige standen auf den Torfblöcken, andere waren mit Draht an Zweigen und Stämmen festgebunden, und eines stand auf dem Metallschrank. Wenn sie nicht so bunt gewesen wären, hätte ich viele übersehen.

Willof war nicht hier gewesen, seit er mich hergebracht hatte. Vielleicht stand er an einem der Fenster im Haus und schaute auf mich herunter.

Ich fragte mich, wie gut ich wohl von außen zu sehen war. Vermutlich sah ich durch das dicke Glas ein bißchen verschwommen aus. Ich stellte mir vor, daß ich von weitem einem Fisch glich, der zwischen den Pflanzen seines Aquariums umherglitt.

Ich ging zur Schalttafel an der Tür und löschte das Licht so, wie Linda es mir gezeigt hatte. Ich war nicht darauf vorbereitet, daß es *so* dunkel wurde. Es war total kohlrabenschwarz. Auch die Schmetterlinge wurden offenbar überrascht. Ich hörte, wie einer gegen etwas flog.

Ich tastete mich an den Pflanzen entlang zu meiner Matratze am anderen Ende des Hauses. Blätter von unterschiedlicher Struktur und Düfte streiften mein Gesicht. Durch die Glaswände konnte ich in der kompakten Dunkelheit nur einen einzigen Lichtpunkt sehen: ein erleuchtetes Fenster im Wohnhaus. Ich ließ meinen Blick darauf ruhen, es gab mir Sicherheit.

Dann stieß ich mit den Füßen an meine Matratze und setzte mich. Die Augen hatten sich nun etwas an die Dunkelheit gewöhnt, und ich konnte den Tisch als eine helle, runde Fläche erkennen. Ich tastete darunter, fand meine Schultertasche und holte meine kleine Taschenlampe heraus. Sie verbreitete einen freundlichen Lichtkreis auf dem Betonboden.

Ein Schmetterling interessierte sich sofort dafür und flatterte im Lichtschein umher.

Ich holte mein Leintuch aus der Reisetasche. Ein Kissen hatte ich nicht, ich knäulte mein Badetuch zusammen. Ich machte das Licht aus und kroch unter das Leintuch. Die Taschenlampe legte ich neben mich auf den Boden, damit ich sie zur Hand hatte, falls ich während der Nacht aufwachen sollte.

Ich legte die Wange auf das feuchte Frotteeknäul. Es war überhaupt nicht unangenehm, sondern weich und kuschelig, wie ein feuchtwarmer Umschlag.

Als ich am nächsten Morgen aufwachte, blieb ich lange liegen und schaute an die Decke, wo ein feinmaschiges Netz aufgespannt war, damit die Schmetterlinge sich nicht an den Heizschlangen verbrannten. Ich hatte etwas Schreckliches geträumt, erinnerte mich aber nicht mehr.

Ich kam gerade aus der Dusche, als Linda in einem Picknickkorb das Frühstück brachte. Es bestand aus einem Käsebrot, Joghurt und einem Literkarton Orangensaft.

»Ich gehöre zu denen, die morgens einen Kaffee brauchen«, sagte ich und wickelte mich in mein immer noch feuchtes Badetuch.

»Tut mir leid. Darfst du nicht.«

»Ist ja nur eine Woche«, fügte sie hinzu, als sie mein gequältes Gesicht sah. »Geht es dir sonst gut? Hast du schlafen können?«

Ich nickte und schenkte mir etwas Orangensaft ein. Alles andere wollte ich im Moment nicht.

»Könnest du bitte deine Sachen ein bißchen wegräumen, ich muß jetzt die Pflanzen beregnen. Das Leintuch kannst du so lange in den Schrank legen«, sagte sie.

Sie ging mit dem Schlauch durchs Schmetterlingshaus und sprengte überall. Jedes Blatt bekam eine Dusche. Und vermutlich auch so mancher Schmetterling. Als sie fertig war, hing der Wasserdampf wie Nebel in der Luft.

»Diesen Job könntest du auch übernehmen«, sagte sie, während sie den Schlauch zu einer Rolle über ihren Arm wickelte.

Diese hängte sie auf den Wasserhahn und ging.

»Kannst du mir das nächste Mal bitte ein Kissen mitbringen?« rief ich ihr nach.

Im Schmetterlingshaus herrschte eine wunderbare Dschungelstimmung. Überall tropfte und lief Wasser. Ich zog mich an und machte eine Runde mit der Honigwasserkanne. Ganz hinten in einem Busch, direkt am Betonfundament, entdeckte ich eine Blume, die ich bisher nicht gesehen hatte. Eine große, weiße Lilie mit hellgrüner Maserung. Die Kronblätter hatten eine fettige, wasserabstoßende Oberfläche, die Tropfen blieben als kreisrunde Perlen darauf liegen. Die Blume duftete schwer und nach Vanille.

Ich bekam Lust zu malen und holte meinen Aquarellkasten, Block und Pinsel heraus. Aber mir fehlte ein Becher für Wasser. Mein einziges Trinkglas wollte ich nicht dafür verwenden.

In der kleinen Kammer zwischen dem Schmetterlingshaus und dem Ausgang gab es jede Menge Sachen auf den Regalen. Neben den normalen Tontöpfen hatte ich auch glasierte Übertöpfe gesehen.

Ich öffnete die Tür und ging hinaus. Es war kühl. Nicht kalt, aber wesentlich kühler als im Schmetterlingshaus. Ich schauderte in meiner dünnen Sommerkleidung und durchsuchte den Vorrat an Blumentöpfen und nahm den kleinsten Übertopf, den ich finden konnte. Er war so groß wie eine Teetasse, dunkelblau glasiert und sah aus, als würde er das Wasser halten können.

Ich wollte sofort wieder zurück in die Wärme, da hörte ich Hundegebell. Durch die Scheiben sah ich, wie die drei Rottweiler die Wiese herunterrannten, dicht gefolgt von Linda. Sie hatte die Verandatür hinter sich weit offen gelassen und keine Zeit gehabt, die Pelzjacke überzuziehen. Verblüfft stand ich da mit meinem kleinen Übertopf und sah sie kommen.

Linda riß die Tür auf. Einer der Hunde drängte sich

herein, die beiden anderen blieben draußen. Als der große, bellende Hund an mir hochsprang, schrie ich und fiel nach hinten. Ich warf einen Stapel Tontöpfe um, er fiel über den Hund und zerschlug auf dem Betonboden. Das machte ihn noch wütender, und hätte Linda ihn nicht am Halsband gepackt und ihn mit einem festen Griff um die Schnauze zum Schweigen gebracht, ich weiß nicht, was er mit mir gemacht hätte.

»Mein Gott, was ist passiert? Ist jemand hier?« fragte sie.

Ich war so erschrocken, daß ich kein Wort herausbrachte. Meine nackten Arme hatten Gänsehaut vor Kälte und Schreck.

Linda schaute sich um und wurde ruhiger. Sie schob die Töpfe mit dem Fuß beiseite, damit sie die Tür öffnen konnte, und zog mich in die Wärme. Der Hund blieb im Vorraum.

»Fehlt dir was?« fragte sie. »Hat er dir nicht gesagt, daß du hier drinnen bleiben mußt?«

»Aber ich wollte mir doch nur ein kleines Gefäß holen. Ich war keine Minute draußen«, protestierte ich.

Ich hielt immer noch den kleinen blauen Tontopf in der Hand. Erstaunlicherweise hatte ich ihn nicht fallen lassen, als ich gegen das Regal taumelte.

»Du darfst überhaupt nicht in den Vorraum gehen, wenn du allein bist. Du löst den Alarm aus. Verstehst du?«

»Ich habe keinen Alarm gehört.«

»Hier kann man ihn nicht hören, sondern nur oben bei uns. Schau mal.«

Sie öffnete wieder die Tür zum Vorraum. Der Hund hatte sich zwischen die Tonscherben gelegt und schaute durch die Glaswand auf seine Kameraden draußen. Er schien sich nicht für uns zu interessieren.

Linda fuhr mit der Hand an einem Pfosten entlang, der an der Außenseite des Türrahmens angebracht war. Gegenüber gab es einen zweiten Pfosten. Ich hatte sie nicht beachtet. Ich dachte, sie gehörten irgendwie zur Türkonstruktion, falls ich überhaupt etwas gedacht hatte.

»Hier drin sind Detektoren eingebaut. Wenn du da durch gehst, unterbrichst du die Lichtschranke«, sagte sie.

»Und warum wird der Alarm nicht ausgelöst, wenn du kommst?« fragte ich.

»Ich schalte ihn natürlich aus, wenn ich herkomme.«

»Wenn du mir gesagt hättest, wie es geht, hätte ich erst den Alarm ausgeschaltet, und dann den Topf geholt«, sagte ich.

»Nein, das hättest du nicht. Man kann es nur vom Haus aus machen.«

Sie schloß die Tür, und wir gingen wieder in die Wärme.

»Da oben sind Glasbruchdetektoren angebracht«, fuhr sie fort und zeigte zur Decke. Sie reagieren auf Druckveränderung und die Lautfrequenz von berstendem Glas.

»Ist es überhaupt nötig, daß der Alarm eingeschaltet ist? Jetzt, wo ich hier bin.«

Sie verzog den einen Mundwinkel zu einer müden Grimasse.

»Ingmar hat unglaubliche Angst um seine Schmetterlinge. Sie sind sein Heiligtum. Ehrlich gesagt wundert es mich, daß er dich hier hereingelassen hat. Er läßt sonst nie Fremde herein. Aber du bist ja etwas Besonderes. Wir erzählen ihm nichts davon. Okay?«

Sie nahm die Hunde mit und ging. Ich war immer noch ein wenig geschockt. Aber ich hatte mein Töpfchen. Ich füllte es mit Wasser und kroch mit meinen Malsachen unter die Büsche.

Ich mußte die weiße Lilie eine Weile suchen. Die Perltropfen waren verschwunden, der Duft schwächer, es war nicht mehr der gleiche Eindruck. Ich hockte in unbequemer Stellung mit einem dicken Blattstil im Nacken auf dem Boden und malte sie ab.

Hin und wieder mußte ich auf den Betonboden herauskriechen und den Rücken strecken. Als ich vier verschiedene Versionen der Lilie gemalt hatte, legte ich sie zum Trocknen auf den Plastiktisch.

Linda schaute sie kurz an, als sie das Mittagessen brachte, sagte jedoch nichts. Sie machte einen gestreßten Eindruck.

Am Nachmittag las ich.

Bei der abendlichen Dusche spürte ich, daß die Erhebung am Schenkel wieder angeschwollen und leicht gerötet war.

Ich muß mich durch meine Teenagerzeit geschlafen haben. Ich erinnere mich kaum an diese Jahre. Ein Ereignis, ein einziges, leuchtet durch die Häute der Zeit. Strahlt und glitzert mit dem warmen, rötlichen Schein von Hunderten von flackernden Kerzen.

Es gab die Tradition, daß ein Mädchen aus der neunten Klasse zur Lucia gewählt wurde. Jede neunte Klasse wählte eine Kandidatin, ein Fotograf machte Bilder, die dann in den Fluren aufgehängt wurde. Danach wurde von der ganzen Schule ein Mädchen gewählt.

Unsere Klasse wählte ihre Kandidatin während einer Mathestunde. Man merkte, daß etwas im Busch war. Man hörte es an den Stimmen, am unterdrückten Lachen. Sah es in den Blicken. Die Luft war erfüllt von einer starken, kollektiven Kraft, der Kraft, die einen unerfahrenen Referendar heulend aus dem Klassenzimmer treiben kann, ohne eigentlich zu wissen, warum.

Über dem Dach des Mensagebäudes wurde es hell, ein metallischer Glanz überzog den grauen Himmel. Das Dunkel sank nach unten, zum Asphalt, unter die struppigen Feuerdornbüsche, hinunter in den Keller und die Vorratsräume.

Wir rissen Zettel aus unseren Heften und schrieben. Ich weiß nicht mehr, welchen Namen ich schrieb. Ich weiß nur noch, welchen Namen ich ganz bestimmt *nicht* geschrieben habe.

Der Lehrer ging herum und sammelte die Zettel in einem kleinen Pappkarton, in dem einmal Kreide gewesen war. Jedes Mal, wenn jemand seinen zusammengefalteten Stimmzettel hineinwarf, stieg eine weiße Kreidewolke auf. Er ging schnell und trieb diejenigen, die noch nicht fertig waren, an. Die Unterbrechung des Unterrichts irritierte ihn. Er konnte solche Sachen nicht leiden, Studienbesuche, Sporttage, Feuerübungen, alles, was die Routine unterbrach und uns hinterher unkonzentriert sein ließ.

Er stand am Katheder und öffnete einen Stimmzettel nach dem anderen. Rasch und sicher, als ob es seine Zahlen wären, schrieb er die Mädchennamen an die Tafel, die er von den Zetteln ablas. Hinter die Namen machte er dann für jede Stimme einen Strich.

Es wurden sechs Namen. Eine ziemlich selbstverständliche Kandidatin – ein hübsches Mädchen mit langen, blonden Haaren – bekam drei Stimmen. Zwei unzertrennliche Freundinnen bekamen je eine Stimme. Sie hatten sich gegenseitig gewählt. Und noch zwei Mädchen bekamen je eine Stimme.

Aber ganz oben an der Tafel stand Liselotts Namen und dahinter eine lange Reihe von Strichen, immer fünferweise, vier kleine Zäune und ein einzelner Strich. Einundzwanzig Stimmen.

Es bedurfte keiner größeren mathematischen Kenntnisse, um zu verstehen, was der Lehrer an der Tafel ausgerechnet hatte. Er schien auch der Meinung zu sein, daß man für derlei einfache Operationen keine Zeit zu verschwenden brauchte. Ein kurzes Klopfen unter Liselotts Namen, und die Unterbrechung war für ihn beendet. Er wischte das Ergebnis ab und begann mit unglaublicher Geschwindigkeit – die kostbare Zeit, die wir verloren hatten, mußte wieder aufgeholt werden – die grüne Fläche mit Berechnungen zu bedecken, die sich mehr für eine Mathematikstunde in der Neunten eigneten.

Ich weiß nicht, ob unser Mathematiklehrer uns je gesehen hat. Als Menschen gesehen hat, meine ich, nicht als

Schüler. Wenn er uns im Flur traf, grüßte er nie. Hielt man ihn an und fragte etwas, schaute er einen verwirrt an, als ob ein Baum oder ein Stuhl ihn angesprochen hätten. Wenn er die Tür aufschloß und uns ins Klassenzimmer ließ, wirkte er abwesend, und in der Zeit, die wir brauchten, um uns einzurichten, die Stühle herauszuziehen, ein bißchen zu albern und zu reden und schließlich unsere Bücher herauszuholen, während dieser Zeit, die leider ziemlich lang werden konnte, stand er da und schaute in die Ferne, murmelte vor sich hin, kratzte sich oder bohrte in der Nase, als ob er allein wäre. Wenn das Stimmengewirr sich legte, schien er uns plötzlich zu sehen, und ein erkennendes Lächeln breitete sich auf seinem Gesicht aus, als würde er denken: »Ach so, ihr seid es!«

Er wußte, daß wir die Klasse 9b waren, und solange wir auf den richtigen Plätzen saßen, wußte er auch, wie wir hießen und wo auf seiner Notenskala wir uns befanden. Aber sobald es klingelte und wir aufstanden, existierten wir nicht mehr für ihn.

Das war sicher ein Überlebenstrick, den er während eines langen Berufslebens entwickelt hatte. Ein Trick, den wohl alle Lehrer bewußt oder unbewußt anwenden. Dieser Lehrer beherrschte ihn nur besser als andere. Wie ein Zauberer konnte er uns herbeibeschwören und verschwinden lassen, ganz wie er wollte. Er konnte unsere mathematischen Fähigkeiten hervorholen und den Rest unsichtbar werden lassen.

Diese merkwürdige Fähigkeit muß der Grund dafür gewesen sein, daß er nicht auf die Wahl unserer Lucia-Kandidatin reagierte.

Er sah einfach nicht, was alle anderen sahen: Liselott war im achten Monat schwanger.

Er sah nicht, daß ihr Bauch ein Berg war, der sie daran

hinderte, den Stuhl an die Bank zu ziehen. Daß sie mit dieser riesigen Bürde zwischen sich und dem Rechenbuch da saß. Daß sie wie ein überladenes Schiff im Sturm schwankte, stöhnte und keuchte, wenn sie sich setzte oder aufstand.

Diese unerhörte Veränderung, die Liselott durchgemacht hatte und die so offensichtlich war, war ihm entgangen. Ihr mathematischer Status wurde nämlich von dem, was in ihrem Körper vorging, nicht beeinflußt. In seinen Augen sah sie deshalb aus wie immer. Eine vier. An guten Tagen etwas besser. Ein Aufblitzen in den braunen Augen, ein momentanes Aha-Erlebnis, das nie richtig Wurzeln schlug und zu intellektueller Erkenntnis wurde. Kein methodisches Denken. Hemmungslose Raterei. Nicht gemachte Aufgaben. Keine Motivation. Schrecklich unkonzentriert. Keinerlei Ehrgeiz.

Als der Rektor die Wahl der Lucia-Kandidatinnen der neunten Klassen bekam, muß er tüchtig nachgedacht haben. Er wußte genau, wer Liselott war und wie es um sie stand. Er war allerdings unsicher, was das Wahlergebnis bedeutete.

Die Unsicherheit hing zusammen mit Liselotts Verhältnis zu den anderen in der Klasse, besonders den Jungen. Wurde Liselott gemobbt oder war sie beliebt?

Über diese Frage dachten die meisten Lehrer nach, glaube ich. All die Jahre war Liselott festgehalten, gekitzelt, gekniffen, mit Schnee abgerieben worden. Ihre Mützen waren in Bäume und Regenrinnen, ihre Handschuhe in Wasserpfützen geworfen worden, ihr Rock war hoch und ihre Unterhosen heruntergezogen worden, alles begleitet von diesem merkwürdigen Drehen und Schrauben und Lauten zwischen Weinen und Lachen.

Und wenn jemand eingriff, um sie zu verteidigen, war

die Reaktion immer die gleiche: Das Schrauben und Lachweinen hörte auf, die Retter wurden mit Verärgerung und Verachtung gestraft. Wenn eine Klassenkameradin ihre Partei ergriff, wurde sie richtig gemein. War es ein Lehrer, begnügte sie sich mit einem höhnischen Blick. Es gelang ihr jedes Mal, beim Retter ein unerklärliches Gefühl von Scham auszulösen. Die Erkenntnis, daß das Eingreifen nicht nur nicht nötig war, sondern regelrecht falsch war. Als ob er etwas sehr Wichtiges gestört habe, etwas, wovon er nichts verstand.

Ungefähr das muß der Rektor gedacht haben, als er das Wahlergebnis der 9b betrachtete. War es ein Zeichen von Mobbing? Ein grausame Art, das Unglück des armen Mädchens hervorzuheben und sie vor der ganzen Schule lächerlich zu machen?

Oder war es ganz anders? Das Mädchen hatte schließlich Freundinnen, sie schien nicht aus der Gemeinschaft ausgestoßen zu sein, sondern stand jetzt im Zentrum der Aufmerksamkeit, aber es war eine positive Aufmerksamkeit. Die Art von Aufmerksamkeit, die schwangere Frauen immer auf sich ziehen. Eine Erinnerung an das Wunder des Lebens. Das Mysterium. Und soweit es diese Jugendlichen betraf, bestimmt auch eine gute Portion gesunder Neugier.

Vermutlich erinnerte der Rektor sich an den kleinen Hofstaat hilfreicher Klassenkameraden, die immer Liselotts Schultasche trugen, ihr in den Mantel halfen, sich von den Bänken im Flur erhoben und ihr Platz machten.

»Sie sind ganz auf ihrer Seite!« erkannte er plötzlich. »Sie verstehen ihre Situation, sie haben Mitgefühl. Vielleicht haben sie die missbilligenden Blicke einiger Lehrer bemerkt.«

Ja, im Lehrerzimmer hatte er Bruchstücke des Gemurmels bestimmter Kollegen aufgeschnappt, Gemurmel, das nicht in ein Lehrerzimmer im toleranten Schweden des Jahres 1971 gehörte.

»Sie wollen sie ehren. Es ist eine Ehrenbezeugung«, redete er sich ein.

»Und außerdem«, dachte er weiter, an dem Tag, als sie wie ein Flußpferd in die Mensa gerollt kam, wo die Fotografen ihre Lampen und ihren verschwommenen Hintergrund aufgestellt hatten, »außerdem wird sie nur von der eigenen Klasse gewählt werden. Nur sie kennen sie. Nur sie wissen um ihre Vorzüge. Alle anderen sehen nur einen unförmigen, abstoßenden Fleischberg. Das Aussehen ist das einzige, was für Jugendliche in diesem Alter wichtig ist, das weiß man doch, und dick sein, das ist das Allerschlimmste! All diese essensverweigernden Hysterikerinnen, die fünf Erbsen und ein Glas Wasser zu Mittag essen und dann in der Gymnastik ohnmächtig werden. Dick zu sein, das ist das Häßlichste, was sie sich vorstellen können. Ich kenne meine Schüler. Ich kann mich auf sie verlassen. Sie wird nur aus ihrer eigenen Klasse Stimmen bekommen. Das Problem löst sich von alleine. Ist ganz richtig, daß ich mich nicht eingemischt habe. Alles löst sich von alleine.«

Aber er kannte uns nicht. Erwachsene wissen nur selten, wie Jugendliche denken.

Ein dickes Mädchen hatte keine Zukunft vor sich und hätte sich gleich aufhängen können, da hatte der Rektor recht. Und natürlich gab es welche, die fünf Erbsen aßen und vor Auszehrung ohnmächtig wurden. (Ich natürlich nicht, oh nein, ich aß wie ein Pferd. Zu der Zeit hatte ich noch nichts verstanden.)

Aber Liselott war ja nicht einfach fett. Sie war riesig.

Unglaublich. Sie hatte einen Bauch wie ein Haus. Ja, manchmal erinnerte sie mich wirklich an eine Schnecke, die ihr Haus trug, nicht auf dem Rücken, sondern auf dem Bauch. Als ob sie sich, wenn Gefahr drohte, auf dem Boden zusammenrollen und in dieses Haus kriechen könnte.

Sie war außergewöhnlich dick. Von Zwillingen, ja von Drillingen war die Rede. Vermutlich nur Gerüchte. Aber zu der Zeit gab es noch keinen Ultraschall, und ich glaube, man konnte nicht mit hundertprozentiger Sicherheit feststellen, ob Liselott nur *ein* Kind trug.

Ihr Gesicht war nicht dicker geworden. Es war schmal wie immer. Vielleicht sogar noch schmaler. Auf jeden Fall viel blasser. Es war schwer, Liselott und ihren Bauch als einen einzigen Körper zu sehen. Man hatte wirklich das Gefühl, daß sie etwas *trug*. Ein Haus. Einen großen Stein. Eine *Bürde*.

Für uns war Liselott also nicht fett und häßlich, sondern ein blasses kleines Mädchen mit eingefallenen Wangen – genau wie ein Mädchen auszusehen hatte –, das eine so ungeheure Bürde zu tragen hatte.

Auf dem Bild im Flur sah man den Bauch natürlich nicht. Aber er war dennoch da. In den schmalen, leicht schrägen Augen glitzerte etwas Unbekanntes. Ein Blick mit starker Anziehungskraft.

Die Stimmen dieser letzten, entscheidenden Wahl wurden von einem unparteiisch und sorgfältig zusammengesetzten Trio, bestehend aus einem Mitglied des Schülerrats, einem Gemeinschaftskundelehrer und dem Rektor, gezählt. Liselott hatte mit überwältigender Mehrheit gewonnen.

»Sie kann immer noch ablehnen«, verkündete der Rektor den anderen Stimmenzählern. »Das Mädchen hat das Recht, dankend abzulehnen. Es wäre vollkommen verständlich.«

»Liselott wird nicht ablehnen. Warum sollte sie?« fragte die Vertreterin des Schülerrats, ein aufrechtes Mädchen mit Ponyfrisur und FNL-Abzeichen.

»Sie schafft es nicht! Der Lucia-Umzug dauert mindestens fünfundvierzig Minuten. Durch alle Klassenzimmer. Treppauf, treppab. Und dann muß sie über eine Stunde auf der Bühne in der Aula stehen, während der Chor singt und alles. Sie wird ohnmächtig werden! Ein Sternsinger ist einmal umgekippt, weißt du noch, Erik?«

»Nein«, sagte der Gemeinschaftskundelehrer. »Das war vor meiner Zeit.«

»Doch, er kippte um und ließ den Stern mit Getöse von der Bühne mitten ins Publikum fallen. Damals waren sie noch aus Messing. So ein großer Stern mit scharfen Spitzen. Da hätte richtig etwas passieren können. Wir dürfen sie dem nicht aussetzen. Es ist sehr anstrengend, da oben zu stehen.«

»Aber sie ist schließlich gewählt worden«, erinnerte der Gemeinschaftskundelehrer. »Wir können uns nicht über die Wahl der Schüler hinwegsetzen.«

»Natürlich nicht! Ich will doch nur sagen, daß wir dem Mädchen eine Chance geben müssen abzulehnen.«

»Liselott wird nicht ablehnen«, wiederholte die Schülervertreterin.

Und das tat sie auch nicht. Vor der Veröffentlichung des Wahlergebnisses wurde Liselott zum Rektor gerufen und bekam ihre Chance abzulehnen.

Ich kann richtig sehen, wie sie da im Besucherstuhl vor dem Schreibtisch des Rektors saß, während ihr Blick zwischen den Diplomen für die Sporterfolge der Schule hin- und herschweifte.

»Es ist schon okay«, sagte sie ruhig und fuhr sich mit den Fingern durch die rotbraunen Haare.

»Du möchtest also Lucia werden?« fragte der Rektor in einem letzten Versuch und bemühte sich, ihren Blick einzufangen.

Sie nickte.

»Das ist das Wahlergebnis. Dann werde ich eben Lucia«, sagte sie mit einem kleinen Seufzer, als kapituliere sie vor dem Schicksal.

Wie Sie sich denken können, habe ich keine Ahnung, was sie oder der Rektor oder die anderen Stimmenauszähler sagten. Ich habe nur geraten. Hemmungslose Raterei, wie unser Mathematiklehrer immer sagte. Einmal im Leben wird man das dürfen.

Aber warum denke ich so viel an Liselott?

Die kleine Drehung dieser Frau. Die hat es in mir ausgelöst. Ich habe hier nicht viel anderes zu tun als zu denken. Ich mache also weiter.

Aber jetzt rate ich nicht mehr. Jetzt ist es wahr, jetzt sind es meine Erinnerungen. Insoweit Erinnerungen wahr sind. Manchmal sind sie gelogener als Phantasien.

Am Montag ist Liselott nicht in der Schule. Am Dienstag auch nicht. Sie hat Probleme mit dem Rücken und ist krank geschrieben.

Am Morgen des Lucia-Tags gehen wir mit gespannter Erwartung in die Schule. Wird Liselott dasein?

Die Flure sind voller verkaterter Schüler, die die ganze Nacht Bier getrunken haben. Zerfetzte Glitzergirlanden sind in zerzauste Haare gesteckt oder zu Stirnbändern gebunden. Überall auf dem Boden Reste von Glitzer. Schlafende Jugendliche auf den Bänken. Einem wird übel, er übergibt sich auf der Toilette.

In allen Fensternischen und auf den dicken Treppenpfosten brennen Kerzen. Jede Menge kleiner, gedrungener Kerzenhalter mit kugelrunden Füßen. Wo kommen sie nur alle her? Warum hat die Schule so unglaublich viele rote Kerzenhalter? Vielleicht sind sie einmal von fleißigen Schülern im Werkunterricht gemacht worden. Traditionell werden die kleinen, roten und gedrungenen Kerzenhalter überall da aufgestellt, wo es nur geht.

Der Lucia-Umzug sammelt sich unten im Keller: die sechs Lucia-Jungfern aus der Neunten, die schön singenden Sternsinger aus der Achten, die ganzen kleinen Sternsinger und Wichtelmännchen aus der Grundstufe. Ist sie auch da? Nein, niemand hat sie kommen sehen.

Plastiktüten rascheln, Lieder werden geübt. Der Chor ist schon in der Aula. Sie singen sich mit zungenbrecherischen Reimen ein.

Wir anderen, die wir in diesen traditionellen Bräuchen keine Rollen zu spielen haben, stellen uns in die Flure und warten. Die Lampen sind aus. Nur die kleinen Kerzen in den Fensternischen brennen. Die Fenster sind undicht, die Flammen flackern in der Zugluft.

Jetzt hört man etwas aus dem Keller. Jetzt kommen sie die Treppe hoch.

Sie ist dabei. Sie muß durch den Kellereingang gekommen sein. Die rotbraunen Haare sind frisch gebürstet und glänzen im Schein der Lucia-Krone. Das Hemd spannt über dem Bauch. Das Weiß macht sie noch dicker. Oh Gott, sie muß in den letzten Tagen noch einmal zugenommen haben! Sie ist riesig!

Langsam schreitet sie vor allen anderen durch den

dunklen Flur, die Handflächen über der riesigen Kugel zusammengedrückt. Die anderen singen. Sie selbst schweigt andächtig.

Irgend etwas ist mit diesem Bauch anders. Er ist nicht nur größer. Paradoxerweise wirkt er auch leichter. Er scheint wie von selbst zu schweben. Eine große, weiße Kugel, die vor Liselotts kleinem Mädchenkörper herschwebt und sie mit sich zieht.

Der Rektor steht ganz oben an der Treppe. Er ist blaß. Jetzt wird ihm klar, daß er einen Fehler gemacht hat. Es hätte unterbunden werden müssen. Es ist nicht anständig. Die Kerzen, die langen, merkwürdigen Schatten, die langsam schreitende Prozession mit dem hochschwangeren jungen Mädchen an der Spitze. Das ist heidnisch. Ein heidnischer Fruchtbarkeitsritus.

Er wußte nicht, daß sie schon so weit war. Warum ist sie nicht krank geschrieben? Das Kind kann jeden Moment kommen. Die Geburt kann heute einsetzen. Bald. Jetzt. Hier auf der Treppe.

Der Rektor wird mit einer gemurmelten Entschuldigung beiseite geschoben. Ein Kamerablitz zuckt. Noch einer. Die Lokalzeitung. Der Fotograf steht immer ganz oben.

Der Zug schreitet die Treppe hinauf und bleibt bei jeder Stufe stehen. Lucia keucht hörbar vor Anstrengung. Ein Blitz nach dem anderen. Sind die Fotografen dieses Jahr nicht besonders zahlreich?

Wir bewegen uns Richtung Aula, der Klang des Lucia-Umzugs dringt aus dem Oberstock. Der Rektor ist ihm gefolgt. Als wir vor dem Eingang der Aula anstehen, sehen wir den Zug wieder herunterkommen, dieses Mal auf der anderen Treppe. Die riesenhafte Lucia, ihre Jungfern, Sternsinger und Wichtel; und vor und zurück neben dem Zug, die Treppen hinauf und hinunter, wie eine große, unruhig kreisende Hummel: der Rektor. Nein, die Lucia hat nicht im Treppenhaus geboren. Sie trägt das Kind immer noch in sich.

Auch in der Aula die kleinen roten Kerzenhalter, die flackernden Flammen, die langen Schatten. Die Plätze füllen sich von hinten nach vorne. Hinten zu sitzen ist immer beliebt. Aber an diesem Morgen entscheide ich mich für die erste Reihe, obwohl es noch andere Plätze gibt. Dieses Mal will ich vorne sitzen.

Der Chor singt »Glänze über See und Strand«. Der Lucia-Umzug hat jetzt das Gebäude der Oberstufe verlassen und ist zur Mittel- und Grundstufe weitergezogen, um Licht und Freude zu bringen. In der Aula schlafen einige Schüler ein.

Nach einer halben Stunde wird das Licht auf der Bühne gelöscht. Der Chor verstummt und zieht sich ins Dunkel zurück. Die kleinen Kerzen strahlen. Aus den Bänken dringt lautes Schnarchen.

Jetzt kommt der Lucia-Zug. Zuerst hören wir nur rasche Schritte im Flur. Sie singen nicht, sie sind müde, sie schonen sich. Aber als sie die Aula betreten, stimmen sie das Lucia-Lied an, formieren sich im gleichen Abstand, schreiten zur Bühne.

Als sie da oben steht, ihre Jungfern um sie herum, sehe ich, daß sich etwas verändert. Ihre Handflächen sind fest aneinandergepresst, die Ellbogen steif abgestreckt. Sie schließt die Augen und beugt den Kopf so tief, daß die Nase fast die Fingerspitzen berührt. Kleine Schweißperlen glänzen auf ihrer Stirn. Liselott hat Schmerzen.

Der große Bauch hebt und senkt sich in tiefen Atemzügen. Als ob er ein eigenes Leben hätte. Als ob er sich noch mehr aufpumpen, sich zum Abheben bereit machen würde. Ich stelle mir vor, wie er nach dem nächsten Atemzug abhebt und Liselott mitzieht zur Decke der Aula. Wie sie aus der Schule schwebt, hilflos an ihrem großen Bauch hängend, über den Ort hinweg, hinauf in den dunklen Winterhimmel wie ein weißer, lichtumstrahlter Planet.

Aber noch steht sie da, die Augen fest geschlossen, die Kiefer angespannt. Die Wichtel trippeln mit Laternen in den Händen über die Bühne und singen, sie scheint nicht wahrzunehmen, was um sie herum geschieht. Sie wendet sich nach innen, konzentriert sich auf ihren Körper, auf das, was da drinnen geschieht.

Dann kommt es. Diese merkwürdige Bewegung. Kaum merklich am Anfang, nur ein leichtes Rollen mit der einen Schulter. Dann auch mit der anderen Schulter. Der Hals, der Rumpf, der lichtbekränzte Kopf. Schlangenartige, drehende Bewegungen. Mit ihren zusammengepreßten Handflächen ähnelt sie einer thailändischen Tempeltänzerin.

Der Bauch ist bei diesem Tanz merkwürdig ruhig. Liselott schraubt sich von ihrem Bauch ab. Sie versucht es. Sie schraubt sich frei!

Sie sieht das Zeichen des Musiklehrers nicht. Eine der Jungfern muß sie knuffen, sie am Arm ziehen. Erst jetzt merkt sie, daß es vorbei ist. Mit sehr kleinen Schritten geht sie auf die Bühnentreppe zu. Sie zögert an der obersten Treppenstufe. Es sind nur wenige Stufen, aber sie zögert. Der Rektor will ihr eine helfende Hand reichen, sie scheint die Hand nicht zu sehen. Unendlich langsam steigt sie hinab, Stufe für Stufe. Die Hände hält sie immer noch aneinander. Das Hemd hat große feuchte Schweißflecken von den Armlöchern bis zur Taille. Mit dem restlichen Zug hinter sich schleppt sie sich hinaus. Da ich ganz vorne sitze und der Ausgang hinten ist, bin ich bei den letzten, die aus der Aula kommen. Ich laufe durch die Flure, die Kellertreppe hinunter. Ich sehe sie nicht zwischen den anderen, die sich umziehen. Aber ich weiß, wo im Keller sie sich manchmal aufhält.

Im Gang unter den Wasserrohren finde ich sie. Sie windet sich und atmet heftig. Der Schweiß läuft ihr herunter und der Duft, Liselotts besonderer würziger Duft, steht wie eine Wolke um sie.

»Wie geht es dir? Soll ich einen Krankenwagen rufen?«

Mir wird bewußt, daß es wahrscheinlich Jahre her ist, als ich zuletzt etwas zu Liselott gesagt habe. Wir haben seit der sechsten nicht mehr miteinander gesprochen. Natürlich wechselten wir hin und wieder ein paar Worte im Flur, aber nie so wie jetzt, persönlich, nur zu zweit.

Sie schüttelt den Kopf.

»Hol die Schwester«, sagt sie.

»Die Schwester?«

Was kann die Schulschwester in so einer Situation machen? Aber Liselott hat sich immer an die Schwester gewandt. Ich erinnere mich plötzlich, daß sie während der ganzen Schulzeit immer zur Schwester gelaufen ist. Sie hat viele Schulstunden im Sprechzimmer der Schwester zugebracht.

»Aber du mußt doch in ein Krankenhaus oder so«, versuche ich.

Sie antwortet nicht. Sie hat eine Wehe und kann nicht reden. Mitten im Keuchen lächelt sie leicht, nimmt meine Hand und legt sie auf ihren Bauch. Er ist hart wie eine Trommel.

Dann spüre ich einen Tritt. Ich versuche, die Hand wegzuziehen, aber sie hält sie fest. Ich bin erstaunt über die beharrlichen, heftigen Tritte, die noch eine Ausbuchtung im schon gespannten Bauch machen. Wie fest! Ich hätte nie gedacht, daß Babys so fest treten können!

Es ist das erste Mal, daß jemand in der Schule Liselotts Bauch berührt. Sie selbst hat ihren Zustand nie mit einem Wort erwähnt. Sie hat nicht gesagt, was sie fühlt, an was sie denkt, wer der Vater ist, welche Pläne sie hat. Zu niemandem. Sie hat über ganz andere Dinge gesprochen, sich wie immer verhalten. Ja, wenn es nicht so absurd wäre, hätte man meinen können, sie habe selbst nicht gemerkt, daß sie schwanger ist.

»Kannst du nicht zu mir nach Hause kommen und mit mir spielen, Anna?« flüstert sie. »Können wir nicht Kinderheim spielen?«

Wir lachen beide.

Dann laufe ich und hole die Schwester.

»Ich kümmere mich um sie. Ich fahre sie«, sagt die Schwester, ehe sie die Treppe hinuntergeht. Ich bleibe stehen und warte, will sie heraufkommen sehen, aber sie nehmen vermutlich den Verbindungsgang und kommen an einer anderen Stelle heraus.

Ich habe Liselott nie mehr gesehen. Sie kam nicht mehr in die Schule. Als ich kurz vor Weihnachten zu ihrem Haus ging, waren die Fenster leer. Der rote Stern war weg.

Es ist mein dritter Tag in Dr. Willofs Schmetterlingshaus. Ich sitze auf einem der weißen Plastikstühle.

Ich habe gerade mit dem Gartenschlauch die Pflanzen beregnet. Die Luft dampft, die Erde duftet, und die Schmetterlinge trauen sich wieder hervor. Zwei sitzen auf der anderen Stuhllehne, ein großer und ein kleiner. Sie haben sich die Köpfe zugewandt. Der große ist weiß mit schwarzer Äderung, wie Marmor. Der kleine ist grell orange. Er schlägt mit den Flügeln auf und ab, auf und ab, sehr schnell. Der große sitzt still und bewegt nur ab und zu die Flügel in einer langsamen, gleitenden Bewegung. Es sieht aus, als würde der kleine etwas erzählen. Er hat so viel zu sagen und ist so eifrig. Der große hört zu und bestätigt: »Wirklich? Was du nicht sagst.«

Aber vielleicht sind sie nur naß geworden und trocknen ihre Flügel, jeder auf seine Art.

Es ist merkwürdig, wie schnell die normale Welt verschwindet. Vor nur drei Tagen saß ich zu Hause in meiner Wohnung und hatte meine Sachen um mich, ich telefonierte, ging in die Kneipe, sprach mit Leuten. Jetzt erscheint mir das alles sehr weit weg und sehr lange her.

Ich sitze hier wie ein Tier in einem Käfig. Ich werde gut behandelt. Ich beklage mich nicht.

Ein Wirtstier. Es klingt fast schön, finde ich. Wirt. Wert. Würdig.

Am Nachmittag war Dr. Willof da. Ich habe ihn seit vorgestern nicht gesehen. Ich hatte vergessen, wie groß er ist. Er war unrasiert und sah müde aus. Ich saß auf dem Stuhl.

Er zog den Mantel aus, und ohne einen Blick auf mich ging er zur Gummimatratze, setzte sich mit einem Seufzer darauf und legte sich mit einem weiteren Seufzer auf den Rücken. Er fiel – stürzte – gewissermaßen in zwei Schritten. Dong, dong, wie ein angeschossener Elch. Es war ein merkwürdiges Bild, einen großen Körper so fallen zu sehen.

Er blieb lang schweigend liegen und schaute in die Luft. Ich hatte das Gefühl, daß er das öfter machte. Daß die Gummimatratze nicht, wie ich angenommen hatte, nur für mich hierher gebracht worden war, sondern von ihm selbst benutzt wurde.

Ein Schmetterling von der großen weißflügeligen Sorte kreiste um seine dichten, graugesprenkelten Haare, er schloß die Augen. Sein Gesicht befand sich direkt neben meinem Stuhl. Ich schaute vorsichtig zu ihm hinunter. Es war irgendwie nicht richtig, ihn so von oben anzuschauen. Er sah so schutzlos aus. Sein Gesicht verriet sowohl Friede als auch Trauer, wie bei einem Kind, das sich in den Schlaf geweint hat.

Als der Schmetterling ihn verlassen hatte, setzte er sich langsam auf. Er blinzelte schlaftrunken, atmete einmal tief durch die Nase ein, als ob er etwas abschließen würde, und wandte sich zu mir.

»Hallo«, sagte er.

Ich nickte. Er sah ausgesprochen ungepflegt und mitgenommen aus, mit seinen unrasierten Wangen, seinem zerknitterten Hemd und den dunklen Ringen unter den Augen. Was hatte er gemacht, seit wir uns das letzte Mal gesehen hatten? Ununterbrochen getrunken?

»Haben Sie Dienst gehabt?« fragte ich.

»Dienst? Haha. Dienst auf dem Altenteil?«

»Sie sehen müde aus.«

»Ich komme aus dem Krieg zurück! Deswegen«, sagte er und stand auf.

»Aber ich lebe noch.«

Das kurze Ausruhen schien ihn erfrischt zu haben.

»Einen Moment. Ich habe etwas mitgebracht.«

Er lächelte breit und verschwand in den kleinen Vorraum mit den Blumentöpfen. Er kam mit einem großen, länglichen Karton zurück. Er wühlte in der Holzwolle und holte eine Topfpflanze heraus. Mit einer Verbeugung überreichte er sie mir.

»Eine kleine Blume.«

»Für mich?« sagte ich und nahm sie.

Die Pflanze hatte einen schlanken, holzigen Stamm und große, hellgrüne Blätter.

»Vorläufig. Später ist sie allerdings für die Raupen der Recentia alba. Es ist ihr Lieblingsfutter.«

Er beugte sich über den Karton und holte einen Topf nach dem anderen aus der isolierenden Holzwolle.

»Kuabapflanzen«, erklärte er. »Es hat ein bißchen gedauert, sie zu finden. Die hier sind heute morgen per Flugzeug aus einem Schweizer Gewächshaus gekommen.«

Er stellte die Pflanzen auf die Bank neben die anderen Jungpflanzen, die aufgezogen wurden.

»Das müßte für den Anfang reichen. Später brauche ich dann noch mehr.«

Er wischte sich ein wenig Erde von den Handflächen und setzte sich auf den Plastikstuhl mir gegenüber. So auf der anderen Seite eines Tischs hatte er wieder Ähnlichkeit mit einem Arzt.

»Wie geht es Ihnen?« fragte er.

»Es ist wieder angeschwollen.«

Er brummte und zog seinen Stuhl zu mir. Er machte ein unangenehm kratzendes Geräusch über den Betonboden.

»Hm. Hm. Hm«, murmelte er und schaute auf mein Bein in den weiten Shorts.

Er betastete die Schwellung. Obwohl er nicht besonders fest drückte, tat es weh, und ich zuckte ein wenig zusammen.

»Es ist wieder entzündet, nicht wahr?«

Er zog die Shorts wieder herunter und lächelte.

»Keine Sorge. Alles ist in Ordnung.«

»Sollte ich nicht wieder Penicillin nehmen?«

»Absolut nicht. Nur tüchtig essen, viel trinken, in der Wärme sitzen und es sich gutgehen lassen.«

Er stand auf und schlenderte im Schmetterlingshaus umher. Er zeigte mir Dinge, die ich noch nicht bemerkt hatte: kleine Raupen auf einem Blatt. Einen Kokon in einem Gebüsch.

Dann ging er. Der leere Karton und die verstreute Holzwolle blieben liegen.

Ich überlege mir oft, wie das Gehirn funktioniert.

Manchmal, wenn ich eine mechanische Tätigkeit ausführe, über die ich nicht nachdenken muß, erscheinen Erinnerungsbilder, die überhaupt nichts mit der Tätigkeit zu tun haben. Es sind völlig triviale Erinnerungen, Bilder, die das Gehirn schon vor langer Zeit hätte aussortieren müssen.

Wenn ich Zahnpasta auf die Zahnbürste drücke, sehe ich eine Bushaltestelle in einem Stadtteil, in dem eine Freundin gewohnt hat. Eine langweilige Haltestelle neben neugebauten Hochhäusern und einem Parkplatz. Es ist zeitiges Frühjahr. Struppige Büsche zäunen den Parkplatz ein. Ich sehe die Straße und weiter entfernt die Autobahnauffahrt. Das ist alles. Ich habe an dieser Bushaltestelle nie etwas Besonderes erlebt, und sie hat ganz bestimmt nichts mit meinem Zähneputzen zu tun.

Wenn ich Soße koche, habe ich ein anderes Bild. Es kommt immer dann, wenn die Margarine und das Mehl sich gemischt haben und es Zeit wird, die Flüssigkeit zuzugießen. Genau in diesem kleinen stressigen Moment habe ich ein völlig klares, gestochen scharfes Bild der Eingangstür meiner Oberschule.

Jedes Mal, wenn ich mir die Wimpern tusche, sehe ich die Käsetheke eines ICA-Supermarktes, in dem ich früher eingekauft habe. Wenn ich eine Glühbirne einschraube, versetzt mich das immer an einen steinigen Strand bei Verwandten, die wir manchmal besuchten, als ich klein war. Wir haben alle Bademäntel an und essen belegte Brote mit Leberpastete und Gurke.

So weit ich sehen kann, besteht keinerlei Zusammenhang zwischen diesen Erinnerungen und dem, was sie auslösen. Das einzige, was sie verbindet, ist ihre Trivialität.

Die Intensität dieser Erinnerungsbruchstücke ist jedoch so stark, daß ich vermute, etwas ganz anderes liegt dahinter. Daß sich hinter dem Zahnpastaausdrücken und der Bushaltestelle ein Drittes verbirgt, das alles andere als trivial ist.

Könnte es sein, daß ich in diesen alltäglichen Situationen eine Erinnerung an etwas habe, das zeitlich hinter den beiden liegt? Eine lebendige, richtige Erinnerung, die sich in schrecklicher Deutlichkeit gezeigt und dann aufgelöst hat, so daß nur der unschuldige Rahmen übrig geblieben ist.

Ich habe nur zwei Torpfosten. Der eine stammt aus der Gegenwart, der andere aus der Vergangenheit. Der eine ruft immer den anderen hervor.

Aber das Tor ist leer. Das, was zwischen den Pfosten sein müßte, die Landschaft, zu der das Tor der Eingang war, ist ausgelöscht.

Vor kurzem habe ich festgestellt, daß eine neue Verbindung entstanden ist. Jedes Mal, wenn ich den Gartenschlauch über dem Arm aufrolle, befinde ich mich im Speisesaal der Volkshochschule, wo Roger und ich uns kennengelernt haben. Ich sehe nicht den Tisch oder Roger, sondern das Geschirrgestell, in das man nach dem Essen sein Tablett mit dem leergegessenen Teller hineinschiebt. Schmutzige Teller und Gläser, Essenreste, zusammengeknüllte Servietten und liegende Bierflaschen schauen aus den Fächern hervor.

Roger und ich nahmen an einem Sommerkurs für Aquarellmalen teil. Er malte schrecklich schlecht und war so strahlend zufrieden mit seinen Werken. Er trug einen grobgestrickten Pullover mit einem großen U-

Boot-Ausschnitt, und zwischen Hals und Schlüsselbein hatte er eine spezielle, kleine schutzlose Stelle, die mich sehr interessierte.

Ich fragte mich, ob er verheiratet war. Sobald er sich für mich interessierte, war mir klar, daß er es war. Ich ziehe verheiratete Männer an wie das Licht die Motten. Ich vermute, meine emotionale Anspruchslosigkeit lockt sie an.

Er hatte in frühester Jugend Künstler werden wollen. Er wurde Architekt und arbeitete beim städtischen Bauamt. Seine Frau war Sachbearbeiterin in einem anderen Amt der Stadtverwaltung. Er war nach eigenem Bekunden noch nie untreu gewesen, aber das Malen von Felsen in Bohuslän hatte einen bislang verborgenen Bereich seines Gefühlslebens geöffnet.

Er machte mir klar, daß es keine Fortsetzung geben würde. Er liebte seine Frau, das mit uns sei nichts Ernstes, das betonte er immer wieder im ersten Jahr und seltener im zweiten.

Wäre es schlimmer gewesen, wenn er mich gleich zu Anfang verlassen hätte, mitten im Verliebtsein? Am Ende blieben doch nur Reminiszenzen der Liebe übrig. Die Gesten, Zärtlichkeiten, Scherze hingen noch lange zwischen uns, wir hatten längst vergessen, wie sie entstanden waren. Wie chinesische Schriftzeichen, die einmal Bilder darstellten, sich aber allmählich zu einigen wenigen, einfachen Pinselstrichen abgenutzt hatten.

Er lehnte sich immer an seinen Saab, wenn er auf dem Parkplatz am Wald auf mich wartete.

Die Spaziergänge um den See. Seine alte Lederjacke. Die festgetretenen Sandwege. Seine Schuhe. (Ja, seine *Schuhe* – braun, mit Lochmuster, ein bißchen altmännerhaft, gute Qualität.) Das entfernte Brausen der Stadt. Die

Wasservögel, die wir nie richtig bestimmen konnten. Unsere Gespräche. Unser Schweigen. Manchmal eine halbe Stunde Schweigen. Nur das Geräusch unserer Schritte und die Beschäftigung mit den eigenen Gedanken. Der Geruch nach Erde und feuchter Rinde.

Das habe ich nicht mehr. Ich habe es verloren.

Mein Gott, ich habe es verloren.

Draußen schneit es leicht. Kleine wirbelnde, ausgesprochen zögerliche Flocken, die offenbar zu leicht sind, um richtig zu fallen. Sie sinken und heben sich und sinken wieder, und wenn sie endlich den Boden erreichen, bereuen sie es und schmelzen, als ob es sie nie gegeben hätte.

Auf der Wiese spielt ein Junge. Das muß Daniel sein. Linda erzählte heute morgen von ihm.

»Ich fahre ins Dorf und bringe Daniel in die Kinderstunde der Kirche«, erklärte sie, und ich sagte: »Daniel?«

Es war ihr sechsjähriger Sohn. Ich war überrascht, daß ich ihn noch nicht gesehen hatte. Dafür gab es eine einfache Erklärung. Daniel war die letzte Woche bei einem gewissen Kent – seinem Vater, vermute ich. Linda hatte ihn gestern abend geholt.

Aber ich war immer noch überrascht. Linda hatte in den letzten Tagen nie über ihren Sohn gesprochen. Allerdings hatte sie überhaupt nicht viel gesprochen. Sie ist immer ziemlich kurz angebunden, wenn sie mit ihrem Essenskorb kommt.

Außerdem konnte ich mir einfach nicht vorstellen, daß sie ein Kind hat. Sie wirkt so – wie soll ich sagen – unmütterlich. Der kleine harte Jeanshintern und das teenagermürrische Gesicht. Sie hat nicht diese Weichheit, die Frauen meiner Vorstellung nach bekommen, wenn sie Mutter werden. Das sind vielleicht Vorurteile meinerseits. Aber ich habe eine Freundin, die gerne Thriller und Kriegsfilme sah, und die, nachdem sie Mutter geworden war, so empfindlich wurde, daß sie nicht mal mehr ein Hühnchen braten konnte, weil das rohe Tier so viel Ähnlichkeit mit einem zusammengekauerten Kinderkörper hatte. Von Linda könnte ich mir vorstellen, daß sie ein

Hühnchen lebendig in den Backofen stecken kann, ohne auch nur eine Miene zu verziehen. Ich sehe sie morgens das Pferd besteigen und mit ihren blutrünstigen Bestien davonreiten. Eine Diana auf der Jagd.

Als ich erfuhr, daß Daniel ihr Sohn ist, sagte ich: »Die Kinderstunde der Kirche?«

Das stimmte auch nicht mit meinem Bild von ihr überein.

»Ja, er muß schließlich mit anderen Kindern zusammenkommen, und hier gibt es sonst nicht viele Möglichkeiten«, antwortete sie entschuldigend. »Weil ich nicht arbeiten gehe, bekommt er keinen Kindergartenplatz, und in der Nähe wohnen keine gleichaltrigen Kinder. Drei Mal pro Woche treffen sich neun Kinder im Gemeindehaus. Das ist okay. Daniel geht gerne hin. Die anderen Eltern sind auch nicht christlich, aber die meisten finden es gut. Und nächstes Jahr kommt er in die Schule.«

Ich ziehe die Plastikstreifen weg und stelle mich an das klare Fenster, damit ich ihn deutlich sehen kann. Er hat etwas in der Hand, ein Spielzeug, und scheint ganz in sein Spiel versunken. Als er einen Moment zum Schmetterlingshaus schaut, versuche ich, seine Aufmerksamkeit auf mich zu ziehen, und winke übertrieben. Er läßt die Hand mit dem Spielzeug sinken und schaut zu mir. Hat seine Mutter ihm erzählt, daß im Schmetterlingshaus eine Frau wohnt?

Er kommt jetzt zu mir herunter, ganz ohne Eile. Er macht ein paar Schritte über die Grasbüschel, fingert an seinem Spielzeug, als ob er vergessen hätte, wohin er wollte, dann geht er wieder weiter. Langsam.

Er bleibt vor der Scheibe stehen und schaut mich forschend an. Seine Augen sind braun wie Lindas, die Haare, die unter seiner Mütze herausschauen, sind blond wie ihre. Er kommt nicht herein. Linda hat es ihm wahrscheinlich verboten, die Alarmanlage ist eingeschaltet. Eine ganze Weile steht er da in seinem Overall und seiner heruntergezogenen Mütze und schaut mich an, die ich nur Shorts und ein T-Shirt anhabe. Ich lache und winke und versuche, mit ihm zu reden, aber ich weiß nicht, ob man mich durch das Glas hören kann.

»Was ist das für ein Spielzeug?«

Doch, man kann es hören, oder er versteht durch meine Gesten, was ich meine, denn er versteckt das Spielzeug schnell hinter dem Rücken. Es ist offenbar eine Art Puppe.

Er bleibt noch eine ganze Weile stehen und betrachtet mich mit dem Blick eines Zoobesuchers. Staunend vor den Wundern der Natur. Ein bißchen vergnügt, ein bißchen ängstlich. Dann läuft er plötzlich weg, mit unglaublicher Geschwindigkeit. Ich fühle mich fast verlassen.

Zur Essenszeit kommt er wieder. Linda hat ihn geschickt, er bringt den Essenskorb. Ich nehme an, daß die Alarmanlage abgeschaltet ist, gehe in den Vorraum und helfe ihm, die Tür zu öffnen.

Er hat nicht seinen Overall angezogen. Er hat eine Art Jogginganzug an. Auf dem Pulli steht »World Winners Athletic Machines. Double Duty. United force. 43.«

Ich muß an unglaublicher Unterstimulation leiden, daß ich das lese. Ich erinnere mich an die Zeit, als UCLA-Pullis modern wurden. »Na sowas«, sagte man, »hast du in den USA studiert?« Text war dazu da, gelesen zu werden, und wenn jemand einen Namen auf der Brust trug, ging man davon aus, daß der Name für den Träger eine Bedeutung hatte. Daß er eine Art Zugehörigkeit markierte.

Jetzt liest man nichts mehr. Die Wörter sind nur ein Muster. Die Namen amerikanischer Universitäten, Eishockeyclubs, Baseballmannschaften oder was immer haben Tupfen und Streifen ersetzt. Ja, was ist eigentlich »World Winners Athletic Machines«? Kann das jemand beantworten? Interessiert es jemanden?

»Hallo«, sage ich und nehme ihm den Korb ab.

Es ist tatsächlich ein gegrilltes Hühnchen. Aber nicht Linda, sondern die Dame an der Delikatessentheke des ICA-Supermarktes hat es in den Ofen gesteckt. Es liegt immer noch in der mit Folie ausgeschlagenen Tüte. Es duftet nach Grillgewürz, als ich die Tüte öffne und hineinschaue. In einer Plastiktüte liegt eine geviertelte Tomate. Kartoffeln oder Reis sehe ich nicht. Ich schließe die Tüte wieder und lasse sie auf dem Tisch liegen. Jetzt will ich mit Daniel sprechen.

»Ich heiße Anna«, sage ich. »Du heißt Daniel, nicht wahr?«

Er antwortet nicht.

»Warst du heute in der Kinderstunde?«

Er nickt. Ich erinnere mich, wie unangenehm es war, wenn fremde Erwachsene einen auf diese Art verhörten.

»Hat es Spaß gemacht? Was habt ihr gemacht?«

»Schneemänner.«

»Aus Styroporkugeln? Drei weiße übereinander?«

Er nickt wieder.

»Ein orangefarbener Pfeifenreiniger als Nase und ein Hut aus schwarzer Pappe. Der Hut war schwierig, das weiß ich noch.«

»Unsere waren schon fertig. Aus Plastik. Nicht aus Pappe.«

»Aha! Ja dann!«

Ich sehe, daß er etwas in der Hosentasche hat. Der

Größe nach könnte es das Spielzeug von heute Morgen sein. Ich rate.

»Hast du dein Spielzeug mitgebracht?«

Widerwillig holt er es heraus und zeigt es mir. Es ist ein böse grinsendes Tiergeschöpf in einem violetten Morgenrock. Die Augen sind weiße Kugeln ohne Pupillen.

»Ist das ein Wolf?« frage ich.

»Ein Wolf? Nein, das ist doch Splinter.«

»Was ist Splinter für ein Tier?«

»Eine Ratte. Aber eigentlich ist es ein Mann. Er ist mutiert. Da schau.«

Daniel öffnet eine Luke im Ärmel des Mantels, so daß das andere Ende der Pfote sichtbar wird. Es ist eine geballte Männerfaust. Die braune, klauenbewehrte Pfote und die hautfarbene Faust verschmelzen am Handgelenk wie die Figuren eines Kartenspiels. Er dreht die Pfote, so daß die Menschenhand herausschaut und die Pfote im Ärmel verschwindet.

»Sehr merkwürdig«, sage ich.

»Das ist noch nicht alles.«

Er drückt mit seinen kleinen Daumen auf den Körper des Geschöpfs, der sich mit zwei Türchen öffnen läßt, und hält es mir hin. Ich sehe, wie der Hals und die Beine der Ratte mit Gelenken befestigt sind. Innen im Rumpf liegen ein Menschenkopf und Menschenbeine. Die Zehen berühren das Gesicht.

Daniel klappt den Menschenkopf heraus und den Tierkopf nach innen. Er dreht die pelzigen Beine nach innen und zieht die nackten Menschenbeine heraus.

Die Oberlippe des Mannes ist aggressiv hochgezogen, genau wie bei der Ratte, er hat schwarze, böse Augenbrauen. Die Füße mit den nackten, schmalen Zehen hängen gerade nach unten wie bei einem Kruzifix, unter dem

Saum des Morgenrocks schaut zwischen den Beinen der Rattenschwanz wie ein seltsam langes und widerliches Geschlechtsorgan heraus.

Daniel biegt die Beine rasch in den richtigen Winkel und korrigiert den Schwanz. Seine Finger arbeiten schnell und geübt. Klick, klick, klick. Fertig.

»So sieht er als Mann aus.«

»Das ist ja phantastisch. Was für eine Zauberei«, sage ich andächtig.

Er schaut mich prüfend an. Als er sieht, daß ich es ernst meine, ist er zufrieden.

»Das ist ganz leicht«, sagt er. »Soll ich wieder die Ratte machen?«

Fasziniert schaue ich zu, wie er die Operation immer wieder ausführt.

Als er gegangen ist, zeichne ich das Geschöpf aus der Erinnerung. Ich spiele mit dem Thema »Tier in Menschengestalt. Mensch in Tiergestalt«. Auf einigen Zeichnungen lasse ich das innere Geschöpf mit geschlossenen Augen und ruhigen Gesichtszügen schlafen, während das äußere wach und aktiv ist. Auf anderen mache ich es umgekehrt.

Der Block wird schnell voll. Ein betäubter Mann auf einem Operationstisch. Aus seinem geöffneten Brustkorb, ungefähr da, wo das Herz sein sollte, starrt ein Tierkopf mit wahnsinnigen, aufgerissenen Augen heraus.

Eine wolfsähnliche Bestie zerfleischt ihre Beute, während ein christusähnliches Männergesicht mit einem Nirvanalächeln unter seiner zottigen Haut liegt.

Dann zeichne ich eine Serie Figuren auf einer Cocktailparty. Ein Herr im Anzug, der direkt aus einer Wirtschaftszeitung entstiegen scheint, mit der kleinen Abweichung, daß die Hand, die das Cocktailglas hält, keine

Männerhand ist, sondern eine Rattenpfote. Zwei ältere Männer, die offenbar in eine interessante Diskussion vertieft sind, während sich aus der Brust des einen Tierkiefer nagen und sein Hemd mit Blut beflecken. Eine Frau in einem engen, kurzen Rock und hochhackigen Schuhen schaut gelangweilt umher, während aus Löchern in ihren langen, schlanken Beinen Würmer herein- und herauskriechen.

Ich bekomme unglaubliche Lust, aus diesem Cocktailbild etwas zu machen. Mich hält allein der Verdacht zurück, daß es schon jemand gemacht hat.

Ich versuche das Gefühl zu finden, das ich hatte, als Daniel hier war. Das Gefühl, etwas auf der Spur zu sein. Jetzt ist es weg. Ich esse mein Hühnchen, das inzwischen ganz kalt ist.

Draußen wirbeln die Schneeflocken und färben die Luft weiß. Die Erde ist noch braun und gelb und seegrasgrün.

Eigentlich bin ich hier nicht isolierter als sonst auch.

Der Gedanke kam mir gerade.

Im letzten Jahr habe ich kaum jemanden getroffen.

Die meisten Freundinnen von früher haben geheiratet und Kinder bekommen. Ich kann kaum mehr mit ihnen reden. Ich beneide sie nicht um ihr Familienleben. Aber ich verachte auch diese Art Leben nicht. Ich habe nur ihre Erfahrungen nicht, und da entsteht kein Gespräch.

Sie reden über ihre Probleme mit dem Mann, der nicht abwäscht, dem Kleinen, der nicht in den Kindergarten will, über Konflikte mit dem Lehrer des Mädchens und über den Jungen, der nur am Computer spielen will. Und über diese merkwürdigen Themen wie Bausparverträge und Zinsen und ökonomische Probleme, von denen ich überhaupt nichts verstehe. Ich kann nicht zustimmen, nicht protestieren, nicht zu- oder abraten oder trösten. Ich kann mir diese Berichte aus einer anderen Welt nur anhören und mit »Aha« antworten. Das kann man nicht Gespräch nennen. Deshalb meide ich diese Freundinnen.

Einige meiner Freundinnen leben allein wie ich. Ich habe mich früher oft mit ihnen getroffen, aber in letzter Zeit mied ich auch sie.

Früher gefiel es mir, mich in ihnen zu spiegeln. Freie, kreative Frauen, die reisten, sich in der Welt umsahen und sich nahmen, was sie wollten. So sah ich sie, so wollte ich mich sehen.

Jetzt finde ich, es sind alt gewordene Teenager. Unreif, oberflächlich, zickig. Sie schieben all ihre Probleme auf ungerechte Eltern oder gemeine Männer. Sie verschreiben sich merkwürdigen Prinzipien, interessieren sich für mystische Lehren, kaufen exzentrische Hüte. Sie werden

immer schriller, immer starrsinniger, immer unmög-
licher. Dieses Spiegelbild halte ich nicht aus.

Im letzten Jahr war Roger der einzige, mit dem ich
zusammengekommen bin. Wenn man es überhaupt zusammenkommen nennen kann. Wenn ich daran denke,
scheint mir alles ganz unwirklich.

Das war schon immer so. Ich habe diese Stunden nie
mit meinem übrigen Leben zusammengebracht. Es waren zwei ganz unterschiedliche Erfahrungen von Leben.
Zusammen mit ihm waren alle Sinneseindrücke intensiv,
die Minuten waren so lang wie Stunden. Wenn er mich
fragte, was ich seit unserem letzten Treffen gemacht
hatte, mußte ich wirklich überlegen und tief im Nebel
suchen. Dieses Leben kam mir so unwirklich vor.

Aber wenn wir nicht zusammen waren, dann war dieses Leben wirklich und das mit Roger unwirklich. Manchmal zweifelte ich, ob unsere Treffen wirklich stattgefun-
den hatten. Vielleicht war alles nur ein Traum. Ich kannte
vielleicht gar keinen Mann.

Ja, das stimmte. Ich kannte nur einen Bruchteil von
einem Mann. Vom Rest wußte ich nichts.

Einmal sah ich allerdings einen Schimmer davon. Es
war im Naturhistorischen Museum. An einem trüben
Sonntag im Januar stand ich in der Vogelabteilung und
schaute den Albatros in seiner Vitrine an, da kamen sie
plötzlich um die Ecke: Roger, Marianne und die beiden
Töchter.

Marianne war klein und schlank, mit einer gut geschnit-
tenen, flotten Frisur und Strähnchen in verschiedenen
Blondtönen. Rote Lederjacke, rote Stiefel, roter Lippenstift. Roger hatte den Arm um sie gelegt. Sie schlenderten
lustlos an den Vitrinen entlang, die Töchter liefen hin und
her, redeten und fragten.

Um mich hat er nie so den Arm gelegt, dafür bin ich dankbar. Man kann sich nicht frei bewegen, wenn jemand den Arm um einen legt. Er hielt mich immer an der Hand, das mochte ich an ihm.

Wir mußten aneinander vorbei. Da Roger und Marianne nebeneinander gingen, wurde es eng im Gang zwischen den Vitrinen. Wir grüßten uns nicht. Wir schauten auch nicht weg, erröteten nicht. Wir gingen aneinander vorbei wie Fremde.

Das war irgendwie ganz natürlich. Ich hatte überhaupt nicht das Gefühl, mich zu verstellen. Er *war* ein Fremder.

Ich glaube, ihm ging es genauso. Er schaute mich flüchtig an. In seinem Blick konnte ich ein schwaches Wiedererkennen sehen und eine Frage. Die Art Blick, mit der man die Kassiererin vom Supermarkt anschaut, wenn man ihr in der Stadt begegnet und sie ihren Arbeitskittel nicht an hat: »Ich kenne sie irgendwoher – aber woher?«

Vermutlich war Roger schon in der Reptilienabteilung, ehe ihm klar wurde, daß er gerade an seiner Geliebten vorübergegangen war, während er den Arm um seine Frau gelegt hatte.

Er erzählte mir manchmal von Marianne. Er sprach in einem neutralen Ton von ihr, so wie er auch über seine Arbeitskollegen sprach. Respektvoll, distanziert. Nicht wie über jemanden, um den man den Arm legt.

Als ich das Naturhistorische Museum verließ, hatte ich ein völlig anderes Bild von Marianne und Roger und vor allem von mir. Ich fühlte mich ungefähr wie damals, als ich aus dem Planetarium in Tampere stolperte, nachdem ich gesehen hatte, wo mein eigener Planet in der Milchstraße gelegen war.

Ich dachte, unser Verhältnis würde sich nach der Begegnung im Museum verändern. Das war nicht der Fall.

Mir wurde klar, daß ich den Bruchteil eines Mannes liebte. Und mir wurde außerdem klar, daß so eine Liebe genauso groß war wie die Liebe zu einem ganzen Mann. In meinem Fall wäre die Liebe zu einem ganzen Mann kleiner. Wenn überhaupt.

An einigen wenigen Abenden hätte Roger über Nacht bei mir bleiben können. Aber ich lehnte es immer ab, und er sah ein, daß es richtig war. Wir mußten uns trennen, ehe es zwölf schlug. Ehe der Wagen sich wieder in einen Kürbis verwandelte und die Lakaien in Mäuse.

Außerdem hatte ich in meinem Bett keinen Platz für ihn. Sich zu lieben ging prima, aber zum Schlafen war es zu eng.

Das ist merkwürdig, ich habe nämlich ein ziemlich breites Bett, 130 cm, fast ein Doppelbett. Als ich jung war, hatte ich ein sehr schmales Bett, höchstens 90 cm breit, und in dem konnte man problemlos zu zweit schlafen.

Offenbar braucht man mehr Platz, wenn man älter wird. Ich bin jetzt weder größer noch dicker, ich wiege sogar weniger als mit zwanzig. Und doch brauche ich meine 130 Zentimeter, wenn ich schlafe. Das ist merkwürdig.

Unsere Zusammentreffen spielten sich in einer kleinen, gemeinsamen Blase ab, die unsere normalen Leben nicht berührte. Er sagte manchmal, ich sei sein Geheimzimmer.

Schon bei unserer ersten Begegnung fanden wir einen Ton, den wir dann beibehielten. Ich kann ihn nur als Freiheit beschreiben. Eine scheinbare Freiheit, gegründet auf einigen Mißverständnissen und auf der Situation, in der wir uns bei diesem ersten Mal befanden, auf einem Felsen am Meer, jeder mit seinem Aquarellblock.

Roger hatte eine romantische Vorstellung von mir als Künstlerin und Bohemien. Er hatte seine alten Träume auf mich übertragen. Er machte Scherze, wie schlampig und leichtsinnig ich sei, ich ließ ihm dieses Bild, es war für uns beide fruchtbar.

In Wahrheit bin ich beängstigend ordentlich. Ich bezahle immer pünktlich meine Steuern, hebe alle Quittungen auf und habe die totale Kontrolle über meine Buchführung. Ich mache jeden Morgen mein Bett und kann ungespültes Geschirr im Ausguß nicht ertragen. Ich bin nicht besonders stolz darauf, ich sehe es als eine Form von Angst. Ich nahm Rogers Boheme-Bild dankbar an.

Beim ersten Mal auf dem Felsen sprachen wir miteinander, wie in meiner Vorstellung Kinder sprechen. Geradeheraus, völlig unsortiert, was uns gerade in den Sinn kam. Und so haben wir während unserer Beziehung weiter miteinander geredet. Ohne uns darum zu scheren, ob wir verstanden wurden oder nicht.

Er sprach von seinen Arbeitskollegen und seinen Chefs wie von seiner Familie. Ich sprach über Leute, die ich getroffen hatte. Für den anderen waren es immer gesichtslose Menschen. Wir hatten keine gemeinsamen Bekannten. Was wir erzählten, hätte auch gelogen sein können, und auch das hätte keine Rolle gespielt.

Wir erzählten uns, was wir geträumt hatten. Wir erzählten von der Kindheit. Sehr oft sagten wir gar nichts. Wir konnten schweigend auf einer Bank sitzen, während der ganzen Mittagspause in eine Baumkrone schauen, und dann wieder zu unseren Jobs gehen.

Ich habe mich oft gefragt, wo dieses merkwürdige Gefühl von Freiheit herrührte. Denn eigentlich war ich durch dieses Verhältnis unglaublich angebunden. Ich hatte Wochenpläne, in welchen Mittagspausen und an welchen Abenden wir uns sehen konnten. Ich radelte mir die Seele aus dem Leib, nur um rechtzeitig zum Treffpunkt am Parkplatz zu kommen, oft kam das Ganze mir nur anstrengend und kompliziert vor.

Aber wenn ich dann dort war, in der Blase, war das vorherrschende Gefühl das der *Freiheit*, einer Freiheit gepaart mit großer Wehmut.

Ja, ich muß mich durch meine Teenagerzeit geschlafen haben. Das Lucia-Fest in der Neunten ist fast die einzige Erinnerung aus dieser Zeit.

Ich machte meine Hausaufgaben, ohne zu verstehen, was ich las. Ich gab in allen Tests die richtigen Antworten. Ich konnte die Flüsse Asiens herunterrasseln, aber in den Vororten meiner Heimatstadt war ich noch nie.

Als ich das erste Mal meine Tage bekam, lag ich auf dem Bett und las die Kameliendame. Ich hatte Bauchweh, aber neuartig und anders als sonst. Es zog im Unterleib, und ich ahnte, was los war. Aber ich war so gefangen von meinem Buch, daß ich das Ganze nur am Rande meines Bewußtseins notierte. Als ich das warme Blut spürte, schlurfte ich ins Bad, wusch mich, zog eine frische Unterhose an, stopfte eine Handvoll Watte hinein und kehrte zu meinem Bett und dem Buch zurück. Dieser feierliche Augenblick, dieser Meilenstein im Leben einer Frau war für mich nur eine ärgerliche Unterbrechung eines Leseerlebnisses.

Ich war klein und rund. Meine einzigen Beschäftigungen waren essen, lesen, zeichnen. Meistens lag ich auf dem Bett, eine Tasse Tee und ein belegtes Brot oder einen Apfel neben mir. Ich schnitt schöne Bilder aus Illustrierten aus und sammelte sie in Schachteln. Ich zeichnete Hunderte von Anziehpuppen, die alle der gleichen großen Familie angehörten, lange Zeit zeichnete ich Comics über eine Zirkusfamilie. Meine Umgebung interessierte mich nicht.

Was dachte ich in diesen Jahren des Zeichnens und Brotessens? Nichts, glaube ich. Ich war leer. Eine Windgrotte, in der Bilder umherwirbelten. Alles bestand aus

Bildern. Ich brauchte nur die Augen zu schließen, dann sah ich sie: Städte, Gebäude, Landschaften, Wälder, Strände, Tiere. Fast nie Menschen.

Oft hatte ich das Gefühl, daß diese Bilder einer anderen Zeit angehörten. Nichts passierte in diesen Bildern, alles stand still. Alles war.

Manchmal war es leer, und das war auch angenehm. Ich erinnere mich, daß ich dasitzen und aus dem Fenster starren konnte, auf die Blätter, die sich im Wind bewegten, die zitternden Telefondrähte, und das reichte völlig. Mein Bewußtsein brannte auf Sparflamme, meine Kiefer konnten mitten in einem Biß aufhören zu kauen, und ich überließ mich diesem gesegneten, blödsinnigen Frieden.

Manchmal erreichte die Welt mich in Form von plötzlichen, kühlen Brisen. Eine Verwirrung erfasste mich. Aber nur für einen Moment. Dann senkte der Schlaf sich wieder über mich, schwer, sanft, leer.

Ich dachte nie in die Zukunft. Fragen wie »Was willst du werden« waren mir völlig unverständlich. Ich lebte ein Schuljahr nach dem anderem. Ich konnte mir nicht vorstellen, daß ich das nächste erleben würde, glaubte jedoch auch nicht daran, je zu sterben.

Mein Erwachen geschah an einem Morgen im September. Seither ist immer alles Wichtige in meinem Leben im September passiert. Dieser ganze goldene Monat ist für mich ein Erwachen, eine Zeit der Klarsicht, wenn einem die Schuppen von den Augen fallen, wenn die dösige Sommerwärme endlich der herbstlichen Kühle Platz macht. Nebelige Morgen, ins Gras gefallene Äpfel, das rötliche Sonnenlicht, der frische Regen.

Als ich in diesem Herbst in die Gymnasiumsstufe wechselte, war ich krank. Es war eine langwierige Virusinfektion, und als ich wieder auf den Beinen war, schwach und ziemlich mitgenommen, war schon seit zwei Wochen Unterricht.

Als ich kam, hatte sich viel verändert. Meine alte Klasse existierte nicht mehr. Viele hatten den Zweig gewechselt, manche waren von der Schule abgegangen und arbeiteten inzwischen, andere waren nach einem Sabbatjahr oder einem Jahr im Ausland zurückgekommen. Ich fand mich in einer ganz neuen Klasse wieder und kannte nur ein Viertel der Schüler.

Ich erinnere mich an die erste Pause auf dem Schulhof. Es war wie ein Schwarz-weiß-Film, der plötzlich in Farbe überging. Die herbstliche, kühle Luft, die fremden Gesichter, meine zurückgewonnene Gesundheit. Das unerhörte, umwerfende Gefühl, daß die Welt neu war. Daß *ich* neu war. Ich hatte mich noch nie so gesund gefühlt. So ganz und gar wach.

Der Geruch des Zigarettenrauchs, die triviale Konversation, die Farben der Kleider meiner Klassenkameraden, alles war ungeheuer wichtig. Alles hatte seinen Platz im Drama. In welchem Drama? Das wußte ich noch nicht. Es hatte erst vor einigen Sekunden begonnen.

Ich verlor den Appetit. Ich aß keine Butterbrote und Äpfel mehr, lebte von Tee und einer bestimmten Sorte Kekse. Ich spürte keinen Hunger, brauchte kein normales Essen. Ich vernahm überall Gerüche.

Ich malte Kajal um die Augen, trug lange, indische Röcke, große Ohrringe und orientalische Parfums. Mein Geschmack wurde vulgär. Eier wollte ich so weichgekocht, das sie fast noch roh waren, nur angewärmt. Toast mußte ein bißchen angebrannt sein. Tomaten aß ich nur unreif, gelborange, fast grün. Bananen hingegen mußten überreif sein, beinahe verdorben. Roh oder angebrannt.

Unreif oder überreif. Nur nicht normal. Um Gottes Willen nicht normal.

Ich fand mich erwachsen. Ich hatte den Körper einer erwachsenen Frau. Für mich waren die Älteren wie ich, nur verbrauchter. Mittelalte Menschen waren einfach abgenutzte Siebzehnjährige.

Es gab eigentlich nur einen älteren Menschen, den ich als erfahren und nicht als abgenutzt erlebte. Es war mein Zeichenlehrer. Er war vierunddreißig. Ich betrachtete ihn als veredelten Siebzehnjährigen, wie ich werden könnte, als Land, zu dem ich unterwegs war.

Er schielte leicht auf dem einen Auge, so leicht, daß man es nicht schielen nennen konnte, sondern eher einen diffusen, zweideutigen Blick, der einen unsicher machte, was oder wen er meinte. Am Anfang sorgte es für große Verwirrung, wenn er seinen gespaltenen Blick in die Klasse richtete und eine Frage stellte. Mit dem einen Auge schaute er einen Schüler an, mit dem zweiten einen anderen. (Ich habe später gelernt, welches das »echte« Auge war und welches das »falsche«.) Er hatte einen weichen, gleichsam elastischen Mund und ein schiefes, leicht herablassendes Lächeln.

Man verstand kaum, was er sagte. Er drückte sich sehr unklar aus. Ich vermute, daß er nur jeden zweiten Satz aussprach und die anderen still vor sich hin dachte und glaubte, sie gesagt zu haben. Außerdem sprach er undeutlich, als ob er den Mund nicht richtig aufmachen könnte.

Ich hatte bei ihm immer ein Gefühl von Zweideutigkeit. Daß nichts nur eine Bedeutung hatte, sondern immer zwei sich widersprechende. Die Welt des gespaltenen Blicks. Die Welt des schiefen Lächelns. Eine Welt, in der alles verwischt und der Boden nicht fest war. Mit jeder Zeichenstunde wurde ich tiefer hineingezogen.

Er schien daran gewöhnt zu sein, mißverstanden zu werden, es sogar zu mögen. Als ob die Sprache keine Straße zu anderen Menschen wäre, sondern eine Art Spielplatz, auf dem man sich gegenseitig herumschubst und austrickst.

Die meisten meiner Klassenkameraden ärgerten sich über ihn. Aber sie zeigten ihre Ablehnung nicht offen wie bei anderen Lehrern, die wir nicht leiden konnten, sie hielten respektvoll Abstand, nickten, taten so, als verstünden sie ihn, wie bei Verrückten, vor denen man ein wenig Angst hat. Vor dem Klassenzimmer schüttelten sie den Kopf. »Er spinnt«, sagten sie resigniert.

Ich fand die Stunden wunderbar. Erstens bewegten wir uns auf dem Gebiet, auf dem ich am begabtesten und sensibelsten war – Zeichnen und Malen. Zweitens wirkten die ständige Unsicherheit und die Mißverständnisse irgendwie erotisch stimulierend auf mich. Ich verwikkelte mich in merkwürdige Gespräche mit ihm; je seltsamer sie wurden, desto heftiger schlug mein Herz. Eine Art Schwindel des Unverständnisses ergriff mich.

Er war launisch und unberechenbar. Man wußte nie, wie eine Zeichenstunde ablaufen würde. Manchmal war jede Minute geplant. Er hielt Vorträge und verlangte von uns völlige Aufmerksamkeit, er ließ sich nicht unterbrechen, Fragen überhörte er ganz. Manchmal war es eine riesige Show. Da spannte er ein großes Papier auf die Pinnwand, die die ganze Längswand bedeckte. Und dann malte er und redete, spielte Picasso, Rembrandt, van Gogh und erzählte aus ihrem Leben. Erzählte von Künstlern, die er kannte und die niemandem von uns etwas sagten, von Menschen, die nichts mit Kunst zu tun hatten und die trotzdem interessant und spannend waren, er erzählte von seinen Reisen, wie er einmal nach Indien wollte, aber in Kopenhagen hängenblieb. Dabei malte er die ganze Zeit, spritzte mit Farbe herum. Manchmal drang die Farbe durch das Papier und zerstörte die Schülerzeichnungen, die darunter an der Pinnwand hingen.

Und dann gab es Stunden, in denen er kein Wort sagte. Er gab uns mit wenigen Worten eine Aufgabe: »Malt einen Baum.« »Grün, nur grün.« »Einen Stein – aber grau ist verboten.« Oder einfach nur »Luft«. Dann setzte er sich in den kleinen Vorraum vor dem Klassenzimmer, spielte mit seinem Tonbandgerät in voller Lautstärke Musik und zeigte sich die ganze Stunde nicht mehr.

Er konnte witzig, unterhaltend, dickköpfig, geschwätzig, schweigsam sein, man wußte nie im voraus, wie er war.

Ich ging abends in den freiwilligen Zeichenunterricht. Ich erinnere mich nicht mehr, ob seinetwegen oder wegen des Zeichnens. Vermutlich wußte ich es nicht. Ich hatte nicht gelernt, zwischen malen und lieben zu unterscheiden. Beides floß aus mir heraus, ich wußte nie, was was war.

Mich faszinierte die Verwandlung, die am Abend mit der Schule vor sich ging. Die langen einsamen Flure, manche erhellt von gläsernen Kugellampen, die tausend Mal heller als am Tag zu leuchten schienen, andere Flure waren kohlschwarz wie Grubengänge.

Wir waren in der Zeichen-AG nur zu siebt oder zu acht und kamen aus verschiedenen Klassen. Ich war die einzige aus meiner Klasse. Wir machten, was wir wollten. Er ging umher und schaute sich unsere Arbeiten an, aber er war viel ruhiger, viel schweigsamer als in den normalen Stunden.

Er spaltete mich mit dem Blick und beugte sich über mich. Seine Wange streifte meine Haare, sein Arm meine

Schultern. Es war das erste Mal, daß ich richtige Verführungstricks erlebte, sie waren etwas ganz Besonderes für mich, nicht wie die ersten Bilder eines alten Films, den man gut kennt.

Eines Abends war ich mit ihm allein geblieben, er wollte mich nach Hause fahren. Es war Winter und kalt, das Autoschloß war eingefroren. Er versuchte, es mit einem Feuerzeug aufzutauen. Wir standen auf dem leeren, eiskalten Schulhof mit dem Sternenhimmel über uns, der Atem kam wie Rauch aus unseren Mündern. Ich hatte den Kragen meiner schwarzen Teddyjacke hochgeschlagen. Über den Kragenrand hinweg betrachtete ich seine Hände im Schein der kleinen Feuerzeugflamme. Er hatte große, ziemlich grobe Hände, und etwas an der Art, wie er mit diesem Feuerzeug hantierte, cool und geschickt und sehr sicher, stand in prickelndem Kontrast zu dieser Schulwelt. Er beugte sich vor und fluchte leise, als er sich verbrannte.

Ich kannte viele Jungen in meinem Alter, die versuchten, so zu sein. Aber bei ihnen war die Gefährlichkeit nur eine dünne Schicht über der Ordentlichkeit. Das hier war genau umgekehrt. Nach außen hin ein Lehrer, ein respektabler Erwachsener, der uns unterrichtete und Noten gab. Und darunter: etwas anderes. Etwas ganz anderes. Ich hatte es schon immer geahnt, aber noch nie so deutlich wie jetzt gesehen.

Als er vor meinem Haus anhielt, küßte er mich und schrieb dann seine Adresse auf die Innenseite meines Arms – wir hatten keinen Zettel. Oder vielleicht schien es ihm effektvoller ohne Zettel. Es tat weh, als der Füller über die Haut kratzte, aber ich war ganz einverstanden damit. Ich könnte ihn besuchen kommen, wann ich wollte. Und das tat ich.

Sein Treppenhaus. Die schwere Haustür verschluckte mich mit einem Seufzer und schloß die Geräusche der Straße aus. Ich blieb immer einen Moment stehen und sog alles in mich auf. Die kühle Luft, die hohe Decke mit der blassen Kalkbemalung wie in einer Kirche. Die Treppe, die so ausgetreten war, daß die Stufen abfielen, was ein leichtes Gefühl von Seegang bewirkte. Der alte Aufzugskorb mit seinen spannenden Geräuschen. In der Erinnerung kann ich sie nacheinander herbeirufen:

Das Rasseln der Tür.

Das Sausen beim Hochfahren.

Der harte Knall beim Stehenbleiben.

Es ist sehr wichtig, welche Lehrer man hat.

Was wäre aus meinem Leben geworden, wenn ich einen anderen Zeichenlehrer gehabt hätte – einen, der mein Talent erkannt, mich zum Weiterstudieren ermuntert hätte?

Sam – so hieß er, oder eigentlich Samuel – war in keiner Weise an meinen Talenten interessiert. Die Talente von lebenden Menschen, außer seinen eigenen, waren ihm völlig gleichgültig.

Ich war auch nicht sehr an meinen Talenten interessiert. Seit ich nach der Schule in Sams Wohnung ging, gab es erheblich wichtigere Dinge, die mich interessierten. Sex zum Beispiel. Ich genoß es eigentlich nicht besonders. Die ganze Spannung drumherum war der Genuß. Der Kontrast, tagsüber ein Schulmädchen zu sein und abends die Geliebte eines Lehrers, war unwiderstehlich. Ich liebte Kontraste.

Nach ein paar Wochen bekam ich einen Schlüssel zu seiner Wohnung. Dabei hatte ich nicht einmal für unser Haus einen Schlüssel. (Das brauchte ich auch nicht, es war immer jemand da. Mutter, Vater, Wilma oder Dagmar. Es kam nie vor, daß alle vier gleichzeitig weg waren.)

Es war fast noch wunderbarer in Sams Wohnung, wenn er nicht zu Hause war. Es war eine schöne Jahrhundertwendewohnung mit hohen Fenstern. Ins Wohnzimmer führte eine elegante Flügeltür. Die Decke war überreich mit Stuck in Form von Früchten verziert. Pflaumen und Trauben und Weinlaub rankten sich an den Gesimsen entlang und um die Mitte der Decke, wo der Kronleuchter hängen sollte. Ich studierte sie, wenn wir uns liebten, und wenn wir Marihuana rauchten, war es ein Wunder an geheimnisvoller Schönheit.

Die Einrichtung der Wohnung bestand aus Matratzen auf dem Boden, einzelnen Möbelstücken von der Stadtmission und einer Stereoanlage mit zwei riesigen Lautsprechern rechts und links von der Doppeltür, wie zwei wachende Statuen. Seine ungerahmten Bilder schmückten die Wände, überall waren Leinwände mit unvollendeten Werken aufgespannt. Das Parkett hatte Farbflecken, es roch nach Terpentin. Was für ein Kontrast zu dem großbürgerlichen, strengen Leben, für das die Wohnung gedacht war! Kontraste, Kontraste.

In der Küche gab es einen alten Gasherd und eine große, begehbare Speisekammer. Meine Versuche in der Küche waren mindestens so spannend wie die auf der Matratze.

Zu Hause hatte ich mich nie auch nur in die Nähe des Herds getraut. Da war das Kochen mehr ein Pflegen von Traditionen, der Kochkunstunterricht meiner Mutter und der Tanten artete leicht in Lektionen in Familiengeschichte aus. Bei Sam konnte ich ausprobieren, was ich wollte. Ich nützte es aus, wenn ich allein war. Ich machte viele Fehler und einiges landete im Müll, aber wenn mir etwas gelungen war, hielt ich es warm, bis Sam kam. Dann zündeten wir Kerzen an und aßen zusammen an dem abgelaugten Klapptisch in der Küche. Ich hatte das Gefühl, wir wären verheiratet.

Aber ich war nicht die einzige, die Sams Wohnung besuchte. Ich fand überall Spuren. Einen Ohrring auf der Matratze. Eine vergessene Wimperntusche im Bad. Einen Schal im Flur. Manchmal war das Bett ordentlich gemacht, die drei Decken waren eingeschlagen, oder jemand hatte die grauen Ränder in der Badewanne weggescheuert. Die Wahrscheinlichkeit, daß Sam es selbst gemacht hatte, war minimal.

Eines Tages, als ich auf dem Weg zu ihm war, hielt mich ein paar Straßen entfernt ein Mädchen in meinem Alter an.

»Entschuldige«, sagte sie. »Ich suche eine Adresse. Kannst du mir helfen?«

Sie krempelte ihren Jackenärmel hoch und las eine Adresse von ihrem Unterarm ab. Ich gab ihr eine lange und komplizierte Wegbeschreibung in die entgegengesetzte Richtung.

Manchmal suchte Sam mich im Flur der Schule auf und sagte mir, ich könne nicht zu ihm kommen, weil er an diesem Abend malen würde und nicht gestört werden wolle. Manchmal fuhr ich nachmittags zu ihm und aß alleine, legte mich abends allein auf die Matratze und stand morgens allein auf. Irgendwelche Erklärungen, wo er gewesen war, bekam ich nie.

Aber soweit ich verstand, hatte ich als einzige einen eigenen Schlüssel, und das verlieh mir eine gewisse Sonderstellung. Ich legte auch eigene Spuren, um mein Revier zu markieren. Ich hängte meinen Rock in den Schrank, spritzte mein Parfum aufs Kopfkissen und hängte meine gewaschenen Höschen auf die Leine im Badezimmer.

Wenn heute ein Mann seine Unterhosen in meinem Waschbecken waschen und in meinem Badezimmer zum Trocknen aufhängen sollte, ich würde sie von der Leine reißen und ihm ins Gesicht schleudern. Und wagte er es, sein Hemd in meinen Schrank zu hängen, ich würde ihn damit erwürgen. Aber Sam reagierte nicht so. Ich glaube, er hat es nicht einmal gemerkt.

Eines Tages schlug er vor, daß ich ganz zu ihm ziehen

sollte. Allerdings müßte ich dann die halbe Miete bezahlen. Als Schülerin konnte ich mir das natürlich nicht leisten. Kein Problem – er könne mir einen Job verschaffen. In einem Restaurant, dessen Besitzer er kannte. Ich wußte, welche Kneipe er meinte. Sie lag in der gleichen Gegend wie seine Wohnung, und wir waren oft hingegangen und hatten am Kücheneingang Wein gekauft, wenn Sam keinen hatte.

Ich fand die Idee gut. Anfangs sollte ich abends und am Wochenende arbeiten und tagsüber in die Schule gehen, aber es zeigte sich schnell, daß das nicht ging. Ich hörte ganz mit der Schule auf und wurde Kellnerin.

In dem Restaurant arbeiteten interessante Leute. Mindestens die Hälfte arbeitete schwarz wie ich. Ich fand es wunderbar, in meinem kurzen, weinroten Rock herumzugehen und den Leuten Wein und Schnaps zu servieren, den ich noch gar nicht im Laden kaufen durfte.

Und was sagten meine Eltern dazu? Eigentlich nicht viel. Sie hatten sich in den letzten Jahren immer mehr in ihre eigenen Welten zurückgezogen. Als ich Teenager wurde, schienen sie sich von dem Mama-Papa-Kind-Spiel, das ihnen eigentlich nie gelegen hatte, befreit zu fühlen.

Einmal kam ich nach Hause und roch nach Haschisch, meine Mutter fand, ich würde so gut riechen. Genau wie eine bestimmte Sorte Plätzchen, die Großmutters Cousine immer gebacken hat. Dann versank sie in ihren Erinnerungen, und ich klärte sie natürlich nicht auf, um was für Plätzchen es sich gehandelt haben mußte.

Ich hatte erwartet, daß sie zumindest protestieren würden, als ich das Gymnasium verließ. Aber es schien sie nicht zu interessieren, als ich es ihnen erzählte. Überhaupt hatten weder Vater noch Mutter irgendwelche Zukunftspläne für mich. Liselotts Mutter hatte oft gemeint, ich müsse Künstlerin werden. Meine Eltern hatten so etwas nie gesagt. Mein erwachsenes Leben lag irgendwie jenseits ihres Horizonts.

Die späte Ehe und die veränderten Gewohnheiten und Lebensvorstellungen hatten sie viel Kraft gekostet. Als sie dann außerdem noch in die Elternrolle gezwungen wurden, und das in einem Alter, in dem man sowieso nicht mehr leicht neue Rollen lernt, hatte sie das noch mehr Kraft gekostet. Sie hatten die Babyjahre mit durchwachten Nächten und Windeln gemeistert, dann die Schuljahre mit Schulaufgaben und Elternabenden. Jetzt hatten sie keine Energie mehr.

Mein Verhältnis mit Sam hielt natürlich nicht sehr lange. Ich wohnte ein halbes Jahr bei ihm. Dann hielt ich es nicht mehr aus. Sein Egoismus, seine Schlamperei, seine mangelnde Hygiene, die anderen Frauen, die angefangenen Bilder, die nie fertig wurden. Ich fand ihn nicht mehr attraktiv.

Ich hatte lange den Verdacht gehabt, daß er sich nie die Zähne putzte. Eines Tages klebte ich seine Zahnbürste mit Tesa am Glas fest. Als nach vierzehn Tagen das Tesa noch unberührt war, packte ich meine Sachen und ging.

Mein nächstes Zuhause war eine Wohngemeinschaft, in der zwei Mädchen aus dem Restaurant wohnten. Ich blieb nur ein paar Wochen, weil es täglich Streit gab.

Dann zog ich einige Jahre zwischen Wohngemeinschaften und Untermietverhältnissen hin und her. Ich hatte Gelegenheitsjobs, oft in Restaurants, oft schwarz. Es war eine wilde Zeit, dann starb meine Mutter, und kaum ein Jahr später mein Vater. Als Mutter gestorben war, stellte ich fest, daß sie geschieden waren. Das war ihre letzte Bitte an meinen Vater gewesen. Die Scheidung.

Sie war ihrer Natur nach unverheiratet und wollte nicht verheiratet sterben. Sie bekam natürlich ihren Willen. Vater hatte sicher nichts dagegen gehabt. Sie hatte auch den Wunsch, im Familiengrab bei den Eltern beigesetzt zu werden. Als Vater kurze Zeit nach ihr starb, wollte auch er, zwar nicht im gleichen Grab, aber doch auf dem gleichen Friedhof begraben werden wie seine erste Frau. Jetzt liegen sie an den entgegengesetzten Enden der Stadt. Die Ordnung war wiederhergestellt. An Allerheiligen radle ich mit meinen Grablichtern mehr als zehn Kilometer.

Während dieser ganzen Zeit malte und zeichnete ich. Meist zum Spaß, aber tief innen glaubte ich doch, daß Liselotts Mutter recht behalten und ich eines Tages eine große Künstlerin sein würde. Aber ich schob es immer vor mir her. Es würde kommen. Ich hatte es nicht eilig.

Ich wurde fünfundzwanzig Jahre alt, bis mir klar wurde, daß das Leben nicht ewig währte. Ich schrieb mich an einer Volkshochschule ein und machte das Abitur nach. Das isolierte Leben an der Schule gab mir mehr Zeit zum Zeichnen. Ich hatte schon früher Plakate für Freunde, die Theater spielten, entworfen und für kleine, oft ziemlich amateurhafte Kulturzeitschriften gezeichnet. Als ich an der Volkshochschule studierte, sah einmal ein Kulturredakteur einer Gewerkschaftszeitung meine Sachen, ich bekam durch ihn ordentliche, gut bezahlte Aufträge.

Die Zeit an der Volkshochschule war die effektivste meines Lebens. Ich hatte nicht gewußt, daß man so viel schaffen kann. Tagsüber erledigte ich meine Schularbeiten, und abends zeichnete ich. Außerdem machte ich bei der Theatergruppe der Schule mit, ging joggen und sang im Chor. Und ich dachte darüber nach, was ich machen wollte, wenn ich die Schule beendet hatte. Sollte ich mich an einer Kunstschule bewerben oder eine normale Berufsausbildung machen?

Als die Schule fertig war, hatte ich so viele Aufträge für alle möglichen Illustrationen, daß ich keine Zeit hatte, über meine Zukunftspläne nachzudenken. Nach einem Jahr wurde mir klar, daß ich sie nicht mehr brauchte. Ich hatte einen Beruf. Ich war Zeichnerin.

Wenn ich in der Schule einen anderen Zeichenlehrer gehabt hätte, einen, der mich geschätzt und gefördert hätte, dann wäre ich vermutlich jahrelang auf eine Kunstschule gegangen und hätte riesige Studienschulden. Ich würde empfindsam und begabt malen und nie etwas verkaufen. Ich würde mich mit Stipendien durchschlagen und hätte weniger Geld als eine Putzfrau.

Jetzt zeichne ich zottige Silbermöwen auf Müllhalden und lebe ganz gut von dem, was ich verdiene.

Ich habe Linda gebeten, mir etwas zum Lesen zu bringen. Die beiden Romane, die ich dabeihatte, habe ich längst ausgelesen. Heute morgen kam sie mit der Zeitung von gestern und einer Tüte voller Bücher.

»Du scheinst davon auszugehen, daß ich noch länger hier bleiben werde«, sagte ich und packte sie aus.

»Ich gehe davon aus, daß du schnell liest«, antwortete sie.

Das stimmt nicht. Ich lese langsam. Ich habe noch nie schnell lesen können.

Sie scheint die Bücher völlig willkürlich, ohne sie anzuschauen, eingepackt zu haben. Es war eine gottvolle Mischung. Ein paar billige Krimis, einige Naturbücher, das Jahresbuch des Schwedischen Touristenverbands von 1972, ein Lehrbuch in praktischer Chirurgie, ein großartiger Bildband über Afrika und ein etymologisches Wörterbuch. Ich sitze auf dem einen Plastikstuhl, die Füße habe ich auf den anderen gelegt. Die Bücher stapeln sich neben mir auf dem Tisch, aber irgendwie kann ich keins nehmen und lesen. Ich bin schläfrig und müde. Ich glaube, ich habe leichtes Fieber, aber in dieser Wärme weiß man das nicht so genau.

Ich esse eine halbe Orange. Eigentlich ist sie für die Schmetterlinge gedacht, aber Linda bringt nie etwas zwischen dem Frühstück und dem warmen Essen, und das wird oft so spät, daß ich furchtbaren Hunger bekomme.

Durch die Glaswand sehe ich das Haus und die Hunde, die einander auf der Wiese jagen. Ich sehe den Zaun und den oberen Teil der Pferdekoppel – dann fällt sie auf der anderen Seite des Hügels ab und verschwindet aus meinem Gesichtsfeld. Jetzt sehe auch das Pferd,

Linda hat den elektrischen Zaun aufgehakt und das Zaumzeug in der Hand und lockt das Pferd. Sonst ist es weiter hinten auf der Weide.

Auf dem Hof, auf der Kuppe des Hügels, kann ich manchmal ein Auto sehen, je nachdem, wo sie parken. Linda hat oft viel zu tragen, wenn sie im Dorf einkaufen war, und dann parkt sie in der Nähe des Eingangs, und das Auto wird vom Haus verdeckt.

Wenn ich in die andere Richtung schaue, sehe ich nur Wald. Westlich von der Wiese Gebüsch und älteren Laubwald. Im Süden und Osten Nadelwald. (Die Himmelsrichtungen sind wild geraten. Ich habe das *Gefühl*, daß der Nadelwald nach Süden und Osten liegt, aber meistens stimmt mein Gefühl in solchen Sachen nicht.)

Am Waldrand sehe ich Daniel mit einem Stöckchen in der Hand, er hat Gummistiefel und den Overall an. Er scheint in ein Spiel vertieft zu sein.

Ich drehe mich um und betrachte die Umgebung durch die hohen tropischen Gewächse hier drinnen. Die Struktur des Glases läßt die Konturen verschwimmen, macht sie ein bißchen unwirklich. Wie Glasmalereien in einer Kirche.

Es kann nicht mehr lange dauern, bis meine Schmetterlinge schlüpfen. Höchstens noch ein paar Tage, meinte Willof, als er gestern abend hereinschaute. Er sagt, daß es wahrscheinlich nachts im Schlaf passiert. Morgen wache ich vielleicht auf, und drei große Schmetterlinge flattern um mich herum. Wird es bluten? Nein, das Sekret der Schmetterlinge enthält einen Stoff, der das Blut gerinnen läßt. Nur eine halb geheilte Wunde wird zu sehen sein. Wenn Willof am Abend kommt, müde und wütend auf seine dummen Kollegen, sitze ich hier mitten im Schmetterlingstanz und lächle. Er wird mich umarmen, meine

Wunde säubern und ein Pflaster aus seiner Arzttasche auflegen. (Eine schwarze Arzttasche wie in alten Filmen.) »Es war doch ganz leicht, oder?« wird er sagen, und wir lachen. Und wir schauen sie an, diese großen, schönen Schmetterlinge, die ich in meinem Körper um die halbe Welt getragen habe.

In der Zeitung las ich einen interessanten Artikel. Um die Ausrottung der Gorillas zu verhindern, will ein amerikanischer Professor ein im Reagenzglas befruchtetes Gorillaei einer Frau einpflanzen. Seit er seine Pläne veröffentlicht hat, steht das Telefon nicht mehr still vor Frauen, die sich dazu bereit erklären.

Wir sollten vielleicht einen Verein gründen: »Leihmütter für Erhaltung der Arten.«

Linda war gerade da. Ich saß an der klaren Scheibe und zeichnete die Hunde, die auf der Wiese draußen spielten. Die Plastikstreifen hatte ich beiseite gezogen und festgebunden. Die Hunde boten ein Motiv, das sich ständig veränderte. Sie jagten einander und tollten umher. Einmal waren sie oben beim Haus, dann gleich wieder auf der Wiese. Plötzlich waren sie ganz verschwunden und tauchten ebenso plötzlich wieder auf.

Linda warf einen Blick auf die Serie mit den Hundeskizzen. Sie reagierte nicht wie die Leute sonst immer, wenn sie mich zeichnen sehen: »Wie gut du zeichnen kannst. Ich kann keinen geraden Strich machen. Ich habe einmal versucht, einen Hund zu zeichnen, er sah aus wie ein Hase.«

Das verwirrt mich immer, denn ich weiß nicht, was sie eigentlich sagen wollen. Wie sehen sie mich? Sind sie der Meinung, daß Zeichnen zur Allgemeinbildung gehört und sie sich deshalb entschuldigen müssen, weil sie nicht zeichnen können? Fühlen sie sich unterlegen? Oder ist es doch eher ein überlegenes Schulterklopfen: »Nicht einmal *ich* kann so gut zeichnen.« Ich meine, ich würde zu einem Gehirnchirurgen auch nicht sagen: »Sie operieren Gehirne? Ich könnte nicht mal ein Hühnerauge herausschneiden.«

Linda warf einen kurzen Blick auf den Skizzenblock und stellte fest:

»Du bist eine Künstlerin.«

»Zeichnerin«, korrigierte ich sie.

»Könntest du vielleicht auch ein Porträt von David zeichnen? Ich bezahle es natürlich.«

»Mal sehen«, sagte ich.

Als sie neben mir stand, vernahm ich einen schwachen, aber unverkennbaren Geruch nach Alkohol. Sie stellte eine Pizzaschachtel auf den Tisch, ging aber nicht gleich.

»Magst du Hunde?« fragte sie.

»Manche Hunde«, sagte ich diplomatisch.

»Hast du selbst einen Hund?«

»Nein.«

»Hast du ein anderes Tier?«

Sie wollte offenbar reden. Ich ließ den Skizzenblock sinken und drehte mich zu ihr.

»Nein, ich habe keine Tiere«, antwortete ich und errötete, weil mir einfiel, daß es nicht ganz stimmte.

»Ich habe nie Tiere gehabt«, sagte ich rasch. »Ich durfte als Kind keine haben. Später hätte ich mir eins zulegen können.«

Der Gedanke kam mir erst jetzt. Ich könnte ein Tier haben.

»Eine Katze wäre nett«, sagte ich. »Ich weiß nicht, warum ich keine habe. Ich glaube, ich habe Angst vor der Verantwortung. Eine Katze lebt vielleicht zehn Jahre, und ich möchte mein Leben nicht so lange im voraus festlegen.«

»Wie meine Mutter«, sagte Linda. »Sie beschwerte sich immer, daß sie mich bekommen hatte, weil sie sich nicht umbringen konnte, wie sie es geplant hatte. Sie hatte sich alles so genau ausgedacht, und dann kam ich als Strich durch die Rechnung, sie mußte alles verschieben. Aber wenn ich sechzehn wäre, dann würde sie es machen. Da wäre ich alt genug, um selbst zurecht zu kommen, denn das mußte sie auch mit sechzehn. Ihre ganze Erziehung lief darauf hinaus, mich von ihr unabhängig zu machen. Im Sommer schickte sie mich zu Verwandten und in Ferienlager. Sie brachte mir bei, wie man das Haus in Schuß hält und kocht, wie man Postgiroüberweisungen ausfüllt und Sicherungen wechselt, und bei wem man das Öl für die Heizung bestellt. Sie zeigte mir, wo die Grenze unseres Grundstücks verlief – wir wohnten auf dem Land, da gab es oft Streit um solche Sachen – und in welchem Schrank die Papiere für das Haus aufbewahrt wurden. Ihr fiel immer etwas Neues ein. Und als sie alle Probleme, mit denen ich wahrscheinlich konfrontiert würde, abgearbeitet hatte, nahm sie sich die unwahrscheinlichen vor. Ich mußte auf alles vorbereitet werden: Diebe, Heiratsschwindler, Feuersbrünste, Überschwemmungen, Mäuse und Hausböcke. Die Anweisungen für ihre Beerdigung konnte ich auswendig, als ich fünf war.«

Ich hatte den Eindruck, Linda hätte eine schreckliche Kindheit gehabt, und sagte das auch. Aber sie zuckte mit den Schultern.

»Du weißt doch, wie das ist, wenn Leute im Mantel im Flur stehen und noch stundenlang auf einen einreden. Wie sehr man sie auch mag, man wünscht sich, daß sie irgendwann gehen. Ich war mit dreizehn voll ausgebildet und fand, es gab keinen Grund für meine Mutter zu warten, bis ich sechzehn war.

Als ich vierzehn war, legte sie sich einen Hund zu. Einen irischen Setter. Im Jahr darauf nahm sie einen Collie auf, den jemand nicht mehr haben wollte. An meinem sechzehnten Geburtstag war das Haus voll mit den Welpen des Collies. Weißt du, wie Welpen sind? Wie Babys. Man ist total angebunden. Ich war darauf eingestellt, allein zurecht zu kommen, und ging in die Stadt.

Meine Mutter zog weiter Hunde auf. In jedem Wurf ist ein Welpe, der nicht verkauft wird, den muß sie dann behalten. Jetzt ist das Ganze ein Hundeheim. Überall sind Hunde. Sie selbst wohnt in der Küche.«

Es besteht kein Zweifel, ich habe Fieber. Man kann es nicht auf die Treibhauswärme schieben. Ich habe Kopfweh, das Licht kommt mir merkwürdig schummrig vor. Letzteres ist ein normales Fieberphänomen bei mir, es ist so ein Gefühl, als hätte jemand alle 60-Watt-Birnen gegen 25-Watt-Birnen ausgetauscht.

Ich liege auf meiner Gummimatratze. Das Laken riecht leicht modrig. Die Schwellung ist wieder entzündet. Ich hätte die Penicillinkur nicht abbrechen sollen.

»Viel trinken«, sagte Willof, als ich mich gestern abend bei ihm beklagte. »Das ist besser als Medikamente.«

Ich trinke Unmengen. Große Kannen Johannisbeersaft und Orangensaft und Zitronenwasser. Die Schmetterlinge trinken auch gern. Ich muß Gläser und Kannen immer abdecken, damit sie nicht hineinfallen.

Am Tischrand sehe ich mein Glas, mit einem Unterteller abgedeckt und mit einem kleinen Rest gelbem Saft.

Das erinnert mich an die Schwangerschaftstests, die ich machte, als ich noch jünger war. An diese merkwürdige Vorrichtung aus Plastik und Spiegelglas. Und an das zutiefst Rituelle: in das durchsichtige Gefäß zu pinkeln und aus dem eigenen Urin und ein paar kleinen, runden braunen Pillen ein Gebräu zu mischen. Man sollte den Urin mit einer Pipette ansaugen und drei Tropfen – genau – in ein Reagenzglas über die braunen Pillen tropfen. Das Reagenzglas wurde dann in die durchsichtige Schachtel, die als Halterung diente, gestellt. Unter dem Reagenzglas war ein kleiner, schräg gestellter Spiegel angebracht, so daß man den Boden sehen konnte, ohne es anzuheben.

Das Ganze war sehr schön – der durchsichtige Behälter, das Reagenzglas mit der goldgelben Flüssigkeit und der glänzende Spiegel. Wie ein Objekt im Modernen Museum.

Und dann das Warten, währenddessen verschiedene Leben sich wie alternative Wege vor einem ausbreiteten. Wenn am Grunde des Reagenzglases ein brauner Ring entstand, war man schwanger.

Das Reagenzglas durfte nicht angestoßen, nicht bewegt werden. Ich schlich auf Zehenspitzen hin, damit der Boden nicht schwankte. Der gerundete Boden des Glases sah im Spiegel aus wie eine gelbe Kugel. Ich hatte den Eindruck, die Eizelle zu sehen. Ein Eigelb, in dem die braunen, aufgelösten Partikel umherwanderten. Nahmen sie die Form eines Rings an?

Mit klopfendem Herzen spähte ich nach einer Form, einem Muster, wie Menschen in Kristallkugeln, geschmolzenem Blei, Kaffeesatz und Sternbildern nach Formen und Mustern gesucht haben.

Ich hatte Angst vor dem Ring, der mich einfangen würde. War es auch eine Sehnsucht? Hoffte ich auf eine Kraft, die keine Rücksicht auf meine Angst nehmen würde?

Aber es wurde nie ein Ring. Das braune Pulver löste sich auf, die Flüssigkeit wurde matt beigebraun.

In der Gebrauchsanweisung stand genau, wann der Test die richtige Antwort gab. Wenn man die hatte, sollte man das Glas sofort ausschütten. Der Grund dafür war, daß danach neue Formationen entstehen konnten, Formationen, die falsch und irreführend waren.

Einmal habe ich den Test stehen lassen. Es war irgendwie verlockend, das irreführende Muster zu sehen.

Nach einigen Stunden entstand tatsächlich ein Ring. Kein kleiner, scharf begrenzter, dunkelbrauner Ring wie auf der Abbildung der Gebrauchsanweisung für die positive Antwort. Es war ein großer, verschwommener, unrunder Ring. Er besaß eine Flüchtigkeit, wie der Rauchring einer Zigarette. Es war ein Ring ohne Bedeutung, das wußte ich, aber er faszinierte mich.

Was sah ich eigentlich? Das Schicksal einer anderen Frau? Was später im Leben auf mich zukommen würde? Was mir in einem früheren Leben widerfahren war?

Die diffuse Form des Rings erinnerte mich an die fernen, rauschverschleierten Stimmen, die man einfängt, wenn man an einem Radio zwischen den Stationen sucht.

Eine ausgesprochen interessante Mitteilung. Aber ganz offensichtlich nicht an mich gerichtet.

Gestern mußte ich ihn fragen: »Wie sehen sie aus?«

Willof versprach mir, daß ich ein Exemplar zu sehen bekommen würde.

Als er heute abend kam, um nach mir zu schauen, hatte er einen durchsichtigen Kunststoffquader dabei.

Ich lag auf der Matratze, es ging mir nicht gut.

Er setzte sich neben mich in die Hocke und reichte mir den Quader. Ich nahm ihn, meine Hände zitterten leicht – ob vor Erregung, Unruhe oder Fieber kann ich nicht sagen.

In dem durchsichtigen Kunststoffblock war, wie ein prähistorisches Insekt im Bernstein, eine Recentia alba eingeschlossen. In der unteren Ecke klebte ein Etikett mit dem Namen und einer Nummer in Kursivschrift.

Erst war ich ein wenig enttäuscht, das muß ich zugeben. Der Schmetterling war kleiner, als ich erwartet hatte, und obwohl Willof mir schon mehrmals die Farbe beschrieben hatte (silberweiß mit schwarzer Zeichnung), hatte ich mir den Schmetterling in meinen Träumen vielfarbiger und prachtvoller vorgestellt.

»Sie können ihn erst mal behalten«, sagte Willof, ehe er ging.

Es ist spät geworden, und ich sitze immer noch mit dem Kunststoffquader in der Hand da. Ich drehe und wende ihn, damit ich den Schmetterling von allen Seiten sehen kann.

Auf der Unterseite hat er ein wunderbares, kompliziertes Muster. Ein diagonales Gitternetz aus dünnen, schwarzen Linien, die den Nerven der Flügel folgen, und in den Karos sind kleine Punkte, wie Steine auf einem Spielbrett. Erst erscheinen sie zufällig hingeworfen, aber nach einer Weile entschlüssele ich das System: zwei Punkte. Ein leeres Karo. Leeres Karo. Fünf Punkte. Leeres Karo. Zwei Punkte. Der Code wiederholt sich spiegelbildlich im anderen Flügel.

Der Körper ist pelzig behaart wie bei einem kleinen Bären. Die langen, flauschigen Haare wachsen noch ein Stück die Flügel hinauf. Ein kleines, häßliches Gesicht. Große, kreisrunde Augen. Spindeldürre Beine, an den Körper herangezogen.

Wenn ich den Quader drehe, sehe ich einen zarten Perlmutterglanz auf den Flügeln.

Die meisten Schmetterlinge hier drinnen sind schöner. Aber dieser kleine Pelzbär, dieses glotzäugige kleine Eulenwesen, das wie ein Stein zur Erde fallen würde, wenn es nicht an diesen geheimnisvoll kodierten Flügeln aufgehängt wäre, weckt eine Welle der Zärtlichkeit in mir.

So sehen sie also aus, es tut gut, das zu wissen.

Ich stehe auf, lösche das Licht und taste mich im Dunkeln zurück.

Als ich unter das Laken krieche, sehe ich draußen etwas.

Ganz nahe an der Glaswand steht ein Mann und schaut zu mir herein. Ich sehe ihn nur zwei Sekunden. Als ich mich aufrichte, saugt die Dunkelheit ihn auf, und er ist verschwunden.

Jetzt, im nachhinein, kommt mir, daß er vielleicht schon lange da stand. Wenn man hier drinnen das Licht an hat, ist draußen alles eine einzige schwarze Wand. Erst wenn man es löscht und die Augen sich an die Dunkelheit gewöhnt haben, kann man vielleicht etwas erkennen.

Ich habe kein klares Bild, wie er ausgesehen hat. Nur die Silhouette eines Mannes, breitschultrig, nicht sehr groß. Eigentlich nur eine Form.

Ich kann mich natürlich getäuscht haben. Es ist dunkel, das Glas ist uneben. Es kann ein Reh oder mein Spiegelbild gewesen sein.

Ich krieche unter das Leintuch und halte den Kunststoffquader an meine heiße Wange. Es ist, als ging von ihm eine kühle, heilende Kraft aus.

»Als ich Daniel bekam, habe ich mit den Drogen aufgehört. Es war gar nicht schwer.«

Linda stand schräg hinter mir und schaute in meinen
Skizzenblock. Ihr Atem war eine Mischung aus scharfem
Geruch nach Alkohol und etwas Süßem, Schalem. Vielleicht hatte sie Likör getrunken. Oder eine Süßigkeit
gegessen, um den Schnapsgeruch zu überdecken.

Ich war mit einem Porträt von Daniel beschäftigt. Ich
wollte ihn nicht in einer unnatürlichen Pose still sitzen lassen, er spielte auf dem Boden des Schmetterlingshauses. Er
hatte eine Unmenge kleiner Plastikfiguren, die er umher-
schob, irgendwelche Monster oder Roboter, er murmelte
und stieß alle möglichen Laute aus. Abgesehen von den
Bewegungen mit den Figuren in der Hand, saß er trotz des
Spiels merkwürdig still. Ich zeichnete sein konzentriertes
Gesicht und den gesenkten Blick. Das Mienenspiel war
schwierig. Er schnitt Grimassen und drückte so die Re-
aktionen der Figuren aus. Angst, Wut, Gier, Triumph.

»Ich spürte den Sog, aber ich konnte daneben stehen
und zuschauen. Es war nicht mehr Teil von mir. Zum
ersten Mal wollte ich aufhören. Ich hatte schon öfter geglaubt, es zu wollen, aber jetzt wußte ich, daß es nicht
gestimmt hatte. Ich hatte Angst vor der Leere, die der
Stoff hinterlassen würde. Man muß einen Sinn im Leben
sehen, und wenn der Sinn nur ist, an den nächsten Schuß
zu kommen, dann ist der besser als keiner.«

Es schien sie nicht zu stören, das in Daniels Gegenwart
zu erzählen. Er war nur wenige Meter von ihr entfernt,
aber er schien merkwürdigerweise kein Wort zu hören.
Entweder hatte ihn sein Spiel völlig absorbiert, oder er
hatte es schon oft gehört.

»Eineinhalb Jahre lange habe ich mich gehalten. Nicht ein Bier, nichts. Ich traf auch keinen Menschen außer meiner Mutter und Daniel. Dann kamen ein paar alte Freunde und machten alles kaputt. Wir wohnten bei meiner Mutter. Es war eng, das ganze Haus war voller Hunde. Ich schloß mich mit Daniel in der Küche ein, Mutter versuchte, diese Menschen davonzujagen. Sie wollten nicht gehen, die Hunde bellten, einer wurde von einem Collie gebissen, der Mutter verteidigen wollte. Da fingen sie an, die Sachen zusammenzuschlagen. Es war ein einziges Chaos. Mutter bekam Angst und rief die Polizei. Das hätte sie nicht tun sollen. Denen war egal, was wir sagten, wessen Schuld es war oder sonst was. Ich weiß nicht, was sie in ihrem Bericht geschrieben haben, die Folge war jedenfalls, daß mir Daniel weggenommen wurde. Nur für kurze Zeit, sagten sie. Da dauerte es nur ein paar Tage, und ich war wieder in der alten Scheiße.«

»Aber damit hast du doch deine Chancen zerstört. War es nicht ein Ansporn, clean zu bleiben, damit du ihn so schnell wie möglich wieder zurückbekommen würdest?« wandte ich ein, während ich die Fläche unter Daniels Stirnhaaren schattierte.

Ich fand es peinlich, so über den Kopf des Jungen hinweg über tragische, ihn betreffende Ereignisse zu reden. Aber ich hatte auch das Gefühl, auf Linda eingehen zu müssen, da sie mir ganz offenbar ausgerechnet jetzt davon erzählen wollte.

»Ich dachte nicht so. Ich konnte nicht nach vorne schauen. Da war es leer. Völlig leer. Sie hatten mir die Beine weggeschlagen. Nicht für etwas, was ich *getan* hatte, ich hatte mich ja wirklich gehalten. Ich hatte mich und Daniel eingeschlossen und uns geschützt, so gut es ging. Nein, für etwas, was ich *war*, das spürte ich genau, und das konnte ich nicht ändern. Auch wenn ich ihn zurückbekäme, könnten sie jederzeit wiederkommen und ihn mir wegnehmen. Er war irgendwie nicht mein Kind, nicht so wie andere Kinder ihrer Eltern Kinder sind. Er war ihr Kind, und ich durfte ihn ab zu haben, wenn ich brav war. Es war so erniedrigend, das zu begreifen. Daß ich gedacht hatte, ich wäre eine richtige Mutter, und sie nur auf eine passende Gelegenheit gewartet haben.«

Daniel schien von der Erzählung seiner Mutter völlig unberührt. Eine seiner Figuren konnte offenbar fliegen oder saß in einem unsichtbaren Flugzeug. Jetzt befand sie sich auf dem Landeanflug, und Daniel war vollauf mit der Landung und den dazugehörigen Geräuschen beschäftigt.

»Ja, und dann war es wieder wie vorher«, fuhr Linda fort. »Ich habe Daniel nie gesehen. Ich wollte keinen Kontakt zu den Pflegeeltern. Ich dachte, für ihn wäre es schrecklich, eine Mutter zu haben, die ab und zu auftaucht und dann wieder verschwindet. Es wäre besser, wenn es mich nicht gab.

Und dann lernte ich vor zwei Jahren Ingmar kennen und zog hierher. Hörte auf mit der Scheiße. Mit allem. Ich tat es für ihn, es war wie damals, als ich Daniel bekam. Ich hatte Ingmar nicht erzählt, daß ich ein Kind habe. Aber nachdem ich hierher gezogen war, dachte ich jeden Tag an ihn. Wie schön es wäre, wenn er hier wohnen könnte. Ich erzählte es Ingmar, und er sagte: »Na klar, hol ihn her.« Ich dachte, er ist ein bißchen naiv, wenn er denkt, daß das so einfach geht. Ich hatte mich mehrere Jahre nicht um Daniel gekümmert, und plötzlich wollte ich ihn zurückhaben. Das würden sie bestimmt nicht machen. Aber da habe ich mich getäuscht. Als sie erfuhren, daß mein Mann Arzt ist, ging alles wie geschmiert.

Ist das nicht beschissen? Sie kamen und schauten sich alles an, das Haus und Ingmars Bilder und seine Bücherregale und das Zimmer, das Daniel bekommen würde. Sie waren so beeindruckt, daß sie kein Wort sagen konnten. Ich hatte einen Rock und eine Bluse und eine Perlenkette an, und ich hatte mir die Haare gemacht. Ich war um kein Jota eine bessere Mutter als damals, als ich mit Daniel in der Küche meiner Mutter gesessen hatte, aber hier roch es nicht nach Hundekacke und gekochtem Rindermagen. Hier waren Bilder an den Wänden und Bücher in den Regalen und Mozart auf dem Plattenspieler. Und das ist etwas ganz anderes.

Seit Daniel hier lebt, war nie jemand da, um zu schnüffeln. Manchmal besucht er seine Pflegeeltern. Er mag seinen Pflegevater, Kent, sehr. Sie fahren zusammen mit dem Boot raus und fischen. Mit Ingmar hat er nie richtig Kontakt bekommen.«

Sie schwieg.

Daniel stand auf. Die Figuren lagen auf dem Boden. Er schaute mich und seine Mutter an, als würde er jetzt erst bemerken, daß wir da waren. Das Spiel war offenbar zu Ende.

Mit fiel auf, daß der Abschluß seines Spiels perfekt mit dem Ende von Lindas Erzählung zusammenfiel.

»Hast du etwas gezeichnet?« fragte er.

Seine Stimme klang belegt, als ob er die letzte halbe Stunde geschlafen und nicht gespielt hätte.

»Ja, natürlich. Komm, ich zeig's dir, Daniel.«

Er betrachtete die Zeichnung und nickte höflich. Er schien nicht besonders beeindruckt zu sein.

»Was ist das denn?« fragte Linda.

Sie hatte den Kunststoffquader mit dem Schmetterling entdeckt. Er lag auf meiner Matratze, sie bückte sich und hob ihn auf. Sie las das Etikett und fing zu meinem großen Erstaunen an zu lachen.

»Wo hast du das denn her?«

»Ich habe es gestern abend von Dr. Willof bekommen.«

»Wirklich? Und was meinst du, was das ist?«

Ihre Stimme klang höhnisch.

»Die Recentia alba natürlich. Ich wollte sie sehen.«

Sie wog den Quader in der Hand.

»Da hat er sich einen Scherz mit dir erlaubt. Das hier«, sagte sie und legte den Quader mit einem kleinen harten Knall auf den Tisch, »das ist *nicht* Recentia alba!«

»Aber es steht doch auf dem Etikett«, wandte ich ein.

»Er hat die Etiketten vertauscht. Ich habe keine Ahnung, was du hier hast, Ingmar weiß es natürlich. Aber so viel weiß ich auf jeden Fall: Es ist nicht Recentia alba.«

»Bist du sicher?«

»Hundertprozentig sicher.«

»Und wie sieht Recentia alba aus?«

»Das werde ich dir zeigen. Wenn ich das nächte Mal komme, zeig ich es dir.«

Sie lächelte über mein Erstaunen und schraubte sich.

»Warum sollte er mich anlügen?« fragte ich.

»Ja, warum wohl.«

Sie ging zum Ausgang, und Daniel, der seine Sachen eingepackt hatte, folgte ihr.

Ich blieb sitzen und machte die Zeichnung von Daniel fertig.

Ich überlegte, wie Linda und Willof sich wohl kennengelernt haben. War sie seine Patientin gewesen? Das glaubte ich nicht. Sie wird wohl kaum irgendwelche Tropenkrankheiten gehabt haben. Ich vermutete Prostitution. Das war die einzige Verbindung, die ich mir vorstellen konnte.

Puppe bedeutet kleines Mädchen.

Ich schlug das Wort im etymologischen Wörterbuch nach, das Linda mir gebracht hatte.

»Von gleichbed. dt. *Puppe*, von lat. *pupa* kleines Mädchen« steht da. Und die Aufforderung »siehe Pupille«.

Ich folgte der Aufforderung.

Das Wort Pupille hat zwei Bedeutungen: 1. Mündel und 2. Augenstern, Öffnung in der Regenbogenhaut des Auges. Beides kommt vom lateinischen *pupilla*, der Verkleinerungsform von *pupa*, also »kleines Mädchen« oder – laut Wörterbuch – »vaterloses Mädchen«.

Die Entstehung der zweiten Bedeutung wird mit den kryptischen Worten »nach dem Spiegelbild im Auge« erklärt.

Wenn man mutter- oder vaterlos ist, dann ist man verlassen. Aber ein Augenstern ist etwas sehr Liebgewordenes.

Ich lag den ganzen Nachmittag auf der Gummimatratze und versuchte, diese Informationen in Gedanken zu einem Bild zusammenzusetzen.

Ein kleines, elternloses Mädchen, das jemandem so nahe ist, daß es sein Spiegelbild in dessen Augen sehen kann.

Mir wird bewußt, daß ich seit Tagen mein Spiegelbild nicht mehr gesehen habe. Im Schmetterlingshaus gibt es keine Spiegel. In meiner Tasche ist ein kleiner Spiegel, aber ich habe ihn nicht verwendet.

Ich kämme mich nach dem Duschen und binde die Haare zu einem Knoten zusammen, dazu brauche ich keinen Spiegel. Ich habe mich nicht mehr geschminkt, obwohl ich Wimperntusche und Eyeliner dabei habe. Ich kann nur das Spiegelbild sehen, das die schlierigen Glaswände am Abend, wenn es dunkel ist, zurückwerfen. Wenn das eine wahrheitsgetreue Wiedergabe wäre, sähe ich aus wie ein Gespenst, verschwommen und halb aufgelöst.

Wie lange bin ich jetzt schon hier? Zwei Wochen, glaube ich. Zwei spiegelfreie Wochen, wann hatte ich die zuletzt? Vermutlich im Alter von fünf Jahren.

Auf dem Boden liegt ein toter Schmetterling. Es liegen oft tote Schmetterlinge auf dem Boden. Ihr Leben ist ja so kurz. Ich nehme sie immer vorsichtig auf und lege sie in die Plastikschachtel neben dem Eingang, genau wie Willof mich angewiesen hat. Linda nimmt sie dann mit ins Haus und gibt sie Willof. Ich weiß nicht, ob er sie aufspießt oder was er mit ihnen macht.

Warum tut man so, als ob das Schmetterlingsstadium der wichtigste Teil des Lebens dieses Geschöpfs ist? Wenn ich Willofs Schmetterlingsbücher lese, meine ich einen leicht herabsetzenden Ton zu bemerken, wenn die Raupen und Puppen behandelt werden, und eine ganz andere, beinahe ehrfürchtige Einstellung zum Schmetterling. Aber das Tier ist viel länger Raupe als Schmetterling. Diese letzte, kurze Zeit, ein, zwei Wochen, dient nur der Vermehrung. Es bekommt Flügel, um die Art verbreiten zu können, es bekommt Farben, um Feinde abzuschrekken. Ist nur die Periode, in der er sich vermehrt, das richtige Leben? Genau wie Zugvögel ihr richtiges Leben dort leben, wo sie nisten, obwohl sie größere Teile des Jahres an ganz anderen Orten verbringen?

Dieser Schmetterling ist noch nicht richtig tot. Als ich ihn in meiner leicht gewölbten Hand halte, spüre ich etwas Kaltes. Aus dem Schmetterling kommt eine grüne, kühle Flüssigkeit. Es fühlt sich sehr angenehm auf meiner heißen Hand an.

Die Temperatur der Schmetterlinge erstaunt mich immer wieder. Wie können sie in dieser Hitze so kühl bleiben?

Er liegt immer noch still. Die Flügel sind ausgefranst. Verbraucht. Vorsichtig lege ich ihn auf ein großes Blatt ganz hinten in einem Busch. Ich bekomme ein wenig von seinem Schuppenstaub an die Finger, das läßt sich nicht vermeiden. Es fühlt sich wie Talkumpuder an.

Ich habe starke Schmerzen im Schenkel. Ich vermeide es zu laufen und liege meist still. Die Schwellung ist wie ein hart aufgepumpter Ball. Mir kommt es vor, als würde sie platzen, wenn ich sie nur berühre.

Meine lieben kleinen Mädchen. Fräulein Recentia, Fräulein Recentia und Fräulein Recentia. (Nein, eins muß ja eine Junge sein, nicht wahr? Sonst hat das Ganze nicht viel Sinn. Ich quäle mich ja nicht um euretwillen, sondern für die *Art,* das müßt ihr verstehen.)

Ich weiß, daß ihr unsere Sitten und Gebräuche hier draußen nicht kennt. Hier ist es üblich, eine Rede zu Ehren der Gastgeberin zu halten. Da ich nicht davon ausgehe, daß ihr eine solche Rede auf mich halten werdet, will ich jetzt eine auf *euch* halten.

Es ist mir eine große Ehre, Eure Gastgeberin zu sein. Obwohl ich den Gedanken gestreift habe, daß ihr mich nicht bewußt gewählt habt. Daß ihr vielleicht gar nicht die heldenhaften Pioniere seid, zu denen Willof euch machen will, sondern kleine Stümper, die sich geirrt haben. Ihr habt gedacht, ich sei ein Affe, nicht wahr? Ihr habt euren Fehler vielleicht noch nicht bemerkt?

Na ja, Affen und Menschen sind sich ja ziemlich ähnlich. Was sind eigentlich die Unterschiede? Für eine Raupe in Eurer Situation? Der Geruch? Die Behaarung? Ein Mensch hat in Wirklichkeit genauso viele Haare auf dem Körper wie ein Affe, das habe ich irgendwo gelesen. Die der Affen sind nur länger. Da kann man sich vertun. Aber ich glaube nicht, daß ich nach Affe *rieche*. Und ihr folgt wohl vor allem dem Geruchssinn. Vielleicht habt ihr doch bewußt gewählt. Ihr habt mich ausgesucht.

Ja, ich *weiß* – ihr hattet keine andere Wahl. Die Affen waren tot. Aber das ändert nichts daran, daß ich mich erwählt fühle.

Habt ihr gehört? Ich fühle mich *erwählt*. Geehrt. Deshalb habe ich mit Freuden zugestimmt, eure Gastgeberin zu sein. Und ich war eine gute Gastgeberin, wenn ich so sagen darf. Ausdauernd!

Ihr wißt natürlich nicht, wie es hier draußen ist. Ich kann euch versichern, daß die Verhältnisse die denkbar günstigsten für Recentiamädchen und Recentiajungen sind. Hier ist es warm und feucht. Es regnet jeden Morgen, regelmäßig und tüchtig. Es gibt jede Menge Honigwasser und saftige, frisch aufgeschnittene Orangen. Hier wachsen üppige Büsche, in denen man sich verstecken kann, wenn es zu regnen anfängt. Man muß sich nur vor dem Regen schützen. Hier gibt es keine, absolut *keine* Feinde. Man wird alles tun, damit ihr euch wohlfühlen und vermehren könnt. So weit ich sehen kann, ist es das reinste Paradies für euch.

Worauf wartet ihr also? Meine Puppen, meine Augensterne. *Worauf, verflucht noch mal, wartet ihr?* Ich habe es satt, euch in mir zu haben. Ich will diese verdammten Druckschmerzen nicht mehr! Ich will kein Fieber! Ich möchte nicht so todmüde sein!

Ich will wieder sein wie früher! Ich will an meinem Backtisch in meiner Wohnung sitzen und Glascontainer für Mülltrennungsspiele zeichnen!

Wenn ihr reingekommen seid, dann werdet ihr doch auch wieder rauskommen!

Und wenn ihr es *nicht* könnt – ich habe diese Möglichkeit tatsächlich mit Willof diskutiert –, dann müssen wir euch helfen, das finde ich wirklich. Aber Willof meint, ihr würdet einen Kaiserschnitt nicht überleben.

Die Frage ist, ob *ich* das hier überlebe. Ich habe mich noch nie so krank gefühlt. Nicht mal Aspirin bekomme ich.

Als draußen schon Dunkelheit herrschte, kam Linda. Ich weiß nicht, wie spät es war. Ich kann auch nicht sagen, ich sei ins Bett gegangen, das wäre irreführend, ich habe den ganzen Tag gelegen. Aber ich bin sicher, es war schon ziemlich spät.

Sie klapperte unnötig laut mit der Tür, als sie hereinkam. Ich konnte die ausgesperrten Hunde in der Dunkelheit bellen hören. Sie trat durch die Plastikstreifen, breit grinsend, mit dem blauen Kunstpelz über der Schulter. Ich sah sofort, daß sie betrunken war.

»Jetzt zeig ich dir die Recentia alba«, sagte sie.

Langsam kam sie näher. Sie mußte sich konzentrieren, um nicht zu stolpern. Als sie in meiner Nähe war, setzte ich mich auf, ich hatte Angst, sie würde über mich fallen.

»Hier«, sagte sie und streckte eine Hand aus dem Pelzmantel heraus.

Sie hielt einen Kunststoffquader, so einen wie ich schon von Willof bekommen hatte. Ich nahm ihn, um ihn anzuschauen. Aber ich hatte ihn kaum in der Hand, da schrie ich auf und ließ ihn fallen.

In die durchsichtige Kunststoffmasse eingegossen lag kein Schmetterling, sondern eine große Spinne mit haarigen Beinen und einem grauweißen Hinterleib.

»Das ist nicht die Recentia alba«, flüsterte ich.

»Doch«, sagte sie, bückte sich ruhig und nahm den Kunststoffquader wieder auf. Sie schaute ihn genau an.

»Doch. Das ist die Richtige. Er hat das Etikett abgelöst und auf den Schmetterling geklebt. Da schau.«

Sie zeigte mir die Ecke des Quaders, wo ein klebriges Viereck verriet, wo das Etikett gewesen war.

»Du lügst«, sagte ich. »Ich habe Willofs Artikel gelesen, das weißt du vielleicht nicht. Daraus geht eindeutig hervor, daß es sich um einen Schmetterling handelt.«

»Hast du eine Veröffentlichung des Artikels gesehen?« fragte sie mit leiser Stimme.

»Nein, ich habe nur das Manuskript gelesen.«

Sie nickte lächelnd.

»Wenn es ein richtiger Artikel war, warum hat er dir nicht die Zeitschrift gezeigt, in der er erschienen ist?«

»Ich glaube, er konnte noch nicht erscheinen.«

»Kein einziger von Ingmars Artikeln ›konnte‹ erscheinen. Er wird von allen wissenschaftlichen Zeitschriften boykottiert. Und trotzdem schreibt er weiter Artikel und verschickt sie. Er läßt sich nicht unterkriegen. Aber den Artikel, den du gelesen hast, den hat er gar nicht abgeschickt. Den hat er nur für dich geschrieben. Du bist die einzige, die glaubt, Recentia alba sei ein Schmetterling.«

Ich konnte nichts mehr sagen. Ich spürte, wie Panik in mir aufstieg, und konzentrierte mich darauf, Ruhe zu bewahren. Sie lächelte mich aufmunternd an.

»Du rettest trotzdem eine vom Aussterben bedrohte Art. Du bist immer noch eine Heldin.«

Sie hielt den Kunststoffquader ins Licht und schaute die Spinne an.

»Ich habe gelesen, daß sie an die zweihundert Eier legt«, sagte sie nachdenklich und reichte mir den Quader.

Als ich ihn nicht nahm, ließ sie ihn in meinen Schoß fallen und ging.

Ich weiß nicht, wie ich die Nacht überlebt habe. Der Schmerz im Oberschenkel war nichts gegen die Angst, die ich verspürte, wenn ich daran dachte, wodurch er verursacht wurde.

Um die Panik in Schach zu halten, machte ich Pläne für den nächsten Tag. Sobald es hell würde, wollte ich fliehen. Ich würde zur Straße gehen und per Anhalter fahren. Ich würde darum bitten, ins nächste Krankenhaus gebracht zu werden, da würden sie die Geschwulst aufschneiden und herausholen, was immer darin war. Dann würde ich nach Hause gehen, einen ordentlichen Whisky trinken und nie wieder an die Zeit hier denken.

Es gab Momente, da dachte ich, nicht bis zum Morgen warten zu können. Ich blätterte ein wenig in der »Praktischen Chirurgie«, die in Lindas Buchtüte gewesen war, aber es war nicht sonderlich praktisch, vielmehr sehr theoretisch, und einen Schnellkurs, wie man eine Eiterbeule oder etwas Ähnliches öffnet, fand ich nicht. Außerdem hatte ich kein geeignetes Instrument. Die Schwellung tat so weh, daß ich sie nicht berühren konnte. Niemals hätte ich meine Hand dazu bringen können, eine stumpfe Nagelschere hineinzurammen.

Ich war so müde, daß ich eigentlich nur liegen wollte, aber meine Angst zwang mich immer wieder in die Höhe. Ich ging ein paar Schritte, setzte mich auf den Stuhl, stand auf, legte mich wieder. Ich zwang mich, die Geschwulst nicht anzuschauen. Nicht an den Inhalt zu denken. Schließlich konnte ich einfach nicht mehr aufstehen. Ich blieb bäuchlings auf der Matratze liegen, das Gesicht über den Rand gehängt, und starrte auf den Betonboden.

Da sah ich plötzlich die Wurzelgrotte mit den Fischen.

Das Bild war ganz deutlich. Es hatte nichts von einer Phantasie. Ich war da.

Ich sah das goldbraune Wasser außerhalb der Grotte und das schwarze innerhalb. Die Fische, die von der Dunkelheit verschluckt wurden, kamen ans Licht und verschwanden wieder im Dunkel. Ihre dunklen Rücken und die raschen Wendungen. Die Schatten, die über den Flußboden glitten.

Das Bild erfüllte mich ganz und gab mir die Ruhe, die ich zum Einschlafen brauchte.

Als ich am nächsten Morgen aufwachte, lag ich immer noch in der gleichen merkwürdigen Stellung, Kopf und Schulter neben der Matratze, das Gesicht dem Boden zugewandt. Linda hatte mich geweckt, als sie mit dem Frühstück kam, aber ich zeigte nicht, daß ich wach war. Ich hatte keine Lust, mit ihr zu reden. Ich blieb liegen, sie nahm keine Notiz von mir. Sie stellte einen Becher Joghurt und einen Karton Orangensaft auf den Tisch und ging wieder.

Nach einer Weile rappelte ich mich hoch und ging duschen. Ich stand ein paar Minuten unter kaltem Wasser, trank ein bißchen Saft, dann sprühte ich, ins Badehandtuch gewickelt, schnell und achtlos das Gewächshaus. Danach war ich so müde, daß ich mich wieder hinlegen mußte. Der Joghurt lockte mich nicht. Ich lag da und plante meine Abreise. Ich glaube, darüber bin ich wieder eingeschlafen.

Ich hatte ja während der Nacht so wenig geschlafen.

Im Lauf des Vormittags stand ich auf. Packte und zog die Kleider von der Herfahrt an. Draußen sah es kalt aus. Die Luft war klar, und die Gräser auf der Wiese waren mit einer matten Frostschicht überzogen.

Ich konnte keine langen Hosen anziehen. Schon der

leichte Druck des Stoffs auf der Geschwulst war unerträglich. Ich zog wieder die weiten Shorts an und zwei Röcke darüber.

Auf dem Hof war kein Auto zu sehen. Ich hatte eine diffuse Erinnerung, Willofs Japaner irgendwann früh am Morgen gehört zu haben. Er fuhr nicht jeden Tag ins Krankenhaus. Ich hoffte, beide wären weg. Aber die Autos konnten auch so nah am Haupteingang geparkt sein, daß sie vom Haus verdeckt wurden.

Ich trank ein paar Schlucke Orangensaft. Zum Schluß zog ich meine Jacke und die Lederstiefel an, hängte die Tasche über die Schulter und ging zur Tür. Ich schob die Plastikstreifen beiseite und blieb mit der Hand auf der Türklinke stehen. Wegen des Fiebers, der tropischen Wärme und meiner warmen Kleider war mir übel und schwindlig vor Hitze. In einer Sekunde würde ich im kühlen Vorraum sein und noch eine Sekunde später draußen im frischen, frostigen Winter.

Aber sobald ich die Klinke herunterdrückte, würde oben im Wohnhaus der Alarm ausgelöst.

Ich erinnerte mich an den knurrenden Hund, der sich auf mich gestürzt hatte, als ich den Übertopf holen wollte. Als er so nah bei mir war, schien er nur aus Zähnen und Muskeln zu bestehen: Kiefermuskeln, Beinmuskeln, Nackenmuskeln. Ich dachte an die hochgezogenen Lefzen, die vor Aggression zitterten, den Speichel, der um das Zahnfleisch schäumte.

Auch die Abwesenheit von Linda, Daniel und Willof garantierte nicht, daß die Hunde eingesperrt waren. Sie wollten oft nicht ins Haus, und wenn Linda es eilig hatte, gab sie nach wenigen Versuchen auf und ließ sie draußen.

Eine Welle der Übelkeit überfiel mich, ich hatte das Gefühl, ohnmächtig zu werden. Ich lief schnell zum Ausguß unter dem Wasserschlauch. Mein Mund füllte sich mit etwas fast schmerzhaft Saurem, ich erbrach kniend den nächtlichen und morgendlichen Orangensaft.

Als mein Magen sich beruhigt hatte, hielt ich den Kopf unter den Schlauch und ließ das Wasser darüber laufen. Ich spülte den Ausguß sauber, zog mich bis auf die Unterwäsche aus und kroch zitternd unter das Leintuch auf der Matratze.

Ich muß mit Willof reden. Nur mit seiner Hilfe kann ich von hier weg.

Als ich nach einer Weile die Augen wieder aufschlug – ich wußte nicht, wie lang ich geschlafen hatte –, saß er neben mir auf dem Stuhl.

Es ist kein angenehmes Gefühl, aufzuwachen und festzustellen, daß ein beinahe Fremder neben einem gesessen und einen im Schlaf beobachtet hat. Meine erste Reaktion, als ich ihn bemerkte, war ein heftiges Schaudern.

Dann sah ich, daß er keineswegs mich beobachtete. Er hatte den Kunststoffquader mit der Spinne auf dem Schoß, und der, nicht ich, war das Objekt seines Interesses.

Etwas – eine minimale Bewegung oder mein veränderter Atem – teilten ihm mit, daß ich wach war. Er beugte sich über mich und streckte mir den Quader mit der Spinne hin.

»Wie kommt das hierher?«

Ich setzte mich auf, wickelte mich sorgfältig in das Leintuch – erst jetzt wurde mir bewußt, daß ich fast nackt war – und schaute ihn an. Mit einer Ruhe, die mich selbst erstaunte, erzählte ich ihm, was Linda am Abend zuvor gesagt hatte.

Ich wies darauf hin, daß meine freiwillige Teilnahme an diesem Projekt auf unrichtigen Angaben fußte. Nachdem mir nun der wahre Sachverhalt offenbart worden war, sei ich nicht mehr interessiert.

Ich schloß damit, Willof aufzufordern, mich ins nächste Krankenhaus zu bringen, damit mir die Behandlung zuteil würde, die ich brauchte und die mir von Anfang an zugestanden hätte.

Die ganze Zeit flatterten zwei Schmetterlinge um mein Gesicht und kühlten mich wie kleine Fächer.

»Was für ein Unsinn«, schnaubte er. »Das hier ist eine Spinne aus Neuseeland. Ich weiß nicht mehr, wie sie heißt, und ich werde es auch nicht mehr erfahren, nachdem sie das Etikett abgezogen hat. Es interessiert mich auch nicht. Sie gehörte zu einer bunten Sammlung von Insekten, die ich dank guter Kontakte kaufen konnte, als das Biologische Museum in Auckland seine Bestände ausmistete. Es waren hauptsächlich Schmetterlinge, deshalb habe ich sie gekauft, aber ein paar solche Tierchen waren auch dabei. Ich weiß leider nichts über seine Lebensgewohnheiten. Aber ich bin überzeugt, es ist ein selbständiges Geschöpf und an einem Menschen als Wirtstier nicht im geringsten interessiert.«

Vielleicht war es sein nonchalanter Ton oder die brüske, ein wenig respektlose Art, wie er mit dem Quader umging, die mich überzeugte. Den Schmetterling hatte er mit einer ganz anderen Vorsicht behandelt, als ob der Quader aus Glas und nicht aus Kunststoff wäre, und jedes Mal, wenn er von der Recentia alba sprach, hatte seine Stimme etwas Feierliches, beinahe Sakrales bekommen.

Es gab keinen Beweis, aber ich war ziemlich sicher: Die Spinne war ihm relativ gleichgültig. Ich trug keine zweihundert Eier von diesem Tier im Körper.

Ich war so erleichtert, daß ich zu weinen begann. Willof betrachtete mich, erst etwas überrascht und dann teilnahmsvoll. Er setzte sich neben mich in die Hocke, nahm meine Hand zwischen seine, genau wie bei unserem ersten Zusammentreffen. Damals hatte ich es als unangenehm empfunden. Jetzt war das anders.

»Sie fühlen sich sehr heiß an«, sagte er besorgt.

Er holte seinen Schal, der zusammen mit dem Mantel über der Stuhllehne hing. Er machte ihn unter dem Schlauch mit kaltem Wasser naß, drückte ihn aus und legte ihn mir auf die Stirn. Der Schal war aus weichem Baumwollfilz und eiskalt.

»Danke«, murmelte ich.

Er hat offenbar die Spinne mitgenommen, als er ging, denn sie ist weg.

Was es doch für einen Unterschied zwischen Insekten und Insekten gibt. Da mußte ich wirklich Farbe bekennen.

Ich bilde mir ein, einen Sinn fürs Makabre zu haben. Dieses Wort habe ich oft gehört, wenn andere meine Zeichnungen beschrieben. »Heftig« oder »makaber«.

Ich glaubte, ich sei eine Spinnenfrau. Und dann bin ich doch nur eine banale Schmetterlingsfrau. Da kann man mal sehen.

Das Essen – das übrigens von Tag zu Tag armseliger wird – war heute um ein gefülltes Schnapsglas angereichert. Darin befand sich natürlich kein Schnaps, sondern eine homöopathische Medizin, die Willof verschrieben hatte. Die Flüssigkeit war dunkelrot und schmeckte nicht allzu übel. Ich weiß nicht, ob es an der Medizin lag oder weil Willof Lindas häßliche Lüge aufgedeckt hatte. Aber es geht mir wirklich etwas besser.

Linda scheint es auch nicht gut zu gehen. Sie hat ein blaues Auge. Sie ist sehr schweigsam. Ich vermute, daß Willof ihr den Kopf zurechtgerückt hat. Mein rachegieriges Herz freute sich, gleichzeitig war ich etwas beunruhigt. Wenn ich darüber nachdenke, wird mir klar, daß Willof tatsächlich etwas Gewalttätiges hat.

Dieser Ausbruch scheint jedoch die Ausnahme gewesen zu sein. Neulich sah ich, wie sie zusammen das Haus verließen. Sie tauchten am Hügelkamm auf dem Hof auf, sie müssen also aus dem für mich unsichtbaren Haupteingang auf der Vorderseite gekommen sein. Es war dämmrig, und ich sah sie nur als graue Konturen gegen den helleren Himmel.

Sie gingen zum Auto, als ob sie wegfahren wollten,

blieben jedoch stehen und redeten. Dann drehten sie sich plötzlich in meine Richtung und gingen langsam die Wiese herunter aufs Schmetterlingshaus zu. Es war unbequem zu gehen, der Trampelpfad führte nämlich nicht vom Hof herunter, sondern von der Terrassentür.

Als sie näherkamen, sah ich, daß sie elegant gekleidet waren. Linda trug einen braunen Pelzmantel und hohe Stiefel, Willof hatte einen teuren, etwas zerknitterten Mantel an.

Sie blieben mitten auf der Wiese stehen und betrachteten das Schmetterlingshaus. Ich ging zur klaren Scheibe, um sie deutlicher zu sehen. Sie standen ganz still, hatten die Arme umeinander gelegt und schauten zu mir herunter. Sie glichen einem glücklichen Elternpaar an der Wiege ihres Kindes.

Ist in der Nähe ein See? Ich wurde vom Schreien von Wasservögeln aus meinem Halbdämmer geweckt. Als ich durch die Glaswände schaute, sah ich einen Vogelzug über Willofs Haus.

Draußen herrscht Frost. Die Seen im Wald frieren jetzt wahrscheinlich zu, und die Vögel machen sich auf, um offenes Wasser zu suchen. So muß es sein.

Ich legte mich wieder hin. Das Schreien dröhnte noch in meinem Herzen wie aus einem tiefen Brunnen, und ich wurde schwermütig und trübsinnig, wie immer, wenn ich Schreie der Wasservögel höre. Sie gehören für mich zu meinen Spaziergängen mit Roger in der Mittagspause. Zu unserem freien, traurigen, heimlichen Verhältnis. Ich hielt seine Hand – er war der einzige, dessen Hand ich halten konnte, ohne beim Gehen aus dem Rhythmus zu kommen. Seine Mittagsstunde tickte. Seine Hand – immer ohne Handschuhe, immer trocken und warm, bei jedem Wetter unnatürlich warm – und meine, fast immer kalt.

Und dann diese plötzlichen Schreie. Diese unglaublich schmerzvollen, traurigen Schreie zerbrachen die dünne Schicht aus Glück und fielen geradewegs in den Schacht des Herzens, enthüllten dort eine Tiefe und eine Leere, von deren Vorhandensein ich nichts ahnte.

Wir sahen sie draußen auf dem Wasser, immer weit weg. Manchmal waren sie gar nicht zu sehen, versteckt im Schilf oder Gesträuch. Geheimnisvoll, namenlos.

Wir sagten oft, daß wir das Fernglas und das Vogelbuch mitnehmen wollten, taten es aber nie. Ich glaube, im Innersten wollten wir ihre Namen gar nicht wissen.

Wasservögel sind irgendwie besonders. Ich suchte das

Buch von Konrad Lorenz heraus, das Linda mitgebracht hatte, und las seine Studien über das Verhalten verschiedener Vögel.

Krähenvögel stehen dem Menschen nahe. Sie sind neugierig, planen, lernen neue Dinge.

Wasservögel stehen uns sehr fern. Sie sind nicht neugierig, lernen nichts. Sie werden ganz von ihren Instinkten gesteuert. Ihr Leben ist ein einziges Gewebe aus Impulsen, Signalen, Reflexen. Ein Vogel aus einer Schar hebt den Flügel, und die Zeichnung an der Unterseite löst einen Reflex bei den anderen aus, auch die Flügel zu heben und wegzufliegen.

Ich frage mich, was für ein Gefühl das ist, so zu leben. Das Muster unter dem Flügel des Nachbarvogels zu sehen, zu spüren, wie der eigene Flügel sich hebt, und mit der Flucht der anderen gen Himmel getragen zu werden. Sich auf eine einzig mögliche, selbstverständliche Art zu verhalten. Von einer Handlung zur nächsten zu gleiten, ohne Wahl oder Entscheidung.

Oder lebe ich vielleicht genau so? Ganz zuinnerst?

Fallen deshalb die Schreie der Wasservögel so tief in mich hinein? Bis auf einen gemeinsamen Grund?

Der Fehler mit den Männern, die ich gekannt habe, war, daß sie nie mit dem Schnabel klapperten.

Konrad Lorenz beschreibt ein Storchenpaar, bei dem das Weibchen ein Weißstorch und das Männchen ein Schwarzstorch ist. Sie gehörten also fast zur gleichen Art, aber nicht ganz. Das Verhalten des weißen und des schwarzen Storchs ist im großen ganzen gleich, und deshalb klappte es auch zwischen ihnen. Die Signale und Antwortsignale stimmten meistens überein, und sie führten eine sehr glückliche Ehe.

Abgesehen von täglich einigen Augenblicken, wenn sie sich am Nest begrüßten. Die Begrüßungszeremonie am Nest ist nämlich beim weißen und schwarzen Storch verschieden. Der weiße Storch grüßt, indem er mit dem Schnabel klappert, während der schwarze merkwürdige Zischlaute von sich gibt.

Jedes Mal, wenn das Männchen zum Nest zurückkehrte und das Weibchen begrüßen wollte, kam es zur Krise. Das Weibchen klapperte und erwartete natürlich, das gleiche Geklapper als Antwort zu erhalten, aber wenn sie nur ein Zischen bekam, geriet sich außer sich vor Wut und Enttäuschung.

Das kann man sich gut vorstellen. Immer wieder klappert sie, immer wieder hofft sie auf ein Antwortklappern, ein Klappern, das nie kommt. Dieses ausbleibende Klappern ist die Tragödie ihres Lebens. Sie wird es nie zu hören bekommen.

Und das Storchenmännchen wird fast wahnsinnig von dem schrecklichen Geklapper des Weibchens, das sein Zischen übertönt. Klapper, klapper, jedes Mal. Wo doch alles, wonach er sich sehnt, worum er bettelt, ein sanftes Zischen ist. Das er nie bekommen wird.

Das »falsche« Verhalten des anderen macht die Störche wahnsinnig, und einen Moment lang steht es auf der Kippe, daß sie sich wie Feinde auf den anderen stürzen. Für einen Moment sind sie jeder in seiner Welt, in seiner Art, einander völlig fremd. Der andere ist beängstigend, bedrohlich, widerwärtig. Und das Allerschlimmste ist, daß er im eigenen Nest sitzt und sich für den eigenen Gatten ausgibt. Für Sekunden beben sie vor Lust, sich auf den anderen zu stürzen, zu hacken, zu töten, zu zerreißen.

Und dann ist es plötzlich vorbei. Die Begrüßungszeremonie ist zu Ende, eine Kette neuer Signale setzt ein, das Füttern der Jungen oder etwas anderes, wo alles prima funktioniert. Die Ehe ist wieder glücklich.

Aber jedes Mal, wenn die Eheleute sich am Nest treffen, wiederholt sich die Tragödie. Die ausgebliebenen Signale, die Enttäuschung, die Angst, der Haß. Jedes Mal, mehrmals am Tag.

Ich frage mich, ob wir als Menschen noch einen Rest davon in uns tragen. Möglicherweise macht es einen größeren Teil von uns aus, als wir glauben. Es könnte eine Erklärung sein für die merkwürdigen Streits und Gefühle von Unbehagen, die nicht zum Streit werden, die nur wie ein eisiger Schatten vorbeistreichen.

Wir sind uns nicht bewußt, welche Signale wir aussenden und welche Signale wir erwarten. Wir glauben, vernünftige Wesen zu sein, und machen Vorwürfe, verteidigen uns und argumentieren.

Und dabei kommt alles nur daher, daß er nicht mit dem Schnabel klappert. Weil es ihm einfach nicht möglich ist. Es liegt außerhalb seines Willens und seiner Fähigkeit. Er ist nicht aus diesem Stoff gemacht.

Ich bin siebenunddreißig Jahre alt. Ich habe keinen Mann. Keine Kinder. Keine Katze. Aber ich habe drei Schmetterlingspuppen im linken Oberschenkel.

Gestern hatte ich Geburtstag. Ich habe meinen Geburtstag nicht mehr gefeiert, seit ich mit siebzehn von zu Hause ausgezogen bin. Ich mag es nicht, die Zeit so aufzuspalten. Aber gestern wurde ich gefeiert.

Ich hatte mein seidiges, cremeweißes Kleid an.

Ich habe oft eine Art Vision, wenn ich Kleider kaufe. Ich sehe ein Kleidungstück und habe ein beinahe beängstigend deutliches Bild einer Situation vor mir, in der ich das Kleid trage. Es sind völlig unrealistische Situationen, in denen ich mich normalerweise nie befinde.

Einmal kaufte ich eine hellgraue Jacke mit dunkelgrauem Pelzbesatz am Kragen und an den Ärmeln. Sie war leicht tailliert, gut verarbeitet und sauteuer. Ein kleiner Hut gehörte dazu, auch er pelzbesetzt. Ich kaufte die Jacke und den Hut, weil ich in dem Moment, als ich sie sah, die Vision hatte, in diesen Kleidern in einem Schlitten durch eine russische Stadt gefahren zu werden. Es war dunkel, und es schneite. Das Kleidergeschäft verblich, und ich sah deutlich, wie der Schnee auf dem hellgrauen Stoff schmolz, wie der Fahrtwind in den Pelzbesatz am Ärmel blies. Wie in Trance ging ich zu einem Geldautomaten und hob den schwindelnd hohen Betrag ab. Ich habe weder die Jacke noch den Hut je getragen. Sie passen überhaupt nicht zu mir. Ein anderes Mal kaufte ich einen Popelinmantel, weil ich mich in genau so einem Mantel auf einer regennassen Straße in Paris sah. Der Gürtel war fest zugezogen, ich hatte die Schultern angehoben und hielt den Kragen mit der einen Hand zu.

Manchmal bilde ich mir ein, diese Offenbarungen seien etwas Übernatürliches. Daß die Geister toter Menschen mich in Besitz nehmen oder so etwas.

Aber eigentlich weiß ich ja, daß alles nur vom Fernsehen, Filmen, Werbebildern kommt. Ich befürchte, solches Material nimmt einen großen Teil unseres Unterbewußtseins ein. Die eine Hälfte Wasservögel, die andere mediale Mythen. Sieht so die Seele aus?

Die Vision mit dem cremeweißen Kleid ist die einzige, die Wirklichkeit geworden ist. Sie sah so aus: Ich saß in einem weißen Stuhl mit einem schattenspendenden Palmblatt über mir. Ich hielt ein hohes, schmales Sektglas in der ausgestreckten Hand, und ein Mann füllte es mit perlendem Champagner. Er schäumte über und lief auf das Kleid. (Ich glaube, es war gerade dieses Verschütten, die Weinflecke auf dem glatten Stoff und das luxuriöse Gefühl, daß es nichts machte, das mich das Kleid kaufen ließ.)

Jetzt sitze ich hier in dem weißen Stuhl mit einem großen Palmblatt über mir. Ein Mann – ein Arzt, ein Fachmann auf seinem Gebiet – füllt mein Glas mit Champagner und verschüttet wirklich etwas auf mein cremeweißes Kleid. Ich erstarre, und er glaubt, ich sei böse wegen des Flecks. Er weiß nicht, daß ich wegen der merkwürdigen Wiederholung der Vision in der Realität erstarre.

Daß das Palmblatt zufällig in einem schwedischen Gewächshaus wächst, der Champagner das billigste Surrogat aus dem Alkoladen ist und der Arzt komplett verrückt – etwas anderes kann man nicht erwarten, wenn Träume Wirklichkeit werden.

Ich bin selber schuld. Man muß seine Träume etwas genauer präzisieren.

Gegen sieben kam er zum Schmetterlingshaus herunter. Er stellte eine Flasche Sekt auf den Tisch.

»Herzlichen Glückwunsch zum Geburtstag!«

Zuerst war ich verblüfft. Dann fiel mir ein, daß er ja meine Krankenakte mit dem Geburtsdatum hatte.

Er öffnete die Flasche, es gelang ihm, daraus eine große Nummer zu machen. Er schüttelte sie eine ganze Weile, und als es knallte, sah er aus wie ein glückliches Kind.

»Entschuldigung«, murmelte er, als der Schaum über mein Kleid lief.

Es war bestimmt nicht die erste Flasche, die er an diesem Tag öffnete. Er roch stark nach Alkohol.

Ich bemerkte, daß er zum Friseur mußte. Die dunkelgrauen Haare waren dick und dicht wie eine Pelzmütze. An den Ohren und im Nacken hatte er richtige Korkenzieherlöckchen. Als Kind muß er süß ausgesehen haben.

Er füllte mein Saftglas zur Hälfte.

»Du bekommst es, weil du heute Geburtstag hast. Aber nicht mehr. Wir wollen kein Risiko eingehen, jetzt, wo wir so nah am Ziel sind.«

Er schaute sich nach einem Glas für sich um, aber es gab natürlich keins. Die Kücheneinrichtung an diesem Ort war ausgesprochen mangelhaft, das müßte er wissen. Mit einem Schulterzucken gab er auf, hob die Flasche und brachte einen Toast aus:

»Auf dich und auf Recentia alba!«

Dann nahm er einen großen Schluck aus der Flasche. Er strich sich den Schaum vom Kinn und lächelte mich an.

»Gefällt es dir hier?«

»Ich bin krank«, antwortete ich. »Ich habe Fieber. Ich habe Schmerzen.«

»Das ist normal. Alles geht vorbei, wenn die Schmetterlinge draußen sind.«

»Aber warum kommen sie nicht heraus?«

Er seufzte tief und lehnte sich im Stuhl zurück.

»Wenn ich das wüßte«, murmelte er. »Wenn ich das wüßte. Irgend etwas ist nicht in Ordnung. Irgend etwas mit dem Milieu. Sie können eigentlich ewig da drin bleiben, wenn das Milieu nicht stimmt.«

»Doch wohl nicht ewig?«

»Ziemlich lang auf jeden Fall.«

»Sie sind vielleicht tot?«

Er schüttelte den Kopf, daß die Locken hüpften, und nahm einen Schluck aus der Flasche.

»Woher weißt du, daß sie nicht tot sind?«

»Ich weiß es.«

»Ja, aber *woher*?«

Er lächelte vor sich hin, ohne zu antworten.

»Wir sollten vielleicht ins Krankehaus fahren und einen neuen Ultraschall machen«, schlug ich vor.

»Nicht nötig. Sie leben. Sie warten nur auf eine günstige Gelegenheit.«

»Und wann könnte diese günstige Gelegenheit eintreffen?«

»Das weiß ich nicht. In einer Woche. In einem Jahr.«

Ich nippte an dem sauren Sekt und überdachte diese Antwort.

»Ich bin mir nicht sicher, ob ich Lust habe, ein ganzes Jahr in deinem Schmetterlingshaus zu bleiben«, sagte ich und strich mit dem Zeigefinger über den Glasrand. »Es könnte sein, daß ich etwas anderes zu tun habe. Arbeiten zum Beispiel. Meinen Lebensunterhalt verdienen.«

»Du bist doch krank«, sagte er sanft. »Du kannst nicht

arbeiten, wenn du krank bist. Ich schreibe dich so lange krank, wie es nötig ist.«

»Außerdem könnte es sein«, fuhr ich fort und schaute der kreiselnden Bewegung meines Zeigefingers nach, »daß es Menschen gibt, die mich vermissen. Die sich fragen, wo ich abgeblieben bin. Die mich suchen lassen.«

»Ach was, die machen sich schon keine Sorgen. Sie sind es gewöhnt, daß du ab und zu verreist. Nicht wahr?«

»Aber nicht ohne zu sagen, wohin. Sie werden mich suchen lassen.«

»Hm«, murmelte er, trank etwas aus der Flasche und goß mir dann einen kleinen Schluck ins Glas. Ich konnte den Finger gerade noch rechtzeitig wegziehen.

»Wer sind eigentlich ›sie‹?«

»Meine Angehörigen natürlich.«

»Deine Eltern sind tot. Du hast keine Verwandten.«

Mein Herz machte einen kleinen Satz. Woher wußte er das? Ging das auch aus meiner Krankenakte hervor? Zu welchen Informationen besitzt er außerdem noch Zugang? Ich hatte ihm nie etwas von meinen privaten Verhältnissen erzählt, ihm nicht und auch sonst niemandem im Krankenhaus. Vielleicht bei einem anderen Arztbesuch. Vor langer Zeit. In einem ganz anderen Zusammenhang.

»Ich habe sehr enge Freunde«, log ich mit Schärfe in jedem Wort.

Willof antwortete nicht. Er schien nicht gehört zu haben, was ich sagte.

Er saß jetzt aufrecht im Stuhl, den Blick auf etwas hinter mir fixiert. Ich drehte mich um.

»Was ist«, fragte ich.

Er schluckte so heftig, daß der Adamsapfel sich bewegte.

»Was ist?« fragte ich noch einmal und schaute mich im Gewächshaus um.

Die Schmetterlinge flatterten umher, es grünte und duftete. Es war die gleiche kleine Oase wie sonst auch.

»Sehr merkwürdig«, flüsterte Willof. »Ich meine, da draußen jemanden gesehen zu haben.«

»Ich sehe niemanden.«

»Ich kann mich getäuscht haben.«

Er zog den Stuhl näher zu mir und beugte sich vor.

»Ich kann mich getäuscht haben. Oder auch nicht. Und in diesem Fall wäre das die Erklärung.«

»Die Erklärung?«

»Dafür, daß die Recentia noch warten. Sie wissen, daß etwas im Busch ist. Sie halten sich bedeckt.«

Ich betrachtete sein Gesicht, das jetzt ganz nah an meinem war. Seine Augen blickten sehr ernst und sehr… ängstlich? Ich lachte auf, in einem Versuch, das Ganze als Scherz zu nehmen.

»Du hast nicht genau gesehen, ob da draußen jemand stand oder nicht. Aber die Schmetterlingspuppen konnten es sehen, was?«

»Sie konnten es spüren.«

Er sank in seinen Stuhl zurück. Ich atmete unwillkürlich auf. Es war unangenehm, ihn so nahe zu haben.

»Sie konnten es *spüren*?« wiederholte ich.

Er nickte. Sein Blick fixierte die Glaswand. Ich drehte mich um, sah aber nur vage Konturen von Tannen, umgeben von schwarzem Dunkel.

»Insekten sind unglaublich sensibel«, sagte er. »Dafür gibt es viele Beispiele.«

Ein großer brauner Nachtfalter umkreiste uns. Die pelzigen Flügel berührten meine Wange, ich scheuchte ihn weg.

Willof beugte sich wieder zu mir vor und senkte die Stimme.

»Hast du schon mal was gesehen?«

Er machte mit dem Kopf eine Bewegung Richtung Glaswand. Ich zögerte einen Moment, ehe ich antwortete.

»Einmal habe ich etwas gesehen, ich bin ziemlich sicher, daß es ein Reh war.«

»Wann?«

»Schwer zu sagen. Die Zeit zerfließt hier für mich. Vor zwei Wochen vielleicht. Ich glaube, du hast auch ein Reh gesehen.«

»So direkt vor der Glaswand? Rehe kommen nicht so nah.«

»Manchmal doch. Wenn sie Hunger haben«, sagte ich überzeugt. »Rehe sind keine sehr scheuen Tiere. Nicht mehr.«

Ich dachte an all die Rehe, die Roger und ich während unserer Spaziergänge gesehen hatten, die stehengeblieben waren und uns angeglotzt hatten, bis wir fast bei ihnen waren. Und an die fetten Hasen, die sich so langsam vorwärtsschleppten, daß man fast auf sie trat.

»Insekten sind vielleicht sensibel. Aber Säugetiere werden immer unsensibler. Davon bin überzeugt«, sagte ich.

Willof stand auf und ging zur Glaswand. Er legte das Gesicht ganz nah dran und versuchte, mit den Händen das blendende Licht abzuschirmen. Er stand eine Weile schweigend so da und starrte konzentriert in die Dunkelheit.

Dann spazierte er im Schmetterlingshaus umher, drehte Blätter um, inspizierte die Kuabapflanzen, kontrollierte den Feuchtigkeitsmesser. Als er an mir vorbeikam, blieb er plötzlich stehen.

»Ich habe dich gefragt, wie es dir gefällt. Nicht, wie es dir geht«, sagte er und nahm einen Faden auf, den er vor längerer Zeit verloren hatte.

»Ich kann die Begriffe kaum auseinanderhalten«, antwortete ich.

»Ich schon. Bei ›wie geht es‹ handelt es sich darum, wie man den eigenen Körper oder vielleicht die Seele erlebt. Bei ›wie gefällt es dir‹ geht es darum zu beschreiben, wie man den Ort erlebt, an dem man sich befindet. Ich frage nicht ohne Grund. Ich habe dieses Gewächshaus nicht deinetwegen bewohnbar gemacht. Wenn alles vorbei ist, werde ich selbst hier einziehen. Linda wird mein Verbindungsglied zur Außenwelt sein. Bisher war ich immer nur kurze Zeit hier. Ein Wochenende oder so. Also, wie ist es hier?«

»Ich habe, wie gesagt, Schwierigkeiten, die Begriffe auseinanderzuhalten«, sagte ich. »Aber ich stelle mir vor, wenn ich gesund wäre, fieberfrei, schmerzfrei und weggehen könnte, wann ich wollte, ja, dann wäre das hier ein ganz angenehmer Ort. Aber kaum viel länger als für ein Wochenende.«

Er setzte sich. Ich grübelte darüber nach, was er mit »wenn alles vorbei ist« gemeint hatte.

»Heute haben sie mich in meinem Arbeitszimmer aufgesucht. Sie haben mich interviewt und das Interview auf Band aufgenommen.«

»Wer?«

»Ein Psychiater und seine Assistentin. Sie waren nicht aus dem Krankenhaus. So offen trauen sie sich nicht. Sie haben jemanden von außen genommen. Einen Menschen, von dem ich noch nie etwas gehört habe.«

»Aha«, sagte ich vorsichtig.

»Sie hatten einen Stapel meiner Manuskripte dabei.

Artikel, die ich von Zeitschriften zurückbekommen habe. Sie besitzen von allem Kopien. Sie hatten sogar Kopien von Briefen, die ich an Kollegen geschrieben habe. Privatbriefe. Nicht für die Öffentlichkeit bestimmt.«

Mit unsicherer Hand nahm er die Sektflasche und füllte mein Glas bis zum Rand. Für den Moment schien er die empfindlichen Puppen vergessen zu haben.

»Sie wollen mich ganz loswerden. Weg vom Krankenhaus. Ich soll unschädlich gemacht werden. Sie ahnen, daß ich an etwas dran bin. Aber sie wissen nicht, an was. Sie wollen mich weg haben, bevor es fertig ist. Bist du sicher, daß du neulich ein Reh gesehen hast?«

»Ziemlich sicher.«

»Es könnte sein, daß sie dich kennen. Daß sie dich bewachen. Ich habe noch kein Wort über dich und die Recentias geschrieben. Ich werde alles präsentieren, wenn es fertig ist. Aber nicht früher. Ich verstehe also nicht, woher sie etwas erfahren haben. Hast du jemandem etwas verraten?«

Ich schüttelte den Kopf.

»Gut. Gut. Es ist phantastisch. Wenn der Fluß auf ein Hindernis stößt, sucht er sich ein neues Bett. Das Raubtier Mensch mit seinen Waldrodungsmaschinen, seinem Milliardenkapital, seinen technischen Möglichkeiten. Und dann dieses kleine Insekt, das sich einfach nicht ausrotten lassen will. Das einfach einen anderen Weg nimmt.«

»Durch mich.«

Er nickte ernst.

»Ja, durch dich.«

Ich erhob mein Glas. Ich spürte, daß es wieder an der Zeit für einen Toast auf die Recentia alba war. Ich war leicht betrunken.

»Wenn die Schmetterlinge da sind, werde ich alles präsentieren. Und dann ziehe ich mich freiwillig zurück. Sie brauchen mich nicht rauswerfen. Ich gehe von alleine.«

»Und dann willst du ins Schmetterlingshaus ziehen?«

»Ja. Ich stelle mir vor, daß ich vielleicht das Wirtstier für die Nachkommen der Recentia alba werde«, sagte er bescheiden.

»Wenn ich es kann, warum nicht auch du. Sie werden keine große Wahl haben. Sofern du nicht einen Schimpansen oder so herholst.«

Er schüttelte den Kopf.

»Sie haben gewählt. Die Entwicklung geht nicht rückwärts. Sie kann Kurven und Umwege machen. Aber sie geht nie zurück.«

Er dachte eine Weile über seine Worte nach.

»Aber es gibt welche, die wollen nichts lieber, als mir das Ganze kaputtzumachen. Die wollen meinen Namen in den Dreck ziehen. Mich auslachen. Verstehst du? Wenn du noch einmal jemanden vor der Glaswand siehst, dann sag es mir sofort. Einen Menschen, ein Reh, egal was du zu sehen glaubst. Sag es mir. Versprichst du das?«

Ich versprach es.

Er steckte die Hand in die Innentasche seines Jacketts und holte seine Pfeife heraus. Erstaunt schaute ich zu, wie er sie anzündete.

»Ist das gut für die Schmetterlinge?« fragte ich.

Er zog nervös, bis sie brannte, er brauchte drei Streichhölzer. Nach dem ersten tiefen Zug wurde er ruhiger.

»Oh, die ziehen sich zurück.«

Ich fragte, wie es der empfindlichen Recentia erginge, wenn er ganz hier einziehen und jeden Tag rauchen würde.

»Bis dann habe ich zu rauchen aufgehört.«

Er schaute ein wenig verärgert drein, als ob ich ihm den Genuß verdorben hätte. Eine ganze Weile saß er schweigend da, im Stuhl zurückgelehnt, und rauchte. Die Schmetterlinge hatten sich tatsächlich zurückgezogen.

»Dieser Scherz mit der Spinne. Ich fand das sehr gemein von Linda«, sagte ich.

Er nickte nachdenklich.

»Das stimmt. Das stimmt.«

»Warum hat sie das gemacht?«

»Tja. Könnte sein, daß sie ein bißchen eifersüchtig auf dich war.«

»Eifersüchtig?«

»Ja, sie findet, du bekommst etwas zu viel Aufmerksamkeit. Sie ist es nicht gewöhnt, daß ich mich um jemand anderen als sie kümmere. Ich habe sie vielleicht verwöhnt. Aber«, fügte er hinzu, »sie muß verwöhnt werden. Wenn jemand verwöhnt werden muß, dann sie.«

Er zog an der Pfeife, blies den Rauch aus und lächelte vor sich hin.

»Weißt du, wie sie dich nennt? Die Gräfin.«

»Warum das?«

»Sie kann es nicht leiden, dich hier zu bedienen.«

»Und ich kann es nicht leiden, bedient zu werden.«

Das war wahr. Diese Essenskörbe mit aufgewärmten Mikrowellenmahlzeiten, kalten Pizzen vom Dorf-Italiener, aromatgewürzten Hühnchen aus dem Grill des Supermarkts waren mir inzwischen ziemlich zuwider. Ich sehnte mich danach, mein Essen selbst zu kochen.

»Die Gräfin«, schnaubte ich.

Dann schwiegen wir wieder eine Weile. Ich hob die Sektflasche an, merkte, daß sie leer war, und stellte sie wieder zurück.

»Ich muß etwas eingestehen«, sagte ich. »Ich habe Angst.«

»Tut mir leid, wenn ich dich geängstigt habe. Niemand

außer Linda und mir weiß, daß du hier bist. Du hast bestimmt recht, es war nur ein Reh.«

»Ich meine die Schmetterlinge. Woher willst du wissen, daß es nicht weh tut, wenn sie herauskommen. Ich glaube das nicht.«

Er blinzelte und blies dann sehr langsam eine Rauchwolke aus. Er glich einem halb schlafenden Drachen.

»Ich werde dir etwas erzählen«, sagte er. »Es war vor etwa zwanzig Jahren in Borneo. Ich arbeitete in einer englischen Krankenstation. Als ich einmal frei hatte, machte ich zusammen mit einem Kollegen einen Ausflug in den Dschungel. Wir hatten verschiedene Interessengebiete: er interessierte sich für Affen, ich mich für Schmetterlinge. Er hatte mir von der Recentia alba erzählt, ich hatte noch nie von dieser Art gehört. Er kannte den Schmetterling durch seine Kontakte zu den Ureinwohnern. Erst viel später bestätigte mir ein Schmetterlingsforscher die Angaben, und von ihm erfuhr ich den lateinischen Namen. Wir hatten beschlossen, nach den Urisaffen zu suchen, was ein beinahe unmögliches Unterfangen war. Schon damals war die Art stark dezimiert, es gab sie nur noch in einem einzigen, sehr unzugänglichen Gebiet. Sie sind auch nicht neugierig und furchtlos wie andere Affenarten, sondern unglaublich scheu. Aber wir machten uns auf den Weg, ausgerüstet für einen einmonatigen Aufenthalt im Dschungel. Mein Kollege wußte, daß die Affen sich um diese Zeit oben in den Bergen aufhielten; unser Plan war, in einem Wäldchen mit Kuababäumen am Fuß des Berges zu warten. Von der Urbevölkerung hatten wir erfahren, daß die Affen immer hier rasteten, wenn sie von den Bergen kamen.

Nach einer Woche fanden wir den Platz. Wir hatten unsere Hängematten zwischen den glatten, schönen

Stämmen der Kuababäume aufgehängt und waren spät schlafen gegangen, erschöpft von unserem Marsch durch sumpfiges und schwieriges Terrain. Wir befanden uns am Waldrand, der große Berg lag vor uns.

Ich wachte früh am Morgen auf. Es war noch dunkel. Ich sah nichts, konnte aber vom Berg leichtes Hüpfen hören, als ob jemand mit großen Sprüngen die steilen Felsen herunterkäme, aus denen der untere Teil des Berges bestand, ehe er in den flacheren Dschungel überging. Ich blieb still unter dem Moskitonetz liegen und starrte ins Dunkel.

Nach etwa einer Stunde war es so hell geworden, daß ich sie als dunkle Schatten erkennen konnte. Sie saßen auf einem bemoosten Felsblock direkt vor uns. Einer riß Blätter von den jungen Kuabapflanzen in den Ritzen des Felsens. Aber die meisten hatten sich dicht an dicht zum Schlafen gelegt. Ich schlief auch wieder ein, obwohl ich unbedingt wach bleiben wollte.

Ich wurde von meinem Kollegen geweckt, der mir aus der Hängematte nebenan etwas zuflüsterte. Ich wagte nicht aufzustehen, aus Angst, die Affen zu erschrecken. Ganz vorsichtig zog ich das Moskitonetz weg, um besser sehen zu können. Die Sonne war gerade aufgegangen und tauchte den Berg ganz in Rot.

Sie saßen auf dem kleinen Felsplateau wie auf einer erleuchteten Bühne. Männchen, Weibchen, Junge. Manche wach, friedlich an Kuabablättern kauend. Andere schliefen noch. Ein ausgeschlafenes Junges flitzte über die schlafenden Körper. Ein junges Weibchen lauste eine ältere Verwandte. Stillende Mütter blinzelten verschlafen in die Morgensonne. Und um sie herum war die Luft voller Schmetterlinge! Eine Wolke silberweißer Schmetterlinge! Und es wurden immer mehr. Sie tauchten wie weiße Flecken im Pelz der Affen auf, erhoben sich nach einer Weile und vereinten sich mit dem Schwarm. Mir blieb fast das Herz stehen. Die trägen, schläfrigen Affen und dann diese geflügelten Geschöpfe, die aus ihnen aufstiegen.

Mein Kollege griff nach seiner Kamera, die an einem Zweig direkt neben seiner Hängematte hing. Er bewegte sich in Zeitlupe. Er brauchte für die Bewegung, die normalerweise ein paar Sekunden gedauert hätte, fünf Minuten. Es nützte nichts. Die Hängematte schaukelte ein klein wenig, das ganz leise Knarren der Seile wurde von den Affen bemerkt. Mit einem Schrei weckten sie ihre schlafenden Kameraden. Sie stürzten von der Felsenkuppe in die Büsche darunter und verschwanden im Wald. Einen Moment noch flatterten die Schmetterlinge allein umher. Dann verteilten sie sich in der Luft, als ob ein Windstoß sie auseinandergetrieben hätte, und verschwanden zwischen Bäumen und Büschen.

Die Affen und die Schmetterlinge, das ist ein Anblick, der sich mir eingebrannt hat. Ich werde ihn nie vergessen. Und einer Sache bin ich mir völlig sicher: Die Affen hatten keine Schmerzen. Sie schienen die Schmetterlinge überhaupt nicht zu bemerken.«

Das war eine hübsche Geschichte. Ich mochte ihn ein bißchen besser leiden. Aber sie hatte mich nicht überzeugt. Im Gegenteil, irgendwie hatte sie mich erschreckt.

»Ich habe Angst«, wiederholte ich leise. »Ich habe Schmerzen. Ich bin krank. Ich habe Angst.«

Er zog seinen Stuhl näher an meinen und nahm meine Hand zwischen seine, wie er es immer macht. Wir saßen eine Weile so da. Es waren nur zwei oder drei Gläser Sekt gewesen, aber ich war betrunken. »Das kommt, weil ich krank bin«, dachte ich.

Ein Nachtfalter strich vorbei und streichelte mich haarig.

»Vermißt Linda dich nicht, wenn du so lange hier unten bist?« fragte ich.

»Sie ist nicht zu Hause. Ich weiß nicht, wo sie ist. Ich glaube, in der Stadt.«

»Und Daniel? Wo ist er?«

»Bei seinen Pflegeeltern.«

Ich spürte, wie sein einer Daumen sich in meiner Handfläche bewegte.

»Es ist vielleicht am besten, wenn du jetzt nach oben gehst«, sagte ich. »Ich möchte schlafen.«

»Ich gehe gleich.«

Er ist nicht normal. Er ist verrückt, dachte ich. Aber das bin ich vielleicht auch.

In seinem Blick war etwas Merkwürdiges. Etwas Erschreckendes und gleichzeitig Beruhigendes. Er schaute mein Gesicht an. Aber ständig wanderte sein Blick zu meinem Schenkel und dann wieder schnell zu meinem Gesicht zurück. Das Kleid war so dünn, daß man die Erhöhung durch den Stoff hindurch sehen konnte. Ein kleiner cremeweißer, seidenglänzender Hügel. Er tröstete mich, hielt meine Hand. Aber eigentlich interessierte er sich nur für die Recentia alba. Oder doch für mich? Manchmal hatte ich das Gefühl, daß er uns verwechselte.

»Jetzt gehe ich, damit du schlafen kannst«, sagte er und drückte meine Hand ein letztes Mal, ehe er aufstand und zum Ausgang ging. Im nächsten Moment war ich auf den Beinen und packte ihn am Arm.

»Warte. Geh noch nicht.«

Er drehte sich um, ich stand da und hielt ihn fest. Ich wußte nicht, warum ich das tat. Ich fing zu zittern an.

Schüttelfrost oder Angst oder nur eine große Anspannung, ich weiß es nicht. Aber ich zitterte, und merkwürdigerweise fror ich auch.

Er legte die Arme um mich und drückte mich an sich. Er roch nach Pfeifentabak. Dann küßte er mich. Erst ganz leicht und vorsichtig, und als er merkte, daß ich nichts dagegen hatte, tief und innig.

»Wann hat das angefangen«, dachte ich, »wann hat er meine Hand genommen? Als er von den Affen und den Schmetterlingen erzählte? Lange zuvor? Es muß vorher etwas passiert sein, was ich nicht gemerkt habe.«

Sanft, aber bestimmt drückte er mich auf den Torfblock, der die Stützmauer für den terrassierten Teil des Gewächshauses bildete, dann schob er mich nach hinten zwischen die hohen Pflanzen auf die lauwarme, feuchte Erde. Ich leistete keinen Widerstand, aber ich war erstaunt, daß er es so eilig hatte. Andererseits – wenn es denn geschehen sollte, dann rasch, ehe wir es bereuen konnten.

Er zog mein Kleid hoch und mit meiner tatkräftigen Hilfe das Höschen herunter. Dann hatte er es nicht mehr eilig. Er liebte mich langsam, beherrscht, berührte mich so wenig wie möglich, um der Recentia alba nicht zu schaden. Es gefiel mir, gleichzeitig irritierte mich seine Vorsicht. »Wie zwei Schmetterlinge, die sich in der Luft paaren«, dachte ich.

Ein schwerer süßer Vanilleduft umgab uns, und als ich aufschaute, sah ich direkt über mir die weiße Lilie, die ich während meiner ersten Tage im Schmetterlingshaus gemalt hatte. Das bedeutete, wir befanden uns ganz innen am Betonfundament – wie waren wir nur so weit in die Pflanzen gelangt? Vermutlich habe ich mich rückwärts bewegt, als ich mich aus dem Höschen schlängelte.

Ich beugte den Kopf schräg nach hinten, um zu sehen, wie nah an der Mauer ich lag, damit ich mir nicht den Kopf anstoßen würde, falls mein Liebhaber zu heftigeren Bewegungen überginge. Ich sah ein paar Handbreit hinter mir das Betonfundament und darüber, wo die Glaswand begann, sah ich einen Menschen jenseits des Glases. Einen Mann – ja, ich bin sicher, daß es ein Mann war –, er trug eine große Jacke und etwas auf dem Kopf, eine Mütze oder eine Kapuze. Ich sagte nichts. Ich weiß nicht, warum, aber ich sagte keinen Ton. Es geschah instinktiv.

Danach teilten wir ein Glas Orangensaft, gespritzt mit den paar Tropfen Sekt, die noch in der Flasche waren. Willof betrachtete mein verschmutztes Kleid. Er schaute ein kleines bißchen schuldbewußt drein, sagte gute Nacht und ging.

Die Kirchenglocken läuten. Es schneit.

Linda stellt das Frühstück auf den Tisch. Einen Joghurt und zwei Scheiben Knäckebrot ohne Butter. Sie hat den feinen Pelzmantel an, nicht den blauen Kunstpelz. Ich trage immer noch das seidige, nun nicht mehr ganz cremeweiße Kleid. Ich habe heute Nacht darin geschlafen, hatte keine Lust, es auszuziehen.

Ich erwarte, daß sie einen Kommentar zu den Erdflekken abgibt. Sie sagt nichts, scheint sie gar nicht zu sehen. Ich schleppe mich von der Matratze hoch, setze mich an den Tisch und beginne zu frühstücken. Die Kirchenglokken sind ganz leise zu hören. Es ist also Sonntag.

Die Kirche. Da geht Daniel in die Kinderstunde der Kirche.

»Ist Daniel schon wieder zurück?« frage ich.

Linda antwortet nicht. Sie zieht den Pelzmantel aus, breitet ihn auf meine Gummimatratze und setzt sich drauf.

Draußen fällt Schnee. Es schneit jetzt richtig. Die Hunde jagen sich gegenseitig. Zwei schwarze, fliegende Flecke im Weiß. Ich glaube, es ist Februar.

»Ist Daniel wieder von den Pflegeeltern zurück?« frage ich noch einmal.

Ich beuge mich vor, um sie anzuschauen. Da erst sehe ich, was sie macht.

Sie sitzt halb, halb liegt sie in einer merkwürdigen Position. Sie dreht sich wie ein Hund, bevor er sich hinlegt, stützt die Beine auf die Betonmauer, strampelt noch ein wenig, kauert sich in Embryonalstellung. Die ganze Linda ist ein Rad, das sich ruckartig und mühsam um die eigene Achse dreht: die Armbeuge.

Der Ärmel des Pullovers ist aufgekrempelt, der Arm

voller Flecke und Stiche. Um den Oberarm hat sie etwas gebunden, es sieht aus wie der Gürtel eines seidenen Morgenrocks. Sie hält eine Spritze in die Armbeuge. Nimmt sie weg. Rutscht ein wenig herum und brummelt. Setzt sie wieder an. Nimmt sie weg. Sie lockt und neckt sich selbst. Zieht diesem Moment so sehr in die Länge wie nur möglich.

Ich kenne es von früher. Als ich jung war, als ich von einer Wohngemeinschaft in die andere zog. Da gab es alle möglichen Menschen. Aber ich habe es noch nie aus solcher Nähe gesehen. So offen. Sie zogen sich meistens zurück, schlossen sich im Klo ein. Ich weiß jetzt, warum. Es ist ein intimer Akt. Ich erröte.

Aber Linda nimmt keine Notiz von mir. Endlich hat sie die richtige Stellung gefunden, den richtigen Augenblick. Als die Nadel in die Ader taucht, wende ich mich ab.

Sie liegt still auf dem braunen Pelzmantel. Es ist die vollkommenste Entspannung, die ich je gesehen habe. Die Kirchenglocken läuten, und die Schneeflocken schmelzen an den Glaswänden.

Ich versuche, zu Ende zu frühstücken, während Linda sich ausruht, aber mir fehlt der Appetit. Als ich das nächste Mal zu ihr hinschaue, setzt sie sich auf. Sie zieht den Ärmel herunter und reibt die Stelle, wo der Gürtel war.

»Nein, er ist noch nicht wieder da«, sagt sie, als ob die Frage die ganze Zeit bei ihr auf Lager gelegen hätte. »Er wollte nicht mit mir kommen.«

Sie steht auf und zieht den Pelz an. Ihre Pupillen glänzen wie schwarze Perlen. Die Spritze und der Stoffgürtel sind wie weggezaubert. Vermutlich hat sie beides in die großen Pelztaschen gesteckt.

»Ich würde ihn nie zwingen«, sagt sie.

»Warum machst du es hier unten? Warum nicht oben bei euch?«

»Ingmar ist zu Hause.«

Auf halbem Weg zum Ausgang dreht sie sich um.

»Du hast doch nichts dagegen?«

Es ist nicht einfach, darauf zu antworten, und ich tue es auch nicht.

»Ich habe deine Zeichnung von Daniel rahmen lassen.«

Ich lächle sie an, sie lächelt zurück. Freundlich. Zum ersten Mal.

Es ist wunderbar, sie ohne das Schrauben zu sehen.

Ich stehe auf einem frisch asphaltierten Platz, so groß, daß ich ihn kaum überblicken kann. Ein weißes Gitternetz bedeckt den Platz. Ich habe kleine Steine in der Hand. Meine Aufgabe ist es, die richtige Anzahl Steine in die richtigen Karos zu werfen und auf einem Bein in die Karos zu hüpfen.

Ich werfe. Zwei Steine ins erste Karo, ich hüpfe hin. Dann werfe ich fünf Steine und schaffe es, alle ins vierte Karo zu bekommen. Ich hüpfe mit einem riesigen, einbeinigen Sprung über die beiden leeren Karos.

Wie geht es weiter? Ich stehe still und balanciere auf einem Bein. Um mich herum ist alles schwarz und weiß. Ich halte noch Steine in der Hand, aber ich habe den Code vergessen.

Ich bekomme einen Krampf ins Bein, verliere das Gleichgewicht, falle und werde mir bewußt, daß ich versagt habe.

Als ich aufwache, greife ich nach dem Kunststoffquader und schaue das Muster nach. Zwei Punkte. Leeres Karo. Leeres Karo. Fünf Punkte. Leeres Karo. Zwei Punkte. Der Code der Recentia alba. Ich darf es nicht wieder vergessen.

Ich schaue zur Decke. Da oben hinter dem Netz sind die kleinen schwarzen, viereckigen Detektoren befestigt, die geborstenes Glas und Druckveränderungen erspüren.

Ich liege still und lasse die Gedanken ihre wunderlichen Bahnen fliegen. Es ist, als ob ich noch nicht richtig wach bin. Ich will nicht aufstehen und duschen. Ich will nicht aufwachen. Ich habe heute hohes Fieber. Aber die Geschwulst tut nicht mehr weh. Im Gegenteil, die Stelle ist wie betäubt. Ich muß ziemlich fest drücken, damit ich überhaupt etwas spüre.

Ich weiß jetzt, warum ich mit Willof im Gebüsch gelandet bin. Er erinnert mich an Sam. Die ungeduldigen Gesten. Die wilden Haare. Aber vor allem, wie sein Blick zwischen der Recentia alba und mir hin- und herflakkerte. Für einen Moment hatte er alle richtigen Zeichen an den Unterseiten der Flügel. Was ich ihm für Zeichen zeigte, weiß ich nicht.

Durch die Glaswand sehe ich das Haus. Eine Weile liege ich da und stelle mir vor, wie es von innen aussieht. Ich fange mit dem Flur an. Dann gehe ich in die anderen Räume, fülle sie mit Möbeln, Teppichen, Bildern, Nippes. Ich muß in Gedanken immer wieder zurückgehen, damit ich nicht etwas an einen Ort stelle, an den ich schon etwas anderes gestellt habe.

Früher machte es mir Spaß, so etwas zu zeichnen. Meine Traumwohnung zu möblieren und solche Kindereien. Jetzt habe ich keine Lust darauf. Überrascht stelle ich fest, daß ich eigentlich nie Lust zum Zeichnen hatte. Die Bilder im Kopf sind das Schöne. Sie aufs Papier zu bringen ist eigentlich immer eine Enttäuschung.

Gestern wurde das Pferd verkauft. Ein Mercedes mit einem Pferdetransporter fuhr auf den Hof. Ich sah Linda aus dem Haus kommen und mit zwei Männern sprechen. Sie gingen zusammen weg und holten das Pferd aus dem Stall, der offenbar ein Stück weiter hinten liegt. Einer der Männer ritt eine Weile auf der Weide. Dann schien der Verkauf perfekt. Linda konnte sich nur schwer von dem Pferd trennen. Sie hielt lange ihre Arme um seinen Hals, ehe es in den Transporter geführt wurde.

Nach einer Weile fällt mir auf, daß Linda gar nicht mit dem Frühstück hier war. Meine Armbanduhr ist stehengeblieben. Entweder verträgt sie die Feuchtigkeit hier drinnen nicht, oder die Batterie ist leer. Aber es ist bestimmt schon spät am Vormittag.

Ich stehe auf, fülle Honigwasser nach, beregne das Gewächshaus und trinke Wasser aus dem Schlauch. Dann lege ich mich wieder hin. Merkwürdigerweise bin ich nicht hungrig.

Sie kommt erst, als es zu dämmern beginnt. Sie hat nur ein paar Scheiben Knäckebrot dabei. Sie ist einsilbig und geht gleich wieder. Das ist gut. Ich will mit meinen Fieberträumen alleingelassen werden.

Während ich esse, sehe ich draußen die Hunde in ihrer ständigen Jagd umhersausen. Die schwarzen, kompakten Körper verschwinden fast im Schnee.

Ein Hase läuft über die Wiese und hinterläßt eine hübsche Spur. Die Hunde merken es nicht. Die Säugetiere werden wirklich immer unsensibler.

Was in aller Welt macht er? Will er mitten im Winter grillen?

Willof hat einen Grill auf die Terrasse geschleppt. Er zündet ihn jetzt an. Er schüttet Anzünder über die Kohlen und versucht, sie zum Brennen zu bekommen. Er wirkt aufgeregt, nervös.

Obwohl ich so müde bin, habe ich mich zur klaren Glasscheibe geschleppt und die Plastikstreifen beiseite gezogen. Das muß ich genau sehen.

Heute morgen schien er ziemlich normal zu sein. Er war auf seiner üblichen Runde hier unten und schaute Schmetterlinge und Puppen an. Das merkwürdige Geburtstagsfest berührte er nicht.

Ich lag auf der Matratze, das Leintuch bis zur Nase hochgezogen. Ich hatte erwartet, daß er auch nach mir schauen würde, wie meistens. Aber das tat er nicht. Er fragte nicht, wie es mir ging, wollte die Geschwulst nicht sehen.

Sie sind tot.

Er weiß, daß sie tot sind. Deshalb war er vorgestern so unvorsichtig. Rauchte und machte mich betrunken und vögelte mich. Er weiß, daß sie tot sind, daß es egal ist. Er hat keine Verwendung mehr für mich.

Jetzt brennt es. Er verschwindet ins Haus, kommt mit einem großen Stapel Papier wieder heraus und legt ihn ins Feuer. Mit einem Grillspieß wendet er die Papiere. Es qualmt tüchtig, er muß ein Stück entfernt stehen. Er streckt den Arm mit dem Grillspieß ganz weit aus, um ans Feuer zu gelangen. Jetzt dreht er sich um, damit er den Rauch nicht in die Augen bekommt.

Linda und die Hunde sind nicht zu sehen.

Ich ziehe das Kleid hoch und drücke auf die Geschwulst. Sie ist härter. Ich spüre keinen Schmerz. Überhaupt nichts. Es ist tot.

Willof verschwindet ins Haus und holt weiteres Papier. Einen Papierstapel nach dem anderen bringt er heraus und verbrennt ihn. Rußfetzen fliegen über die Wiese und landen im Schnee wie verirrte Buchstaben auf einem weißen Blatt Papier.

Linda kommt durch den Schnee gestapft. Die Hunde springen um sie herum. Sie hat es eilig. Ich höre, wie sie die Tür aufreißt und im Vorraum einen Blumentopf umwirft.

Sie kommt direkt zu mir auf die Matratze und zieht den Pelzmantel aus.

»Mach Platz«, sagt sie.

Sie schraubt sich, als sei sie zu groß für ihre Haut. Der Schweiß läuft ihr herunter.

»Hast du nicht gehört, was ich gesagt habe? Mach Platz.«

Ich kann nicht aufstehen. Ich bin so müde. Aber ich rücke so weit, daß ich nur noch auf der halben Matratze liege.

Linda ist damit zufrieden. Sie breitet den Pelz über ihre Matratzenhälfte. Offensichtlich braucht sie Pelz als Unterlage. Das Gesicht ist blaß, sie atmet schwer. Wie ähnlich sie Liselott ist. Sie riecht sogar genauso.

»Wie alt bist du?« frage ich.

»Zweiundzwanzig.«

Etwas jünger, als ich dachte.

Sie holt ihre Sachen heraus, legt sich hin und fängt mit ihrem zusammengekrümmten Gerutsche an.

Ich rechne nach. Es könnte tatsächlich sein. Den Körper, der da dicht neben mir liegt, diesen Körper könnte ich unter Liselotts Luciahemd gespürt haben.

Ich betrachte den stiefelbekleideten Fuß auf dem Betonboden. Es könnte sein, daß der so unglaublich fest getreten und Liselotts schon gespannten Bauch unter dem schweißnassen Stoff ausgebuchtet hat.

Sie zieht es dieses Mal nicht so in die Länge. Sie hat schon zu lange gewartet.

Jetzt liegen wir nebeneinander. Lindas Kopf ruht an meiner Hüfte. Ich bade in ihrem Duft. Ich entdecke, daß ihre Haare blondiert sind. Der dunkle Ansatz ist deutlich zu sehen. Langsam streichle ich über ihren Kopf.

Erst als sie gegangen ist, merke ich, daß sie keinen Essenskorb dabei hatte.

Püppchen. Augensterne. Ist euer großes Projekt miß-
lungen?

Ihr mutigen kleinen Astronauten – seid ihr in euren
Kapseln erstickt?

Oder wartet ihr nur? Habt ihr euch noch fester einge-
kapselt? Eure Wände verstärkt, seid noch tiefer in euch
gegangen?

Den ganzen Tag ist niemand bei mir gewesen. Willof
startete gestern sein Auto, raste davon, daß Kies und
Schnee um die Räder wirbelten. Er ist nicht zurückgekommen. Die Fenster des Hauses sind dunkel.

Linda und die Hunde habe ich seit Tagen nicht gesehen. Das ist schade. Ich wollte sie fragen, wie ihre Mutter
heißt.

Eine Hundepension. Kein Kinderheim. Aber ein
Hundeheim.

Ich gehe zum Schlauch und trinke. Lasse Wasser über
mich und das Kleid laufen. Lege mich naß wieder hin.

Ich glaube, wir haben jetzt schon März, bin mir aber
nicht sicher. Draußen scheint es ein paar Grade wärmer
zu sein. Die Spuren der Hunde im Schnee sind bald ganz
verweht.

Die Landschaft jenseits der Glasscheiben erinnert
ziemlich an die innere Landschaft, in der ich mich vor
einigen Monaten befand. Grauweißer Himmel. Nasser
Schnee. Ein Licht ohne Wärme. Eine Welt jenseits allen
Lebens.

Und dann fand ich diese Zeilen in einem der Naturbücher von Linda:

*Zu Beginn der sechziger Jahre fand man heraus, daß
schwedische Insekten während des Winters in einem ge-*

heimnisvollen Raum unter der sichtbaren Winterlandschaft leben. Zwischen der Erde und der Unterseite des
Schnees gibt es große Bereiche, in denen der Abstand zwischen der Erde und dem Dach, das von der Schneedecke
gebildet wird, fünf bis zehn Zentimeter ist. Hier liegt die
verborgene Landschaft, die man den subnivalen Raum
nennt, wo sogar so große Tiere wie Spitzmäuse sich frei
bewegen können. Unter dem Schnee liegt die Temperatur
immer bei angenehmen null Grad. Unbeeindruckt von
Stürmen und Kälte über der Schneedecke bewegen sich
hier Kleintiere, deren aktivste Lebensperiode der Winter
ist.

Das Experiment ist abgeschlossen. Der Forscher hat das Labor verlassen. Die Berichte sind verbrannt. Nur das Versuchstier ist noch da. Verlassen, ohne Futter, in seinen Glaskäfig eingesperrt.

Es wird wieder kälter. Ein starker, ausdauernder Wind bläst den Schnee zu großen Wehen auf die Terrasse. Die Trampelpfade zum Schmetterlingshaus sind zugeweht. Das dunkle Haus wird langsam zugedeckt.

Keine Pfade. Keine Spuren.

Der Wind heult in den Tannen.

Es ist mehrere Tage her, daß jemand hier war. Obwohl ich lange nichts gegessen habe, bin ich merkwürdigerweise nicht hungrig. Ich trinke das Honigwasser der Schmetterlinge.

Den Kunststoffquader mit der Recentia alba habe ich neben mir liegen. Ich schaue die sanft glänzenden Flügel an. Die erschrocken angezogenen Beine. Die Augäpfel, die leer ins Nichts starren.

Hier sind wir also. Gefangen und verlassen von der Wissenschaft. Jede in ihren durchsichtigen Quader eingesperrt.

Da sehe ich, daß er da steht. Direkt am Glas, näher als je zuvor. Das Betonfundament verbirgt ihn bis zur Hüfte. Er trägt eine Daunenjacke. Die Kapuze ist fest zugezogen. Der rote, sauber geschnittene Bart ist mit Schnee bepudert. Das merkwürdige Glas macht ihn ein bißchen unwirklich. Ein bißchen geisterhaft. Er gleicht einer Ikone, die auf ein Kirchenfenster gemalt ist. Ich knie mich hin, die Kopfschmerzen durchspülen mein Gehirn wie eine Sturzwelle. Ich schließe die Augen und warte einen Moment, bis sie nachlassen.

Als ich die Augen öffne, steht er immer noch da. Er sagt etwas. Aber das Heulen der Tannen verschluckt seine Stimme fast ganz, und das Wenige, das bleibt, dringt nicht durch das dicke Glas.

Ich strecke meine Hand hoch und lege sie mit gespreizten Fingern an die Glasscheibe. In amerikanischen Filmen machen sie das, wenn sie im Gefängnis Besuch bekommen und sich nur mit einer Glasscheibe dazwischen treffen dürfen.

Der Mann zieht seinen Handschuh aus und legt die Hand auf die Außenseite der Glaswand. Langsam paßt er einen Finger einen nach dem anderen an. Er hat die gleichen Filme wie ich gesehen.

Eine Sturmböe schüttelt die Tannen, der Schnee stürzt in großen Brocken herab.

Der Mann dreht sich um und geht in den Wald. Der Wind verbläst seine Fußspur in dem Augenblick, in dem er sie macht.

Ich höre das Geräusch im Traum. Ein schrecklich dumpfes Dröhnen. Ansteigend und abschwellend und wieder ansteigend. Es sind Dinosaurier, sie brüllen, ein ganzes Rudel, sie sind überall um mich herum.

Einen Moment bin ich wach. Es ist mitten in der Nacht, aber das Licht im Schmetterlingshaus ist noch an. Ich habe es nicht ausgemacht, ehe ich einschlief. Die Glasscheiben klirren in den Aluminiumrahmen.

Mir wird klar, daß das Dröhnen vom Sturm herrührt. Tausende von großen starken Tannen werden gebogen und gedreht. Die Luftmassen zwängen sich zwischen Wände aus Nadeln, werden zusammengepreßt und wieder herausgelassen. Ich habe noch nie einen richtigen Sturm in einem Tannenwald gehört.

Als ich einschlafe, ist es wieder ein Rudel Dinosaurier mit dumpfem Brüllen.

Mit einem unglaublichen Krachen stürzt einer sich auf mich. Glas splittert, es wird plötzlich sehr kalt.

Ich setze mich auf. Es ist dunkel, und es riecht stark nach Weihnachten. Tanne.

Ich stehe tastend auf, spüre sofort die großen nadligen Zweige und begreife, was passiert ist. Eine der riesigen Tannen am Waldrand ist vom Sturm gefällt worden und hat das Schmetterlingshaus zerschlagen.

Die Glasdetektoren müßten schreien wie wahnsinnig. Wenn sie nicht selbst alle zerschlagen sind. Und wenn welche es geschafft hätten, dann wäre niemand im Haus, der sie wahrnehmen könnte. Es ist auch egal. Um diesen Knall zu hören, braucht man keinen Glasdetektor.

Durch das zerbrochene Metallskelett sehe ich den Nachthimmel. Der Sturm hat Lücken in die Wolkendecke gerissen, der Mond scheint stoßweise, wie ein launischer Leuchtturm.

Ich wickele mich in das Leintuch und taste unter der Tanne nach meinen dünnen Schuhen, die hier irgendwo sein müssen. Die Jacke und andere Kleider sind im Metallschrank jenseits des Tannenkolosses. Völlig unerreichbar.

Alles ist ein einziges Chaos aus zerbrochenen Tannenzweigen, tropischen Gewächsen, verblasenem Schnee und zersplittertem Glas. Oben in der Dachkonstruktion hängen die Heizungsrohre wie tote Schlangen in dem zerrissenen Netz.

Hier werde ich erfrieren. Ich muß weg. Ohne Jacke.

Ich taste mich an dem großen, stacheligen Körper des Tannenungetüms entlang zur zerschlagenen Wand. Das Glas knirscht unter meinen Füßen. Es ist zu dunkel, ich kann nicht sehen, wo die scharfen Reste der Glaswand beginnen. Ich weiß nicht, wie breit der Durchgang ist. Aber lieber verletze ich mich an der Tanne als am Glas. Ich halte mich so nah wie möglich, drücke mich in die scheußlichen Zotteln aus nadeligen Zweigen. Und dazu dieser merkwürdige, heimelige Duft nach Weihnachten!

Dann stehe ich im Schnee, der wie von selbst zu leuchten scheint.

Ich sehe den Tannenkoloß und das übel zugerichtete Metallskelett. Ein dunkelgrüner Tyrannosaurus mit seiner Beute. Die ganze Szenerie wird in einen wirbelnden Rauch getaucht, es muß Wasserdampf sein.

Das Wohnhaus ist ein dunkler Schatten. Kein Licht in den Fenstern. Kein Hundegebell. Und doch hindert etwas mich daran, zum Hof hinaufzugehen. Wenn ich ein Stück durch den Wald gehe, müßte ich direkt zur Straße kommen, ohne über Willofs Auffahrt zu gehen.

Zwischen den Bäumen erwartet mich ein merkwürdiger Anblick. Die Schmetterlinge flattern wie Konfetti aus dem zerschlagenen Gewächshaus. Wenn der Wind Luft holt, suchen sie windstille Plätze unter den Tannen. Sie flattern zwischen schneeschweren Ästen umher, verwirrt über diese neue Welt, in die sie so plötzlich geworfen wurden.

Einen kurzen Moment lang ist im bleichen Mondlicht alles gleichzeitig, alles gleich lebendig, gleich wirklich: der nordische, verschneite Tannenwald und die tropischen Schmetterlinge mit ihren leuchtenden Farben: türkis, goldorange, kobaltblau. Im nächsten Moment fallen sie zu Boden, einer nach dem anderen, von der Kälte getötet.

Ich gehe in meinem langen, cremeweißen Kleid und mit dem Leintuch wie einem Mantel über den Schultern weiter in den Wald. Ich bemerke, daß das Leintuch Blutflecke hat. Ich habe mich also doch am Glas geschnitten.

Ich spüre die Kälte an meinen nackten Beinen, meine Schuhe füllen sich mit Schnee. Aber ich bin so heiß vom Fieber, daß es fast angenehm ist. Wie eine kalte Dusche nach einer heißen Sauna.

Weiter vorne lichten sich die Bäume. Ein steiler Abhang zur Straße hinunter. Ich rutsche und gleite, wickle mich in das Leintuch. Dann auf der anderen Seite des Grabens wieder hoch.

Die Straße ist vom Schnee fast zugeweht. Kaum vorstellbar, daß hier mitten in der Nacht ein Auto fährt. Ich gehe in die Richtung, wo die Stadt liegt, und merke jetzt, daß ich friere. Vierunddreißig Kilometer, sagte er das nicht?

Ich zittere. Ich beiße mir auf die Zunge, so sehr klappere ich mit den Zähnen. Ich habe fürchterlichen Schüttelfrost. Bisher war alles nur ein Alptraum gewesen, und ich habe gehandelt, ohne nachzudenken. Jetzt werde ich plötzlich wach, dünn angezogen auf einer winterlichen Straße im Wald, und mir wird klar, daß alles echt ist.

Da höre ich ein Motorgeräusch. Kurze Zeit später sehe ich zwei leuchtende Augen. Ein intensives, blendendes Fernlicht, das sich durch das Schneegestöber bohrt. Das Licht kommt so langsam näher, beinahe unwirklich. Kann das Willof sein?

Jetzt sehe ich das Auto. Mit einer dicken Schicht Schnee auf dem Dach und auf der Motorhaube und mit fegenden Scheibenwischern kriecht es auf mich zu. Es hält ein paar Meter von mir entfernt an.

Der Mann, der aussteigt, ist nicht Willof. Er ist klein, hat einen roten Bart und nichts auf dem Kopf. Die Kapuze hängt auf dem Rücken, die Daunenjacke ist nicht zugeknöpft. Er steht dicht neben seinem Auto, geschützt durch den Schatten des starken Lichts. Dann ruft er mir etwas zu und hält die Tür zum Rücksitz auf. Ich gehe hin und krieche hinein. Ehe ich mich setzen kann, zieht er die Decke hoch, die auf der Rückbank liegt, und wickelt sie um mich. Dann setzt er sich schnell auf seinen Platz und fährt los.

Im Rückspiegel sehe ich seine Augen. Merkwürdig hell, grimmig aufs Fahren konzentriert. Er fährt sehr vorsichtig, aber ab und zu kommen wir ins Rutschen. Schlittern auf den Graben zu und dann wieder zurück in die richtige Richtung. Der Schnee wird auf die Scheibe geblasen und von den Scheibenwischern weggefegt.

Ich lege mich hin. Es ist ein enges Auto, aber wenn ich mich zusammenkauere, habe ich Platz genug.

»Wohin fahren wir?« frage ich.

»Ins Krankenhaus.«

Ich erstarre. Das ist die falsche Richtung. Wir fahren nicht in die Stadt. Dann fällt mir ein, daß es in der anderen Richtung eine kleinere Stadt gibt. Eine kleinere Stadt mit einem kleinen Krankenhaus.

Es ist warm im Auto. Die Scheibenwischer erledigen ihre Arbeit mit der Taktsicherheit eines Metronoms.

Ich liege in einem Untersuchungsraum ohne Fenster und bin mit einer gelben Decke der Provinzverwaltung zugedeckt. Der rotbärtige Mann sitzt auf einem Stuhl am Kopfende der Pritsche. Wir warten auf einen Arzt, der irgendwo anders ist. Eine Krankenschwester hat einige Schnittwunden an meinen Armen versorgt und Pflaster aufgelegt.

Im Zimmer ist es still, draußen ist es still. Ich habe keine anderen Patienten gesehen. Irgendwo brummt ein Ventilator.

Ich drehe den Kopf schräg nach hinten und schaue den Rotbärtigen an. Er hat immer noch die Daunenjacke an.

»Unternehmen Sie öfter nächtliche Autofahrten im Schneesturm?« frage ich.

»Kann vorkommen.«

»Sie fahren gut.«

Darauf antwortet er nicht. Ich sehe nicht viel von ihm, so wie ich liege, ich kann mich nicht umdrehen, aber vielleicht nickt er oder zuckt bescheiden mit den Schultern.

»Wohin wollten Sie denn in dieser Nacht? Wenn man fragen darf«, sagte ich.

»Ich habe Sie gesucht«, antwortet er.

Der Ventilator brummt. Kein Arzt kommt. Er fährt fort:

»Ich wohne nicht weit vom Schmetterlingshaus, nur ein Stück in den Wald. Als die Tanne umstürzte, bin ich vom Krachen aufgewacht und ahnte, was passiert war. Aber Sie waren schon weg, als ich hinkam. Ich sah die Spuren im Schnee und verstand, daß Sie Richtung Straße gegangen waren. Dann holte ich das Auto und hoffte, Sie irgendwo auflesen zu können.«

Ich sehe jetzt, daß ich Blutspuren auf dem Boden hinterlassen habe und daß meine dünnen Stoffschuhe, die unter der Pritsche stehen, auch blutig sind. Ich habe das nicht gemerkt.

Den ganzen Weg vom Auto, über den windigen Parkplatz, durch die automatische Eingangstüre und bis zum Empfangsschalter der Ambulanz hat der Rotbärtige mich getragen, in die Autodecke eingewickelt. Er hielt mich in einem festen, sicheren Griff, als sei ich ein Armvoll Holz, während die Schwester meine Angaben im Schein einer abgeschirmten Lichtleiste über dem Schalter aufnahm. Es war das einzige helle Licht in dem ansonsten dunklen Raum, und es sah aus, als lehne sie sich in eine kleine, erleuchtete Höhle.

In das Untersuchungszimmer ging ich dann selbst, der Rotbärtige wie ein Schatten hinter mir.

Ich sehe die braunen Fußabdrücke von der Tür zur Pritsche, kann mich jedoch nicht an Schmerzen erinnern.

»Sie sind offenbar ziemlich häufig nachts unterwegs«, sage ich.

»Ich komme manchmal spät nach Hause. Ich bin für meinen Job viel unterwegs und versuche immer, nach Hause zu fahren, wenn es geht. Ich fahre lieber die halbe Nacht und liege die andere halbe in meinem eigenen Bett als im Hotel. Ich kann Hotels nicht ausstehen. Ich will immer heim.«

»Zur Familie?«

»Ich habe keine Familie. Zu meinem Haus. Ich habe es selbst gebaut.«

»Was arbeiten Sie?«

»Ich bin Rohrleger.«

»Sie können jetzt wieder heim zu Ihrem Haus fahren,

wenn Sie wollen. Sie brauchen nicht hier sitzen. Man kümmert sich um mich.«

»Bestimmt«, sagt er, bleibt jedoch sitzen.

»Wir haben uns schon einmal gesehen«, erinnere ich ihn.

Er schweigt.

»Na ja, ich habe Sie ja nicht so oft gesehen. Aber vielleicht haben Sie mich um so häufiger gesehen.«

Jetzt ist er an der Reihe. Ich warte, daß er etwas sagt.

»Sie haben mich angeschaut«, füge ich hinzu.

Er schweigt immer noch. Ich höre ihn ein wenig mit dem Stuhl scharren. Zieht er ihn näher heran oder weiter weg, ich weiß es nicht.

Nach einer Weile fängt er zu reden an. Langsam und suchend, als ob er die ganze Nacht hier sitzen wolle. Seine Stimme ist dunkel und melodisch. Eine Stimme, der man gerne zuhört.

»Ich muß mich selbst um das Schneeräumen auf dem kleinen Stück Straße bis zu meinem Haus kümmern. Dazu habe ich keine Zeit, deshalb lasse ich im Winter mein Auto unten an der Straße stehen und gehe eine Abkürzung durch den Wald zu mir nach Hause. Tagsüber und am frühen Abend sehe ich meistens das Schmetterlingshaus zwischen den Bäumen leuchten. Aber spät am Abend ist es immer dunkel. In der letzten Zeit war jedoch oft um zehn, elf Uhr abends noch Licht. Sogar wenn ich mitten in der Nacht nach Hause kam, war es manchmal noch hell.«

Die Daunenjacke raschelt dicht neben mir. Er wechselt die Position.

»Man gewöhnt sich an bestimmte Dinge. Und dann ist etwas anders. Ich gehe sonst nie in die Nähe. Wegen der Hunde. Sie sind darauf dressiert, Eindringlinge abzuhalten. Aber nachts sind sie ja eingeschlossen. Ich näherte mich also vorsichtig und schaute hinein.«

»Oft?«

»Ein paar Mal.«

Ich warte darauf, daß er mich etwas fragen wird, aber das tut er nicht.

Die Krankenschwester öffnet die Tür. Sie hat den Arzt dabei. Sie sprechen leise miteinander über Schnittwunden, Frostschäden und schlechten Allgemeinzustand.

»Was ist denn passiert?« fragt der Arzt uns.

»Ich habe sie auf der Straße aufgelesen«, sagt der Rohrleger.

»In diesen Kleidern? Sind Sie vor die Tür gesetzt worden?«

Der Arzt hebt die gelbe Frotteedecke an und schaut auf meine Füße.

»Dann werde ich mal gehen«, sagt der Rohrleger und erhebt sich.

Er schaut auf mich herunter und nickt zum Abschied.

Ich hebe die Hand hoch und spreize die Finger. Er dreht sich zu mir um und hält die Hand genauso. Er drückt sie an meine, Finger für Finger. Als ich seine Körperwärme spüre, merke ich, daß ich immer noch unterkühlt bin. Aber ich habe ja immer kalte Hände. Vielleicht gehört er zu denen, die immer warm sind.

Ich schaue in sein Gesicht, um zu sehen, ob er lächelt. Aber er schaut genauso grimmig und konzentriert wie beim Autofahren auf der glatten Straße.

Der subnivale Raum.

Vor den Fenstern des Krankenhauses ist der Himmel weiß. Die Hausdächer sind weiß. Der Sturm hat sich gelegt. Alles ist merkwürdig still. In meinem Zimmer sind noch zwei Betten, aber sie stehen leer, und die Laken sind straff gezogen. Das Licht ist hell und matt. Der Raum hat fast keine Schatten.

Man könnte glauben, die Welt sei tot. Aber das ist sie nicht. Der Winter ist die Zeit, die für manche die aktivste Lebensperiode ist. Ich bin froh, daß ich diese Zeilen über den subnivalen Raum gelesen habe.

Auf dem Handrücken habe ich eine Nadel, die an eine Plastiktüte mit Nährlösung angeschlossen ist. Ich bin unterernährt und habe eine Lungenentzündung.

Zwei Zehen waren erfroren, sie wurden in einer Schüssel mit Wasser aufgetaut. Lauwarmem Wasser, nicht warmem, das ist wichtig bei Erfrierungen.

Ich habe Schnittwunden an den Armen. Eine mußte genäht werden, die anderen sind nur oberflächlich. Mit einer Pinzette wurde mir jede Menge kleine Glassplitter aus den Fußsohlen geholt.

Ich habe nicht erzählt, was geschehen ist. Ich kann einfach nicht. Die Ärzte und Schwestern können auch nicht. Sie haben ein klares Bild: Ich war auf einem Fest oder in einem Lokal in meinem feinen Kleid und wurde von einem Mann aufgerissen. Ich war betrunken, bin in eine Fensterscheibe gefallen oder auf einen Glastisch und habe mich verletzt. Oder der Kerl hat mich mit einer zerbrochenen Flasche mißhandelt. Er hat mich hinausgeworfen in den Schnee. Wahrscheinlich sind wir beide irgendwie drogenabhängig. Ich habe mich lange vernachlässigt, hatte eine Infektion und habe nicht richtig gegessen. Ich brauche nichts zu erzählen, sie wissen schon alles.

Ich wurde gefragt, ob ich Anzeige erstatten will. Das will ich nicht, und auch das wußten sie schon.

Ich nehme Penicillin, und das Fieber sinkt. Die Geschwulst auf dem Schenkel ist kleiner geworden.

Im Aufenthaltsraum finde ich eine Tageszeitung, die ein paar Tage alt ist. »Chaotische Zustände nach Schneesturm« steht auf der ersten Seite. An meinen Tropf gekettet, blättere ich sie durch.

An der Küste wurden Windstöße von 33 Metern in der Sekunde gemessen. Straßen waren zugeschneit, jede Menge Autos sind in den Graben gefahren. Ein Mensch wurde getötet und zwei wurden verletzt, als ein Personenwagen mit einem Lastwagen zusammenstieß. Ein Öltanker lief auf Grund, es besteht die Gefahr, daß Öl ausläuft. Ein Fischerboot mit vier Mann Besatzung wird vermißt, die Küstenwache sucht es. Ein Nahverkehrszug entgleiste wegen einer vereisten Weiche. Elektroleitungen wurden zerstört, und Tausende von Haushalten sind ohne Strom.

Ich suche vergebens nach der Überschrift »Schmetterlingshaus zerschlagen – seltene Schmetterlinge erfroren«; ich nehme an, es handelt sich um eine Bagatelle verglichen mit anderem.

Der Sturm ist weiter nach Norden gezogen, heute ist es völlig windstill. Das Schneelicht blinkt kalt im Metallgestell des Betts. Der Spiegel über dem Waschbecken bildet ein Viereck des Himmels ab, weiß und leer wie ein Blatt Papier.

Ich möchte wissen, wo der Rohrleger jetzt ist. Wahrscheinlich unterwegs auf irgendeiner Baustelle. Er verlegt bestimmt nicht Heizungsrohre in normalen Häusern. Große Industrieanlagen vielleicht. Ich sehe ihn vor mir, wie er durch enge Gänge zwischen einem komplizierten Gewirr aus Rohrleitungen kriecht. Ein listiger, eigensinniger Gnom. In einem blauen Overall, behängt mit merkwürdigen Werkzeugen. Klein, gewandt und rotbärtig. Dann fährt er auf dunklen, glatten Straßen heim in sein eigenhändig gebautes Haus im Wald.

Ich klettere aus dem Bett und ziehe das rollbare Tropfgestell mit in den Flur. Ich gehe in die durchsichtige Halbkugel um den Telefonautomaten, und nach einiger Mühe gelingt es mir, mit einer Hand das Telefonbuch auf die kleine Ablage zu legen und es aufzuschlagen. Es sind die Gelben Seiten. Ich schaue unter der Rubrik »Rohrleitungsbau«.

Es gibt nur einen Rohrleger in seinem Vorwahlbereich. »Rohrinstallationen AG. Bill Pedersen.« Und dann eine Postfachadresse, Telefon, Handy und Fax.

Pedersen klingt dänisch. Bill klingt englisch oder amerikanisch. Aber er sprach einwandfreies Schwedisch, mit der leichten Andeutung eines ländlichen, schwer identifizierbaren Dialekts.

Ich schaue auch unter »Hundezucht« nach. Es gibt tatsächlich eine: »Liselotts Hundepension. Aufzucht von Collies und Borderterriern.«

Ich lasse das Telefonbuch aufgeschlagen liegen, gehe ins Schwesternzimmer und bitte um Papier und Bleistift. Ich schreibe die Nummer der Hundepension auf. Dann suche ich wieder den Rohrleitungsbau und schreibe Bill Pedersens Nummern auf.

Nach fünf Tagen wurde ich entlassen. Bevor ich nach Hause fuhr, hatte ich einen Termin beim Arzt. Er untersuchte meine Zehen und sagte, sie hätten alles gut überstanden. Dann schärfte er mir ein, wie wichtig es sei, ordentlich zu essen und sich überhaupt gut zu pflegen. Ob ich vielleicht Kontakt zu einer Psychologin wolle?

Nein.

Ob ich sonst noch etwas fragen wolle?

»Ich möchte, daß Sie diese Schwellung anschauen«, sagte ich und machte den gräßlich bunten provinzeigenen Bademantel auf.

»Wo?« fragte er und schaute auf mein Bein.

»Hier. Auf dem Oberschenkel.«

Er beugte sich vor und schaute. Strich mit den Fingern über die Haut.

»Ich taste nichts Unnormales.«

Ich tastete selbst nach. Ich konnte nichts finden.

»Ich hatte hier eine Geschwulst, die weh tat.«

»Das kann eine entzündete Talgdrüse gewesen sein. Oder eine Haarwurzelentzündung. Wie gut, daß es jetzt verschwunden ist.«

Ich ging zum Telefon und rief meine Nachbarin an, die einen Schlüssel zu meiner Wohnung hat. Ich bat sie, in die Wohnung zu gehen, etwas zum Anziehen und Schminksachen zu holen und sie mir ins Krankenhaus zu bringen.

Sie kam nach ein paar Stunden, voller schweigender Fragen. Was hatte ich gemacht? Keine Kleider, falsches Krankenhaus, falsche Stadt. Wir kennen uns nicht näher, wir grüßen uns im Treppenhaus und gießen gegenseitig die Blumen. Sie wollte jetzt ein bißchen mehr sagen, aber als sie die Stiche auf meinem Unterarm sah, schwieg sie.

»Die sind zu weit oben, du Dummerchen«, wollte ich antworten. »Man schneidet sich das Handgelenk auf.«

Aber da sie schwieg, gab es auch keine Fragen zu beantworten. Ich zog mich an und machte ein sorgfältiges Make-up. Obwohl ich sie nicht darum gebeten hatte, hat meine Nachbarin auch die elektrische Lockenzange mitgebracht. Ich steckte sie in die Steckdose über dem Waschbecken und formte den Pony.

Als wir in ihrem Auto nach Hause fuhren, sprachen wir über griechische Gerichte. Ich weiß nicht, wie wir darauf kamen. Doch, über das Blumengießen in den Ferien. Wir haben das gleiche, schlecht übersetzte griechische Kochbuch, und wir haben die gleichen Fehler bei den Rezepten gemacht.

Es ist ein merkwürdiges Gefühl, nach Hause gekommen zu sein. Ich gehe durch meine Zimmer, wie ich es immer mache, wenn ich von einer Reise zurückkehre.

Ich rieche den Geruch – diesen Geruch, den jede Wohnung hat und den Besucher immer bemerken, man selbst jedoch nur spüren kann, wenn man längere Zeit weg war.

Einen kurzen Moment lang kann ich diese Wohnung mit den Augen einer Fremden anschauen. Als ob es nicht meine wäre, als ob ich bei jemand anderem wäre. In ein paar Minuten hat sie sich wieder mit mir zusammengefügt und wird wieder normal und unsichtbar. Aber noch ist ein Abstand zwischen uns, ein Abstand, der es möglich macht zu sehen.

Und mir gefällt, was ich sehe. Die Zimmer sind schön. Der nackte Holzboden, die weißen Wände. Die Glasflaschen auf den Fensterbänken. Der avantgardistische Stuhl mit seiner abweisenden Schönheit. Die massive, blankge-

scheuerte Platte des Backtischs. Die Stifte, die Tusch-
gläser, die Pinsel, die Farben.

Mein Anrufbeantworter blinkt, er ist vermutlich bre-
chend voll. Über die Berge von Post im Flur bin ich hin-
weggestiegen. Darum werde ich mich später kümmern.

Ich möchte eine Platte auflegen. Etwas richtig Schönes. Ich habe schon lange keine Musik mehr gehört. Aber
auch damit warte ich noch.

Das Bett leuchtet wie eine große, helle Insel in der
Mitte des Schlafzimmers. Ich setzte mich drauf und ziehe
die Jeans aus. Ich fühle den ganzen Schenkel entlang.

Drücke, streiche, suche.

Nichts. Nicht eine Spur. Nur glatte, weiße Haut.

Zu meiner großen Verblüffung weine ich.

Suhrkamp Verlag GmbH
Torstraße 44, 10119 Berlin
info@suhrkamp.de
www.suhrkamp.de